Choco

祝もものき事務所

茅田砂胡
Sunako Kayata

C★NOVELS Fantasia

口絵
挿画　睦月ムンク
DTP　ハンズ・ミケ

祝もものき事務所

登場人物

百之喜太朗《もものきたろう》
事務所所長

花祥院凰華《かしょういんおうか》
人脈が武器の有能秘書

犬槙蓮翔《いぬまきれんしょう》
百之喜の幼なじみ、格闘家

芳猿梓《よしざるあずさ》
百之喜の幼なじみ、舞台役者

黄瀬隆《きせたかし》
江利の弟

椿江利《つばきえり》
依頼人

- **吾藤田恭次《ごとうだきょうじ》**………江利の婚約者
- **呉亜紀子《くれあきこ》**……………黄瀬の恋人
- **渡邊三成《わたなべみつなり》**……………黄瀬の上司
- **鬼怒川憲子《きぬがわのりこ》**………弁護士
- **小日向静《こひなたしずか》**……………依頼人？
- **吾藤田夏子《ごとうだなつこ》**………将弘・恭次の姉
- **茨木愛衣《いばらきめい》**……………将弘の元妻
- **吾藤田将弘《ごとうだまさひろ》**………恭次の兄
- **吾藤田忠孝《ごとうだただたか》**………夏子・将弘・恭次の父
- **吾藤田紘子《ごとうだひろこ》**………夏子・将弘・恭次の母
- **吾藤田国重《ごとうだくにしげ》**………忠孝の父
- **吾藤田菊枝《ごとうだきくえ》**………忠孝の母

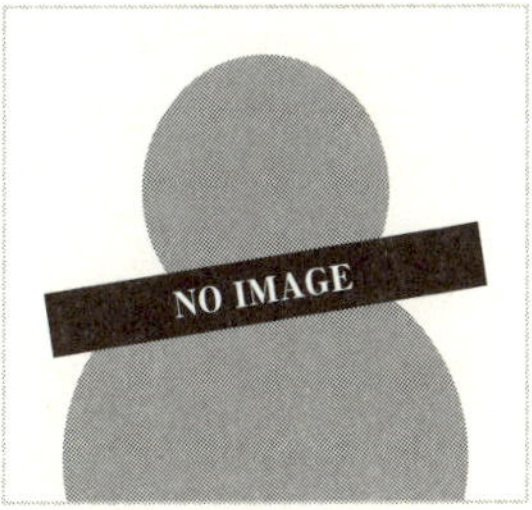

銀子《ぎんこ》
百之喜が恐れて止まない大家

雉名俊介《きじなしゅんすけ》
百之喜の幼なじみ、弁護士

鬼光智也《おにみつともや》
百之喜の幼なじみ、公務員

1

江利《えり》はその扉の前でしばらく躊躇《ためら》っていた。

番地は教えられた住所で合っている。

1Fということは一階という意味で、このビルの二階から上はマンションで一階はコンビニだけだ。

住所が間違っているのかと思ったら、ビルの横に細い道があって住宅街に続いている。

行ってみると、表札のない扉がぽつんとあった。

コンビニの勝手口ではないかと思ったくらいだが、それにしては入口《エントランス》がちょっと凝っている。

扉を通りから離すように一階部分が少しえぐって建てられており、扉の上にささやかな庇《ひさし》がつけられ、二段しかない階段は煉瓦《れんが》で飾られている。

階段の横には小さな庭——と言えるのかどうか、小振りの煉瓦と柵でわずかな土が囲われ、数種類の小さな草花が植わっている。

ここで間違いないはずだが、看板も出ていない。曇り硝子《ガラス》の扉にも何も書かれていない。

呼び鈴もない。

お客を迎える雰囲気ではないが、ここが事務所であるなら勝手に入っていいものと判断して、そっとドアを引いたところ怒声がした。

「どういうことよッ！　話が違うじゃないの！」

あまりの剣幕に反射的に扉を閉めようとした手が次の台詞で止まった。

「有名な探偵事務所なんでしょッ！　ここへ頼めば何でも無罪にしてくれるんじゃなかったの⁉」

これは聞き流せなかった。

江利は扉をかすかに開けたまま聞き耳を立てたが、わざわざ『盗み聞く』必要もなく、表通りまで響き渡りそうな大音量の金切り声が叫んでいる。

「うちの卓《すぐる》ちゃんは悪い仲間に唆《そそのか》されて盗みにつ

きあわされただけじゃないの！　それなのに懲役《ちょうえき》五年だなんて納得できないわ！　あんたたちの力で何とかしなさいよッ！」

　隠れているのも馬鹿馬鹿しくなって、江利は思いきってもう少し扉を引いて、そっと中を覗いてみた。

　中はごく普通の事務所のようで、叫んでいるのは（声からも明らかだったが）中年の女性である。

　入口に背を向けて座っているので顔は見えないが、髪はきちんとセットされているし、着ているものも高級なブランド品だ（ただしサイズは間違いなくL、それもはちきれそう）。裕福な女性のようだった。

　怒鳴られているのは低いテーブルを挟んだ正面に座っている若い男だった。大学生のように見えるが、一応スーツ姿でよれよれのネクタイを首から下げているところを見ると社会人らしい。Lサイズ女性の剣幕を恐れてひたすら小さくなっており、その隣に秘書然とした若い女性が座っている。

「お言葉ですが、それは小日向《こひなた》さまの勘違いです」

　口を開いたのは女性のほうだった。

「当方は探偵事務所ではございませんし『何でも』無罪になどできるはずもありません。お話を伺った限りではご子息に非があることは明らかです。盗み目的で夜中に他人の住居に侵入し、抵抗した住人に重傷を負わせています」

「卓ちゃんのせいじゃないわよ！　そのお爺さんが大げさに騒いだりするからいけないんじゃないの！　いきなり大声を出したから卓ちゃんはびっくりして、お爺さんを突き飛ばしただけで怪我をさせるつもりなんかなかったのよ！　お爺さんが転んだはずみで骨折したからって卓ちゃんのせいじゃないわ！」

　すごい理屈に江利は感心した。

　呆れたのは江利だけではないようで、その女性は『落ち着いた』を通り越した冷ややかな声で言った。

「ご子息には以前にも逮捕歴がおありですね」

　Lサイズ女性の声量はさらに跳ね上がる。

「それだって喧嘩に巻き込まれただけよ！　警察は

その時はちゃんと卓ちゃんを返してくれたんだから今回だって返してくれたっていいはずじゃないの！　なのにたまたま卓ちゃんが執行猶予中だからって、今回は実刑は免れないなんてひどいじゃない！」

執行猶予中に強盗傷害？

呆れるのを通り越して驚いた江利だった。それは駄目だろう——と法律の素人《しろうと》の江利でもわかるのに、息子命の母親にだけはわからないらしい。

学生のような男がここで初めて口を開いた。

「それで刑務所に行かずに済ませようっていうのは、どう考えても無理じゃないかと思いますけど」

『やる気がない』『覇気《はき》がない』『面倒くさい』をそのまま声にしたような、ぼそぼそした口調だった。

ちょっぴりげんなりしているような響きもある。

Lサイズ女性に辟易《へきえき》しているのは明白だったが、言葉自体ははっきりしたもので眼も逸《そ》らさなかった。

かなり露骨にいやそうな眼を向けて、もう帰ってくれないかなという意志も顕わに男は続けた。

「執行猶予中に強盗傷害でしょう。それじゃ実刑になりますよ。わざわざ来てもらったのに何ですけど、お役に立てることはなさそうです」

「そんなはずないでしょ！　ちゃんと聞いたのよ！　放火で逮捕されたのに、ここに頼んで無罪になった人がいるって！　だったら傷害でも強盗でも無罪にしなさいよッ！」

「無理です」

また若い女性が言った。化粧も服装も地味だし、髪は無造作にまとめているだけなので目立たないが、きれいな女性《ひと》である。ちゃんと化粧して着飾ったら女優かモデルと言ってもおかしくない。

「小日向さまがおっしゃっているのがどなたなのかわかりかねますが、放火で逮捕されたにも拘《かか》わらず無罪放免された方がいるとしたら、それはその方がもともと罪を犯してはいなかったから——つまりは誤認逮捕であり冤罪《えんざい》だったからです。ご子息の例と一緒にすることはできません」

「何を言うの！　卓ちゃんだって冤罪よ！」

江利はちょっと恐くなってきた。

親馬鹿という言葉があるが、ここまでくると笑えない。親馬鹿を通り越して常軌を逸している部類に入るが、きれいな女性はあくまで淡々と、しかし毅《き》然《ぜん》と応対している。

「残念ですが、当事務所では小日向さまのお力にはなれそうにありません。どんな探偵事務所でも無理でしょう。この状況でもご子息を無罪にすると請け負う奇特な弁護士に依頼されることをお勧めします。どうぞお引き取りください」

穏やかではあるが凄《すご》みの籠《こ》もった声に、さすがに中年女性もこれ以上は言っても無駄と知ったのか、豊かな身体を揺らして憤然と立ち上がった。

「覚えてなさい！　繊細《せんさい》な卓ちゃんが刑務所の中でいじめられでもしたらあんたたちのせいですからね。呪ってやる！」

ぎゃんぎゃん喚《わめ》きながら女性がこっちへ来たので、江利は慌ててのけぞった。

そんな江利には気づかず、女性は思いっきり扉を押し開け、猛然と歩き去ったのである。

扉が完全に閉まるのを片手で押さえ、江利は中の会話に今度こそ聞き耳を立てた。

薄く開いた扉の隙間から覗いてみると、若い男はげっそりとソファに座り込んでいた。

「今の人、名前なんて言ったっけ？」

「小日向静《しずか》さんです」

「あれで「静」だなんて看板に偽りありだよ……」

たとえが決定的に間違っているが、言わんとするところはよくわかる。

男は盛大にぼやいて訴えた。

「ねえ、電話帳に電話番号を載せるのはやめようよ。あんなお客さんが来るんじゃ物騒でかなわない」

「いいじゃないですか。今みたいに断れば」

「面倒くさいよ」

「所長。働く気があるんですか」

「ないよ」

江利は面食らった。これが所長？

二十六歳の江利より四、五歳若く見える。

それはともかく所長という立場にありながら働く気がないと言い切る神経も理解できない。

この事務所、本当に大丈夫だろうかと、ますます心配になってくる。

「だいたい無理して働かなくたってぼく一人くらい食べていけるんだからさ」

女性がちょっぴり意地悪い口調で言った。

「いつまでもあると思うな親と金って言いますよ」

「親はもういないよ、知ってるだろ」

「だからこそです。もういない親の金ならなおさら『いつまでもあると思うな』でしょうが。ご両親の遺産に頼り切るのは褒《ほ》められたことじゃありません。第一わたしのお給料は事務所の売り上げから出していただくお約束なんです。大家さんの手前、少しは勤労意欲を見せないとまずいんじゃありませんか」


所長は気まずそうに眼を逸らして、わざとらしく、また嬉しそうに言ったものだ。

「もうじきお昼だ。休憩中の札を出そうよ」

「あれだけお菓子を食べてるのに、よくまあお昼が入るもんですね」

「何言ってるんだい。甘いものは別腹じゃないか。お菓子はお菓子、ご飯はご飯だよ」

「四十歳を過ぎてから、せいぜいメタボで苦しんでくださいね」

本人に聞こえるように堂々と言いながら、女性は休憩中の札を出そうと扉を開け、そこに立っていた江利とばったり顔を合わせる羽目になった。

女性はちょっと驚いて眼を見張り、江利は咄嗟《とっさ》に話しかけていたのである。

「……ここはもものきさんの事務所ですか」

「さようでございます」

「雉名《きじな》弁護士から紹介されて来ました。すみません。お電話してから来るつもりでしたけど、気が急《せ》いてしまって。今お邪魔してもよろしいですか？」

女性は背後を振り返った。所長は慌てて首を振り、指で小さく×印《バツ》をつくっている。

顔を戻した女性はにっこり笑って言った。

「どうぞ、お入りください」

先程まで中年女性が座っていた場所に案内される。向き合って立つと、所長は妙にあたふたしていた。江利はさっきの女性のように攻撃的な態度でいるわけではない。第一まだ何も言っていない。

それなのに何故か腰が引けている。

「椿《つばき》江利です」

江利が差し出した名刺にろくに眼を通そうとせず、所長は自分も名刺を差し出してきた。

「あ、どうも……。こういうものです」

交換した名刺を見て、江利は少し戸惑い顔になり、訝《いぶか》しげにその名前を口にした。

「百之喜《もものき》、太朗《たろう》さん、ですか？」

ちゃんと『百之喜』と『太朗』の間にスペースを空けて、アルファベットの仮名も振ってある。

でなければまず読めない苗字である。

自分の椿という名も滅多にあるものではないが、つい言っていた。

「珍しいお名前ですね」

「はあ、なかなか読んでもらえない苗字で。ぼくも、うちの親戚以外知りません。読み仮名を振らないと、「ひゃくのさん」か「もものさん」と読まれることもしょっちゅうで、そうすると自動的に名前のほうは喜太朗《きたろう》さんって読まれちゃうんです」

へらへら笑うその様子が頼りなく見えたとしても誰も江利を責められないはずである。

ソファに腰を下ろした江利はちょっと心配そうに、同時にちょっぴり皮肉な口調で言ったものだ。

「百之喜さんはずいぶんお若い探偵さんですね」

「いえ、ぼくは探偵じゃないんです。それに今年で二十七なんで、そう若くもないですよ」

「そうなんですか？」

江利は軽く驚き、素直な感想を述べた。

「見えませんね。年下かと思いました」

「よく言われます。椿さんはいくつなんですか？」

応対してくれた女性が『女性に歳を訊く無礼者がどこにいる』とばかりに剣呑《けんのん》な視線を投げつけても、脳天気な性格らしい百之喜は気づかない。

「二十六歳です。――あの、百之喜さんは探偵じゃないんですか？」

「はい。電話帳には『調査会社』で載せてますけど、今は探偵業を始めるには届けがいるんです。届けを出さないで探偵と名乗ると違法になっちゃうんで。うちは届けを出してないんで探偵じゃありません」

他人事《ひとごと》のような百之喜の口調に、江利はますます面食らった。

「では、こちらのお仕事は……何なんですか？」

「基本は何でもやってます。ぼくと凰華《おうか》くんだけの事務所ですから浮気調査なんかはできないですけど。あ、でも、便利屋でもないですよ。犬の散歩とか、粗大ゴミの回収とか、家の整理とか、そういうのは手が掛かるからやってないんです。――あ、それと一応お断りしておきますけど、別れさせ屋とかいう仕事もやってないですからね。時々、電話でやってないかって言われるんですけど、あれってあんまり褒められた仕事じゃないでしょ？　そりゃあ中には夫と浮気相手を別れさせたいんだなんていう切実な相談もありますし、父の遺産を相続した母を騙して財産を巻き上げようとしている男を何とかしてくれなんて同情できる相談もありますけど、そういうの期待されても困っちゃうんですよね」

この男にそんな仕事はやれと言っても無理だ。

「具体的には何をなさっているんです？」

「え〜と、何と言われても、何なんでしょうね」

所長本人が真面目に首を捻《ひね》っている。

江利も非常に困惑していた。

弁護士の雉名は歳は若くても、刑事事件を得意とする有能な弁護士だと聞いている。

江利が会って話した時もそのとおりの印象だった。その雉名がなぜこんな、見るからに頼りない探偵もどきに会ってみてはどうかと勧めたのか――。一縷《いちる》の望みを託してここまでやって来たのだが、やはり駄目かと絶望的な気分になった。

会話が途切れる。

きれいな女性は事務所の角にある台所で、お茶の支度を始めていた。ここからは様子が見えないが、茶器の音からして緑茶ではなく紅茶のようである。

なかなか戻って来ない。ティーバッグは使わずに、ポットを使って本格的に淹《い》れているらしい。

間が持たないことに焦《あせ》ったのか、百之喜は唐突に尋ねてきた。

「それで、どういうご用件でしょうか？」

「雉名さんから聞いていないんですか？」

江利が意外そうな失望の表情を浮かべたのを見て、百之喜は小さくなって頭を掻いた。

「すみません。雉名から連絡があったこともさっき聞いたばかりでして……いえ、実は、さっきの人がそうじゃないかと思ってたんです。だから何か話が変だなあって……」

「変でもないですよ」

江利は百之喜を見つめて言った。

「わたしも確実に有罪になる弟を何とか無罪にしてもらえないかと、こちらにお願いに来たんです」

百之喜はぎょっとした。

「弟さん？」

「そうです。弟は黄瀬《きせ》隆《たかし》と言ってわたしとは二つ違いの二十四歳になります。二年前に大学を卒業し、精密機器製造会社に勤めていました」

百之喜は妙にそわそわし始めた。

今にも席を立って逃げ出しそうな様子だったが、かろうじて踏み止まって恐る恐る質問してきた。

「つまりそのう、弟さんは何かの容疑で逮捕されて、既に起訴されているわけですか」

「もうじき初公判です」

「……で、あなたはそれに納得していない？」

「もちろんです」

「でも……でもですよ、公判が開かれるってことは弟さんは自供したんじゃないいんですか？」

「したんじゃありません。させられたんです」

「では……そのう、訊きにくいことを訊きますけど、弟さんの容疑は？」

「殺人です」

今度こそ百之喜は『うげぇ』と言わんばかりの、いやそうな顔になった。

台所からあの女性が睨《にら》みを利かせていなかったら本当にそそくさと席を立っていたかもしれない。

その様子を見て江利にははっきりわかった。この男は面倒事がいやなのだ。内心の怒りを押し殺した低い声で江利は続けた。

「一日中、取調室に閉じこめられて、何度も何度もおまえがやったんだろうって頭から決めつけられて、弟は心身ともに疲れ果ててとうとう自白《じはく》供述調書にサインしました。検察でも同じようにしたそうです。その時の自分は正常な判断能力を失っていたと弟は言っています。気力を取り戻した後は自白を翻して、自分は絶対やっていないとはっきり言っているのに、警察も検察も弟の言い分に耳を貸そうとしません。自分たちで強要しておきながら、一度自供した以上、調書は覆《くつがえ》せない、これは立派な証拠だと繰り返すばかりで取り合おうとしません。このままでは弟はやってもいない罪で刑務所に行くことになります。ですから、これが冤罪だと証明して欲しいんです」

探偵（もどき）への依頼としてはかなり変わった内容である。江利の言うようにこれが冤罪なら目も当てられないが、今し方の静のような例もある。

確認を取る意味でも、百之喜は少々疑わしそうに尋ねてきた。

「ですけど、根拠がなければ逮捕状は出ませんし、検察も起訴しませんよ。何か弟さんに不利な事実があったんじゃないいんですか？　現場不在証明《アリバイ》がないとか、目撃者がいるとか、物的証拠があったとか」

「全部です」

「ぜ……」

百之喜は呆気に取られた。

「全部ですか？　アリバイがなくて、目撃者がいて、物的証拠があったんですか？」

これで不当逮捕と言われたのでは警察も立つ瀬がないだろう。

それどころか、取り調べ中の自白の強要が問題視されている昨今これほど堂々と送検できる被疑者は非常にありがたい存在だったに違いない。

自白の強要と江利は言うが、警察にしてみれば、黙秘を続ける被疑者の口を割らせただけのことで、むしろ当然の職務を遂行《すいこう》したまでである。

裁判で犯行を否認しても、これだけの証拠がある以上、警察の知ったことではない。検察にとっても反省の色がないという理屈をつけて懲役を科す材料にできるのだから、願ったりかなったりだ。

「え～と、それじゃあ、動機もあったんですか？」

「警察はそう思って……いえ、決めつけていますが、弟は人殺しなんかできる人間じゃありません」

それで片づけば苦労はないので、百之喜は途方に暮れた様子で言った。

「椿さん。お気持ちはわかりますけど……」

「あなたの言いたいことはわたしにもわかります。犯人の——特に殺人犯人の身内は判で押したようにそう言いたがるものだと言うんでしょう」

冷ややかな口調に百之喜は気まずそうな顔になり、素直に謝った。

「すみません。何度も言われてるんですね……」

「ええ。耳にたこができるほどね」

「じゃあその冤罪だとして、弟さんは誰を殺したと思われてるんですか？」

「百之喜さん。その前にお尋ねしますが、わたしの依頼を引き受けてくれるんですか」

眼の前の男があまりに頼りなさそうに見えるので、

江利の口調も自然ときついものになる。

必死に訴えても鼻であしらわれ、気の毒な姉だと哀れみの眼を向けられ、結局は理解してもらえない、あの虚《むな》しさを味わうのはもうたくさんだったのだ。

江利が百之喜の表情をじっと観察している様子を百之喜は睨まれていると感じたようで、見るからに絶体絶命の窮地《きゅうち》に追い込まれている。

芳しい香りが漂い、女性がお茶を運んできた。

「どうぞ」

「ありがとうございます」

江利はきちんと礼を言って茶器を取った。

江利に差し出されたのは高級なマイセンの茶碗《ちゃわん》で百之喜のは百円均一のマグカップである。

露骨に所長がないがしろにされている。

一口含んで江利は微笑した。

「――美味《おい》しい。ダージリンですか？」

「いいえ、ネパールのお茶なんです。うちの所長が珍しいもの好きでして。――よろしければどうぞ」

女性は砂糖壺《つぼ》とミルクピッチャーを置き、江利はミルクだけを入れてみた。少し濃い目のお茶なので、おいしいミルクティーになる。

砂糖壺には一つずつ包装した角砂糖が入っていた。

百之喜は角砂糖を三つも茶碗に入れて、ミルクもたっぷりと注ぎ込んでいる。どんなにいいお茶でもこれでは本来の味が損なわれるのではと呆れるが、これも百之喜の緊張の現れだったらしい。

少しぬるくなったお茶を一息に呑み干し、自分に気合いを入れるように背筋を伸ばして切り出した。

「ええと、椿さん。お返事なんですけど……」

盆を持って下がろうとした女性が足を止めた。

背後に立つ彼女の表情は百之喜には見えないが、江利にはよく見えた。切れ長の眼がきらりと光り、何やら凄みを増して百之喜を見下ろしている。

振り仰いでこの顔を眼にしたら百之喜はそれこそ逃げ出したのではないかと思われるが、今の江利も百之喜もそれどころではなかった。

百之喜はせっかく伸ばした背筋を前以上に丸めて、そわそわと指先を動かしている。

先程と違って百之喜は正面から江利を見ようとはしなかった。多少は申し訳ないと思っているのか、頑《かたく》なに視線を逸らして弁解がましく言ってきた。

「弟さんは……本当にお気の毒だと思うんですよ。ですけど、やっぱりその、証拠もあるわけだし……警察の方針にしたって……尊重しないといけないと思うんですよね。それに雉名は優秀な弁護士です。そりゃあ、弟さんの場合だと無罪放免は難しいかもしれませんけど、雉名に任せておけば安心ですよ。そんなわけですから……ぼくにできることはないと思うんですよね。ですから、そのう……」

引き受けられません――と、思いきって百之喜が言おうとした直前に背後の女性が動いた。

百之喜の頭を片手でぐいと横に押しやり、江利に向かってにっこり笑いかけたのである。

「かしこまりました。椿さま。当事務所が椿さまのご依頼をお引き受け致します」

江利は驚いた。この返事にも女性の乱暴さにもだ。

呆気に取られたが、女性は積極的に話を進めた。

「椿さまの弟さんの無実を証明すること。ご依頼の内容はそれでよろしいでしょうか？」

「え、ええ。もちろんです。――あの、引き受けてくださるんですか、本当に？」

「凰華くん！」

ソファに倒れそうなくらい頭を押された百之喜が悲鳴を上げる。

「勝手に決めちゃ駄目だよ！　所長はぼくだよ！」

「では所長。わたくしのお給料は？」

「それは、だからその……」

「椿さまのご依頼は当事務所でお引き受け致します。よろしいですね？」

いやとは言わせない迫力である。

凰華と呼ばれた女性は百之喜をソファの端に押しやって隣に座ると、あらためて江利に一礼した。

「百之喜の秘書を務めております凰華と申します。よろしくお願い致します」

所長よりも秘書のほうが権力があるとは珍しいと思いながら、江利も頭を下げた。

「こちらこそ。――あの、失礼ですが、おうかとはどういう字を書くんですか」

「失礼致しました」

凰華は苦笑して、名刺を差し出してきた。

その名刺の名前を見て、江利は軽く眼を見張った。

これまた滅多に見ない珍名だったからだ。

「花祥院《かしょういん》凰華さん――ですか?」

ぱっと見に人名とは思えない。神社仏閣に属する御堂《おどう》のようである。花祥院凰華堂――ならなかなか立派で壮麗《そうれい》な雰囲気が想像できる。人名だとしても華道か茶道の宗家――悪くすれば怪しげな文筆家か占い師の名乗る芸名のようだ。

「はい。ですが、名前で呼んでください」

「わかりました」

江利は言って、ちょっと苦笑した。

「職業柄《がら》、名前を確認する癖《くせ》があるものですから。わずらわしい思いをさせてすみません」

江利の名刺に顧客相談室オペレーターとあるのを見て、凰華も頷いた。具体的な業務はわからないが、顧客相談室というからには人の名前の漢字と読みを念入りに確認する必要がある。その江利にとっても凰華の名前は少々驚きだったらしい。

「初めて見ました。珍しいお名前ですね」

「大げさでしょう。この苗字で呼ばれるのは抵抗があるので、いつも凰華で通しているんです」

その名前もかなりの確率で大仰だと思う。

『鳳凰《ほうおう》の凰に中華の華』では自己紹介も気がひける。

幸いにも凰華は『名は体を表す』を実践している美人だから問題はないだろうが、子どもの頃はどうだったのだろう。普通の女の子なら間違いなく名前負けとからかわれるはずだ。

それ以前に自分の名前が漢字で書けなかったので

はなかろうかと他人事ながら気になってしまうが、凰華はさらりと言った。

「厄介《やっかい》な名前ですが、耳で聞く分には、たいていの人は『大岡《おおおか》』だろうと勘違いしてくれますので」

なるほど『かしょういんさん』と呼ばれるよりは、『おうかさん』のほうがまだ普通かもしれない。

しかし、字面も少々変わっている。苗字に『花』が入っているのに下の名前にも『華』が入っている。

普通はやらない組み合わせのような気もするが、一般的に女の子は結婚すれば苗字が変わるのだから、両親は深く考えなかったのかもしれない。

そうした思いが顔に出たかどうかは定かでないが、凰華が先回りして言った。

「生まれた時は花祥院ではなかったんです。両親が離婚したのでこの名前になりました」

江利は軽く眼を見張って、微笑した。

「それなら、うちと同じですね」

百之喜が笑って手を打った。

「ああ、なんだ。それじゃあ椿さんは結婚したから弟さんと違う苗字になったわけじゃないんですね」

凰華がまた冷たい眼差しで百之喜を見た。

江利の左手には結婚指輪がない。そのくらい気がつかないのか——と眼で詰《なじ》っても、鈍さにかけては筋金入りの百之喜は平気な顔でにこにこ笑っている。

ここまでくるといっそ立派だが、江利はひっそり微笑した。苦い記憶を思い出したからだった。

「結婚は、来年するはずだったんです。五年前からつきあっている彼と婚約したばかりでした」

「……とおっしゃいますと？」

「弟の事件の後、婚約を解消してくれと彼に言われました。人殺しの姉を身内にすることはできないと両親が言っているからと」

百之喜と凰華は思わず顔を見合わせた。

よくある話と言ってしまえばそれまでだ。

男の両親にしてみれば、これ以上ない婚約破棄の理由だが、江利にしてみればたまったものではない。

「ご両親のお気持ちは理解できなくもないんです。逆の立場だったら、わたしも同じことを言ったかもしれません。ですが、弟が何をしようとわたしには何の関係もないんです。幸い、彼も、こんなことになった今でもわたしと結婚したい気持ちに変わりはないと言ってくれています」

そして弟は無実を主張している。

だからこそ、江利としては何が何でも弟の言葉が真実だということを証明しなければならないのだ。

凰華は頷き、やや身を乗り出した。

「わかりました。椿さまのためにも可及的速《すみ》やかに、全力で取り組むことをお約束します」

「はい。よろしくお願いします。弟の事件について詳しくお話ししたほうがいいですか？」

「いいえ、後程雉名弁護士に確認しますので結構です。──それより、条件についてお話ししておきたいと思います」

「お金のことでしたら、結婚費用にと思って貯めた貯金があります。どのくらいかかりますか」

「現時点では具体的な金額は申せません。必要経費プラス成功報酬という形でお支払いいただきますが、それとは別にいくつか承知していただきたいことがございまして」

報酬よりそちらのほうが大事という態度も顕わに、凰華は百之喜を置き去りにして取り決めに入った。

「第一に、当事務所の調査の結果、弟さんの無実が証明されても、その件に当事務所が関わったことは誰にも言わないでいただきたいのです」

江利は不思議そうな顔になった。

うちの優秀さを宣伝してもらいたいと言うのならわかるが、真逆を要求するとはおかしな条件だ。

「ご覧の通り、ここはわたくしどもだけの事務所ですから、少数の方からのご紹介だけで手一杯でして、大勢のお客さまには対応できないのです」

「わかりました」

「第二に、当事務所が弟さんの無実を証明するため、どんな調査を行うのか、詳しいご説明はできません。それでもよろしいですか」

江利は頷いた。その点は雉名からも、くれぐれも念を押されていたし、きちんと仕事をしてくれれば手段などはどうでもいい。

無論、非合法なものでは困るが、江利はその点は特に言及しないでおいた。

弟が逮捕されてから何人もの弁護士に会ったが、彼らは皆、減刑狙いで闘うしかないと断言した。

計画的な犯行ではなかったと、あくまで衝動的な犯行だったと主張して認められれば、うまくすれば五、六年で出てこられるだろうと言うのだが、それでは意味がない。

彼の両親は人殺しの姉と親戚になれないと言っているのだから、弟が無罪になることが絶対に外せない条件なのだ。

最後にすがった雉名も厳しい顔で断言した。

「どんなに優秀な弁護士でも、現時点では弟さんの無罪を立証するのは不可能です」

それでも江利は食い下がった。

鬼気迫る江利の様子に雉名はしばし考え、ここの番地を渡して言ったのである。

「ここへ行ってみてください。結果次第ではお力になれるかもしれません」

そして今、やっと希望の光が差そうとしている。

江利にはそちらのほうが遥かに大事だった。

「第三に、これがもっとも肝心なことですが……」

居住まいを正した凰華はさりげなく、淡々とした口調で告げた。

「弟さんの無実を証明したその結果、他に何らかの不具合が生じたとしても責任は負いかねます」

「どういう意味でしょう？」

「過去に実際にあった例でご説明致します。名前は伏せますが、放火で逮捕された男性がいました」

さっきの「静」さんが騒いでいたのは、ちゃんと根拠があってのことだったわけだ。

「その方が疑われたのは、現場から逃げるのを目撃された犯人の背格好がその方とよく似ていたから、放火された家の住人とその方との間に以前に何度かトラブルが起きていたからです。火事自体は発見が早かったため、塀の一部を焼失しただけで消し止められましたが、その方は事件当時の現場不在証明《アリバイ》を明らかにできませんでした。初犯ということもあり、執行猶予がつくと思われる状況でしたが、その方は三十代の働き盛り、奥さまもまだ小さいお子さまもいらっしゃいました。奥さまはご主人に前科をつけるわけにはいかないと思い、何とかご主人の容疑を晴らしてほしいという依頼をされたのです。そして当事務所の調査の結果、その方の事件当時の行動が明らかになり、放火があった時間にはまったく別の場所にいたことが証明されました」

それなら大変喜ばしいことである。

百之喜事務所にとっても大金星だったはずだ。

江利は不思議そうだった。口にはしなかったが、どこがいけないのかと表情で問いかけている。

「その方が警察の取り調べに曖昧《あいまい》な供述をしたのも当然で、その時間、その方は小さな女の子に悪戯《いたずら》をしようとしていたのです。小学四年の女の子だったそうですが、しっかりした子で、大きな声を出して騒いだので、母親の他に近所の人たちも駆けつけて、男性の一人が言うにはその犯人と一時はもみ合いになったものの振り切られて逃げられてしまったと。ですから犯人の人相もはっきり覚えていたのです。こちらとしても念のために面通しを行いましたが、残念ながら疑問の余地はありませんでした。母親もその男性もあれが犯人に間違いないと断言しました。ご本人も、こんな汚点を世間に知られるくらいなら放火の濡れ衣を被って執行猶予をもらうほうがまだましだと思って口をつぐんでいたのです」

「…………」

「放火の件は無罪になりましたが、その方は児童に対する強制わいせつ罪に問われることになりました。

ただ、こちらも幸い未遂でしたし、女の子の両親は事態を公《おおやけ》にすることをいやがって、その方を告訴しませんでした。警察は余罪を疑って、相当厳しく取り調べましたが、その方は悪戯に関しても誓ってこれが初めてだと主張して、警察も厳重注意した上、その方を釈放したのです。書類の上では無罪放免となったわけですが、奥さまのご心境を考えますと」

凰華は苦い顔で言葉を切り、百之喜がしみじみと言ったものだ。

「調査費と成功報酬を払ってほしいんですけどって、あんなに言いにくかったことってないよねえ……」

「ですが、放火の疑いを晴らすという依頼を受けて、その依頼は果たしたのですから、こちらとしては、やはり報酬は払っていただきませんと……」

弁解がましく言いながら、凰華はちらっと江利を窺った。

江利は皮肉っぽい笑いを浮かべて言ったのである。

「殺人以上に悪いことって何かありますか？」

「普通に考えれば、ありません」

「でしたら、お願いしたいと思います」

「かしこまりました」

凰華は契約書もつくろうとしなかった。

本職の探偵ならこうはいかない。現行の法律では正式な書類を作成しないと違法になってしまうが、江利はそこまで気が回らなかった。

正直に言うなら、百之喜がどんな手段を取ろうと、江利には興味もなければ関心もなかったのだ。

ただ、弟が無罪になることだけが肝心だった。

弾《はず》んだ足取りで江利が出て行くと、凰華は江利についての感想を洩らした。

「ちょっと陰があるようなのは弟さんの事件のせいでしょうが、可愛い人ですね」

凰華自身は大柄で目鼻立ちはくっきりと華やかで、それでいながらクールな雰囲気の美人だが、江利は素直に『守ってあげたい』タイプに見えた。

「そうかなあ。睨まれて恐かったよ」

百之喜はしきりとぼやいている。

「やっぱり仕事しなきゃいけないのかなあ……」

「何度も言いますけど、わたしのお給料は捻出していただかないと困るんです」

「凰華くんだってお給料もらわなくたってＦＸだかなんだかで稼いでるじゃないか」

「あれは趣味です」

百之喜はため息をつきながらふと時計を見上げて、飛び上がった。

「限定ランチが終わっちゃう！」

けたたましく事務所を飛び出していく。

凰華も休憩中の札を下げて事務所の鍵を閉めると、食事に出た。

その際、自分の携帯から雉名弁護士に連絡した。

「所長は依頼を受けましたよ」

強引に引き受けさせておいてよく言うものだが、携帯の向こうから深いため息が聞こえた。

「……引き受けたのか」

意外そうな声だった。

これまた奇妙な話である。

自分で江利を紹介しておきながら、余計なことを——と言わんばかりの口調なのだ。

「正直、断ってくれるのを期待していたんだが……仕方がない。他の連中にはこちらから連絡する」

2

雉名俊介《きじなしゅんすけ》は有能を絵に描いたような男である。

弁護士としての経歴《キャリア》はまだほんの駆け出しだが、祖父が高名な弁護士という土台もあり、二十七歳という若さを感じさせない物腰と着実な仕事ぶりで、顧客からの信頼も厚い。

その客層に女性が多いのは、雉名の容貌も理由の一つだろう。眉は濃く、眼差しは黒々と澄んで鋭く、見るからに容姿端麗《たんれい》な優等生の雰囲気だ。

あまり積極的に客に笑いかけるタイプではないが、人の話をじっくりと聞き、自分に向かない案件だと思えば他の弁護士を熱心に探して紹介する真面目な一面も持ち合わせている。

そのせいか雉名を冷静沈着な性格だと思っている人間が多いのだが、実際の彼はむしろ感情の起伏の激しい人間だった。

刑事事件、それも冤罪《えんざい》の疑いのあるものばかりを好んで扱っているのも、自分の力で裁判をひっくり返す快感もさることながら、無実の人間が刑務所に行くのは見逃せないという正義感も多分に関与している。今時青臭いと人は言うかも知れないが、祖父も両親も若いうちはそれもいいだろうと笑って見逃してくれている。

雉名は待ち合わせの店に急いでいた。

予約したのは仕事でも私用でもまず足を運ばない高級店である。

服や小物に関してはそれなりの品物を身につけるようにしている雉名だが、実のところこれらは仕事上の小道具に過ぎない。

食に関しては大雑把《おおざっぱ》でチェーン店の牛丼でも全然構わないのだが、今回の待ち合わせの相手、正確に言うならその一人が、

「俊くんのおごりなら、普段は食べられないような、うんと高いものを食べたい」

というずうずうしい奴なのだ。

懐《ふところ》はひどいことになるが、正直こういう場所を経験しておくのも損はないと雉名は思っている。

初めて行く店だったので、雉名は店名を確認し、立派な外観にいささか怯《ひる》みながら中に入った。

雉名の知っている飲食店とは根本的に次元が違う。女性向けの雑誌に載っているような表現をあえて使うとすれば、『極上の異空間で至福のひとときを味わう』といったところだろう。

席を四つ頼んでおいたが、雉名が到着した時には、まだ一つしか埋まっていなかった。

「俊くーん、こっちこっち」

女の子からの呼びかけなら嬉しいかもしれないが、屈託なく片手を上げて、陽気に笑いかけてくるのはどう見ても男だ。名前は犬槇蓮翔《いぬまきれんしょう》。

芸名のようだが、れっきとした本名である。

一風変わった名前なので、ほとんどの人が由来を尋ねるが、彼はその都度、

「ん～とね～。おじいちゃん家《ち》がお寺でね～、親が昔テニスにはまってたんだって」

のんびりした口調で説明している。

質問したほうは何がなんだか全然わからないが、本人は気にする様子もない。

雉名は前述した通り、どこに出てもおかしくないスーツ姿だが、犬槇は至って楽なパーカーにカーゴパンツ、足下はスニーカーという出で立ちだった。

「珍しく早いな」

「そりゃあ、ご飯が懸かってるもん。ともちゃんがちょっと遅くなるって」

席に着きながら雉名は舌打ちした。

「あいつは残業なんかないだろう。――芳猿《よしざる》は？」

「連絡取れなくてね～。携帯がずっと留守電なんだ。一応、ここの場所と時間と、俊くんのおごりだって伝えといたから、聞いてたら来るんじゃないかな」

「そうか」

雉名は短く答えて、注文を聞きにやってきた給仕係に食前酒を頼んだ。

眉間に皺の寄った仏頂面《ぶっちょうづら》に犬槙が苦笑する。

「殺人事件だって？」

「ああ」

「やっぱり冤罪？」

「そうらしい」

「その割に機嫌悪そうだねえ」

いつもの雉名なら冤罪事件は歓迎する。

それが殺人事件となれば人一倍張り切るはずだが、雉名は別の答えを返した。

「こんな店で四人分払ったらいくらになると思う？ 考えるだけで頭が痛い」

「弁護士さんが何情けないこと言ってるのさ」

「ほんの駆け出しだ。いくらも稼げない。だいたい刑事事件は儲からないと相場が決まってる」

「その分、家がお金持ちじゃん」

「人聞きの悪いことを言うな。別に実家に援助してもらっているわけじゃないぞ」

「だってスーツや靴や鞄なんかは全部実家払いだし、しょっちゅうご飯食べに家に帰ってるんでしょ」

それは母親が――と言いかけて雉名は詰まった。

弁護士が素人《しろうと》に口で負けるとは情けない限りだが、家の事情から家族構成、その家族の性格、幼い頃の失敗談まで筒抜けに知られていては勝ち目はない。

加えて犬槙は、雉名の不機嫌の原因が何なのかをちゃんと知っていたので、さらりと言った。

「だいたいさあ、そんなにいやなら、たろちゃんに頼まなきゃいいだけのことじゃん」

『たろちゃん』とは百之喜《もものき》のことである。

雉名も犬槙も百之喜とは小中高と学校が同じで、いわゆる幼なじみなのだ。

「仕方がない。依頼人の希望なんだ」

「どんな希望よ？」

「普通なら絶対に無理な注文だ。物的証拠もある、本人も自白《じはく》している、動機も充分。通常なら十年は食らうところを減刑狙いで闘うしかないのに、納得しないいんだ。――弟は冤罪に違いない、何が何でも無罪を勝ち取れと主張して譲らない」

「ああ、よくあるパターンだよねえ。――けどさあ、何かやっちゃった人の身内って、たいていそう言うもんじゃないの？」

「だから百之喜のところに行かせたんじゃないか」

吐き捨てるような口調に、犬槙はまた笑った。

「で、お望み通りの結果が出たのに、何がそんなに気に入らないわけ？」

犬槙の言葉を聞いているのかいないのか、雉名は拳を握りしめ、無念やるかたない様子で唸っている。

「あいつがもっとやる気を出してくれさえすれば、こんな苦労をしなくてすむのに……」

犬槙はオレンジジュースを飲みながら、のんびり言ったものだ。

「それは今さら言っても始まらないでしょ～。まあ、俺は美味《おい》しいものが食べられて嬉しいけど。その分、後が恐いからなあ」

「それなんだが、犬槙、しばらく時間とれるか」

「う～ん、ジムのシフトがあるからね」

犬槙は格闘家である。総合格闘技というらしいが、雉名はその辺はよく知らない。ただ、それだけでは食べていけないので、ジムのインストラクター等の仕事も不定期に入れていることは知っている。

色白の童顔にぱっちりした眼が愛らしい犬槙は、とても格闘技をやっているようには見えない。

実際、合コンなどで職業を話すと、女の子たちはあからさまに疑惑の目を向けてくるが、

「俺ね～、ウェイト軽いし、着やせするし～、顔もこんなだけど～、首から下はすごいんだよ～」

犬槙が笑いながら言うと、女の子は大いに喜ぶ。

実際、彼が小さい頃は女の子に間違えられるのはしょっちゅうだった。というより、小学校の六年間、ただの一度も男の子に見られたことがなかった。

多感な年頃の少年にはかなりの屈辱のはずだが、本人の性格もあって犬槙は至って楽天的だった。

「まあ、しょうがないかなあ」くらいに考えており、それほど悲観していたわけではないのだが、中学の制服を着るようになってからも、道行く人が何人も驚いた顔で振り返り、

「あの子、何で男子の制服着てるの？」

ひそひそ囁《ささや》かれたのをきっかけに奮起した。

どんなに脳天気な性格でも、犬槙蓮翔はれっきとした男の子だ。私服ならまだしも制服を着ていて、

「女の子に間違えられるなんて最高に格好悪い」

という至極単純な理由で格闘技を始めた。

もともと運動神経は抜群に優れていたし、才能もあったのだろう。みるみる上達して、プロになり、今ではその世界では名前を知られた存在らしいが、相変わらず顔だけは可愛いらしいままである。

しかし、その容貌とのんびりした性格のおかげで、犬槙は初対面の相手にも警戒心を起こさせない。

試合のない時なら時間の融通も利くようなので、仕事を手伝ってもらうのにうってつけの人材だった。

ちゃんと賃金も払うと雉名は申し出ているのだが、犬槙は友人からお金をもらうのに抵抗があるようで、

「それなら、ご飯おごってくれればいいよ。それも滅多に食べられないような高いやつ」

と言うのである。

そんなに食通《グルメ》なのかと思いきや、この男も普段は大衆食堂を愛用しているという。では、なぜこんな似合わない注文をするのかと尋ねると、

「だって女の子誘う時にリサーチしてあったほうが有利じゃない」

と言う。

そうなると雉名も意地になって、犬槙の稼ぎでは絶対に彼女を連れては行けないような高級店ばかりセッティングしてやる。ささやかないやがらせだが、実はまんまと犬槙の思うつぼにはまっている。

「それで、今度は何をすればいいのかな？」

「鬼光《おにみつ》が来てから話す。——正直、俺にもどこから手を着けたらいいのかわからないんだ」

するとすると犬槇が雉名の背後を見て『来たよ』と眼で合図をし、笑いながら手を上げた。

「や、ともちゃん。久しぶり〜」

「ともちゃん言うな！」

せかせかした足取りでやってきたのはスーツ姿の若い男だった。同じスーツでも雉名のそれとは違い、安価な量産品であることは歴然としているが、身のこなしも足取りも颯爽《さっそう》としていて好感が持てる。

職場では『笑顔のさわやかな好青年』という申し分のない評価を受けている人物だが、今は傍目《はため》にも苛立っている。雉名の隣に座るなり嚙みついた。

「俊介。おまえ、無茶を言うなって、何度言ったらわかるんだ」

「できないことなら最初から頼まない。おまえなら容易《たやす》いだろうと思ったから言ったんだ」

「俺は堅気の公務員なんだぞ！」

憤然と言った彼は鬼光智也《ともや》。

彼もまた他の二人と同い年で幼なじみでもある。

腐れ縁が二十年も続くなんてとぼやいているが、その絆を一番大事にしているのも彼である。

一つ残った空席を見て、鬼光は尋ねた。

「梓《あずさ》は？　まだ来てないのか」

「う〜ん。留守録には入れたけど。出ないんだよ」

「あいつ、今は何をしてるんだ？」

「知らない。ここんとこ連絡取ってなかったから。ひからびてなきゃいいけどね〜」

犬槇が言うと、鬼光はたちまち顔色を変えた。

その友人が定職に就いておらず、極めて不規則な生活をしているのを知っていたからだ。

「早く言え！」

鬼光は鞄からラップトップを取り出し、ネットに接続して何やら調べ始めた。

「何してんの？」

「梓の携帯、電源は入ってるんだろ？　電話会社の

GPSを使って現在地を確認するんだよ」

「そんなことできんの？」

犬槙の疑問を雉名が訂正した。

「やっていいのかの間違いだろう。外部から不正にアクセスするんだから」

明らかに違法だが、鬼光本人は一心不乱に機械を操作している。

「本当に行き倒れてたらどうする。あいつ、前にも餓死《がし》寸前までいったことがあるんだぞ」

俺が気がつかなかったら本当に死んでたところだ——とぶつぶつ呟きながらキーボードを叩く鬼光に、犬槙と雉名は苦笑して顔を見合わせた。

「ともちゃんは常識人のハッカーだもんねえ」

「心配性でもある」

「大きな声で人を犯罪者扱いするな！　俺は区役所勤めの公務員なんだ！」

「ともちゃんの声が一番大きい」

「言えてる。それに、少なくとも行き倒れの心配はなさそうだぞ」

雉名が後ろを振り返り、犬槙も二人の背後に手を挙げて笑いかけた。

「あっちゃ〜ん。こっちこっち！」

最後の一人はよくまあ店員がこれを店内に入れてくれたものだと感心するような身なりだった。

くたびれたスウェットの上下に汚れたスニーカー、ぼさぼさに伸びた前髪のせいで眼がほとんど隠れて見えない。おまけに無精髭《ぶしょうひげ》まで生やしている。

年齢不詳の不審人物にしか見えないが、身なりをきちんと整えれば見違えるほどきれいな姿形になる。

彼もまた幼なじみの一人で芳猿梓《あずさ》。

小さな劇団に所属して主に舞台を中心に活動する役者だが、当然それだけでは食べていけないので、生活はかなり苦しいらしい。

そこで雉名が時々こうして声を掛けて、芳猿にはちゃんとバイト代を払っている。でないと、本当に飢え死にしかねないからだ。

四人が揃ったので前菜が運ばれてきた。

ステーキがメインの店にも拘《かか》わらず華麗な彩りの繊細《せんさい》な前菜に、誰よりも感動したのは芳猿だった。

皿に顔を近づけて深々と料理の匂いを吸い込み、しみじみと言ったものだ。

「……ご飯だ」

いただきますと、きちんと手を合わせて、芳猿は器用に箸《はし》をつけた。

妙に行儀がよく、がっついたりしない食べ方だが、ひたすら黙々と料理を平らげるその様子を見れば、相当飢えているのがわかる。

鬼光が呆れて尋ねた。

「おまえ、どのくらい食べてないの？」

芳猿は箸を使いながら左手の指を二本立ててみせ、犬槇が冗談交じりに言った。

「危なかったね〜。明日辺り、本当に行き倒れてたかもよ」

「今日は俊介のおごりだ。好きなだけ食べていいぞ。何ならここで食いだめしていけ」

自分の財布ではないので鬼光が力強く請け負い、ややあってメインディッシュが運ばれてきた。

三百グラムのフィレステーキである。

産地と等級を銘打った肉の味はすばらしいもので、締まり屋の雉名も思わず感嘆の声を発したくらいだ。

「牛飯《ぎゅうめし》屋の牛丼と同じ牛とは思えないな」

「一緒にするなよ。あっちは外国産。こっちは国産高級和牛だろうが」

「わかってる。第一、値段が違いすぎる。同じ牛でなぜこんな差が出るのかと思うくらいだ」

あくまで財布の中身を気にしている雉名に対し、鬼光はおごりとあって遠慮がない。

「うん。さすがに値段だけのことはある味だよな」

「おいしい〜。ほっぺた落ちそうだね〜」

犬槇も芳猿も笑み崩れている。

何のかんの言っても彼らもまだ若い。こんな肉をそうそう食べられるような身分ではない。

遠慮なく肉を平らげる犬槇に、鬼光が訊いた。

「蓮翔。そんなに食べて体重はいいのか？」

「今は試合ないからね～」

「太ればその分、減量も大変になるだろう」

「十キロくらいなら軽いよ～。二ヶ月で落とせる」

鬼光のみならず雉名も眼を見張った。

「二ヶ月で十キロ？」

「おまえそんなのダイエットに苦労してる女の子に聞かれたら殺されるぞ」

「そんなことないよ～。みんな眼の色変えてね～、どんなダイエットすればいいのって訊いてくる」

「なんて答えるんだ？」

「徹底的にカロリー制限して、脂質全部カットして、一日十キロ走って筋トレすればすぐに痩せるよって言うと、みんな諦める～」

「おまえなあ、そんなに急に太ったり痩せたりして、身体は何ともないのか」

「それは慣れてるから全然平気だけど～。でもね～、この前、試合で頬骨折られたんだよ」

「犬槇……そういう話を鬼光の前でするな」

雉名がうんざりした様子で言い、芳猿も頷いた。

この常識人のハッカーはとかく心配性で、骨折と聞いただけで顔色を変える。大丈夫か？　ギプスで固定しなくていいのか？　ときりがない。

「やだなあ。ともちゃん。顔なんかほったらかしで大丈夫なんだって」

「ほったらかし⁉　だっておまえ、顔の骨だぞ！」

「でもさ～、見てもわかんないでしょ？」

普通、格闘家の顔は見るも無惨なことになるのに、にっこり笑う犬槇の顔はきれいなもので、どこにも傷があるようには見えない。

普段から顔には食らわないようにしてるからと、犬槇は言い、この間一発もらったのはちょっと油断してたからだと、彼なりに悔しそうに言ったものだ。

「頭蓋骨《ずがいこつ》陥没とかなら話は別だけど～、頬骨なんて、案外平気なもんなんだよ」

「そんなこと言って、フランケンみたいになったらどうするんだ！」

　雉名も真顔になって話に加わった。

「犬槇のフランケンは困るな。顔が取り柄なのに」

「何それ？　ひどいなあ。俺、別に顔で試合してるわけじゃないのに〜」

　すると、極上肉に夢中で向き合っているとばかり思っていた芳猿が顔を上げてぼそりと言った。

「蓮ちゃんは可愛いよ……」

「ありがと〜。あっちゃんも可愛いよ〜」

　小学生低学年の女の子のような会話だが、彼らの間ではこれが普通だ。ほのぼのお花ちゃん組である。

　その後はしばらく四人は夢中で絶品のステーキを味わった。順当に行けば後はデザートだが、芳猿が無言で給仕係を手招きし、ガーリッククライスと肉を（ただし、さすがにグラム数は減らして）もう一皿ずつ注文した。

　中肉中背のこの体軀でよく入るものだが、本当に食いだめしていくつもりらしい。

　他の顔ぶれはもう十分に食べたので、芳猿が食べ終わるのを待ってからデザートに進むことにしたが、その時間を無駄にすることはない。

　鬼光が再びラップトップを開いて、雉名に言った。

「おまえに頼まれた件、調べてみたけどな。どこに冤罪を疑う余地があるのかって感じだぞ」

「だから厄介《やっかい》なんだ」

　苦い顔で言うと、雉名は正面に座っている犬槇と芳猿に向かって話を始めた。

「現時点で犯人だと思われているのは俺の依頼人の弟で黄瀬《きせ》隆《たかし》、二十四歳。被害者は彼の上司だった渡邊《わたなべ》三成《みつなり》、二十八歳。株式会社エリゼの技術開発部主任だ」

　鬼光も痛ましそうに言う。

「俺らと一個しか違わなかったんだよな……」

　犬槇が尋ねる。

「そんなに若いのに主任ってすごいね。何やってる会社？」

「いわゆるＩＴ企業ってくくりでいいみたいだぞ。発見したのは夜間見回りの警備員だ。九月十八日の午前三時頃、無人のオフィスに倒れている血まみれの死体を発見、警察に通報した」

自分で言っておきながら『血まみれ』の部分で、鬼光はいやそうな顔になった。血に弱いらしい。

それから鬼光はプリントアウトした写真を二枚、テーブルに置いた。

「これが黄瀬隆な。――で、こっちが渡邊三成」

タイプは違うが、どちらもなかなかいい男だ。

黄瀬はまだ子どもっぽさの残る甘い顔立ちだが、渡邊はスーツも板について、既に大人の貫禄を身につけ始めている。少しばかり強面の雰囲気でもあり、自信も漂わせている。仕事のできる男の風貌だ。

この若さと顔で主任とあればさぞかし女性社員にもてただろうと思われるが、問題は、二人の写真がどう見ても社員証のコピーだということだ。


犬槙がからかいまじりの口調で尋ねる。

「いつも思うんだけど、ともちゃんて、こういうのどこで手に入れるの？」

「訊くな」

「やっぱり～？　ともちゃんは公務員なんかやめて本格的にハッカーやって生活すればいいのに」

犬槙の言葉は『犯罪者になればいいのに』という明らかな揶揄《やゆ》だったので、鬼光は敢然と反論した。

「ハッカーっていうのは本来、高度な技術と知識を持った人間のことを言うんだぞ。犯罪者とは違う」

「でもさ、他の会社のシステムに入り込んで情報を盗むのは違法でしょ」

雉名も同意した。

「他の会社どころか警察の資料まで盗んでくる」

「おまえが必要だってねだるからだろうが！」

無茶を言うなと鬼光が文句を言うのも当然だが、犬槙が不思議そうに雉名に質問した。

「そうだよね。知りたいことがあるなら、俊くんはなんで警察に訊かないの？」

「警察に訊くより鬼光に頼むほうが確実で早いんだ。そもそも警察は俺たちには情報を隠すからな」

鬼光がしたり顔で頷いた。

「そりゃあ、弁護士に捜査状況をぺらぺらしゃべる警察はいないだろう」

「そのとおり。だからおまえに訊いてるんだ」

「ともちゃん、自分で自分の首絞めてるよね～」

犬槙が笑いながら指摘して、雉名に尋ねた。

「黄瀬くんが逮捕された決め手は何？」

「凶器が黄瀬隆の持ち物だったからだ」

「黄瀬くんには動機があったわけ？」

「ああ、社内では有名だったらしい。渡邊は黄瀬の入社当時、教育係を務めていて、最初は割と親しくしていたようなんだが、ここ最近、渡邊が一方的に黄瀬を嫌うようになったというんだ。仕事の上でも黄瀬の些細な失敗《ミス》をことさら大げさに咎《とが》めたてたり、無能呼ばわりをしたり、何かと言いがかりをつけていじめていたらしいな」

「渡邊さんって、やな奴だったの？」

「自信家だったのは確からしい。社内でも一、二を競う出世頭だったそうだ。死体が発見される前日、黄瀬は渡邊と言い争っている現場を別の部署の女子社員に目撃されている」

「渡邊さんと最後まで一緒だったのは？」

「黄瀬隆だ。渡邊は遅くまで残業することが多くて、黄瀬もつきあわされていた。正確にはこき使われていたらしい。——同じフロアで働く社員の証言では自分が帰った時点で残業していたのは黄瀬と渡邊の二人だけだった。生きている渡邊と最後まで一緒にいたのは黄瀬隆だという目撃者がいるわけだ。その五時間後、巡回中の警備員が渡邊三成の死体を発見。遺体はひどい状態だったらしい。めった刺しで床は血の海、警察はすぐに怨恨の線を疑った」

「おい、梓がまだ食べてるんだぞ」

常識人のハッカーが眉を顰《ひそ》めたが、芳猿は無言で首を振った。気にするなということらしい。

「翌日、警察は出社した黄瀬に話を聞き、彼の車を調べたところ、トランクから血痕の付いたナイフが発見された。当然、黄瀬隆は任意同行を求められ、ナイフは鑑識《かんしき》に回された」

「車持ってるんだ。いいなあ……」

犬槇がうらやましそうに見当違いの感想を述べた。彼も免許だけは持っているが、自家用車など夢のまた夢である。鬼光も不思議そうに雉名に訊いた。

「入社二年目の社員がなんで車出勤なんだ？」

「エリゼは地下駐車場のスペースがかなりあるんだ。黄瀬隆の家は郊外だからな」

「車は何に乗ってるんだ？」

「気になるなら自分で調べればいいだろう」

「だから無茶を言うなってんだ。社員情報のどこを探しても社員の車の種類なんか載ってないぞ」

言い返した鬼光が雉名の後を受けて話を続けた。

「発見されたのは刃渡り十二センチの登山ナイフ。黄瀬隆は自分のものだと認め、指紋も付着していた。血痕は人間の血で渡邊三成の血液型と一致。傷跡も一致。警察は念のためDNA鑑定を行ったが、渡邊三成のDNAと完全に一致。凶器と断定された」

食事中の芳猿も含めて四人はしばらく沈黙した。

雉名が眉間《みけん》に深い皺《しわ》を寄せて嘆息し、その心境を犬槇が苦笑しながら代弁した。

「どう考えても無理があるよねえ」

「ありすぎだ。この状況で逮捕するなというほうが無茶だ。警察が職務怠慢を問われる羽目になる」

鬼光と犬槇がすかさず賛同する。

「同感だな」

「言えてる～」

芳猿は相変わらず黙々と食べ続けていたが、彼も小さく頷くことで同意を示した。

犬槇が向かいに座っている雉名と鬼光に訊く。

「黄瀬くん本人は何て言ってるの？」

「まったく身に覚えがないそうだ。自分が帰った時、渡邊はちゃんと生きていたの一点張りだ。その後で誰かが渡邊を殺したに違いないと言ってる」

「警察はそれを信用しなかったんだよね」

答えは訊くまでもないので、犬槇は自分で発したその問いに自分で答えた。

「警察の味方をするわけじゃないけどさ〜、普通に考えると黄瀬くんが犯人ってことになるよ。俊くん、何でこの人の弁護引き受けたの？」

「凶器が押収されたのが会社だと聞いたからだ」

「どういう意味？」

「人を殺して凶器を車のトランクに放り込むまではいいとしよう。何しろ自分の指紋付きだ。現場には残しておけない。その心情は理解できる。しかしだ、曲がりなりにも殺人犯たるもの、凶器を放り込んだその車で翌日のこのこ出社するか？」

他の三人は思わず顔を見合わせた。

「黄瀬隆が犯人なら、最低でも凶器を処分してアリバイくらい用意してもいいはずなのに、彼は自分がもっとも疑われるとわかっている時間帯に人を殺し、凶器のナイフを持って殺害現場に戻ったことになる。——警察は黄瀬隆のこの行動について、人を殺したショックで動転していたんだろうと、そこまで気が回らなかったんだろうと考えているが……」

犬槇が笑って言った。

「だとしたら、黄瀬くんはよっぽどの馬鹿だね」

鬼光も苦笑した。

「だから依頼人を百之喜のところにやったんだな」

「もしかしたらと思ってな。案の定だ」

「あいつ、素直に引き受けたのか？」

「そんなはずがないだろう。あの面倒くさがりが。凰華《おうか》くんが尻を叩かなきゃ何もしない奴だぞ」

「でも、たろちゃんは引き受けてくれたわけだし、お姉さんは弟の無実を信じてるんだよね？」

誰もが尋ねるような何気ない質問なのに、雉名はなぜか複雑な顔になった。

「信じているというよりは……怒っていたな」

「真犯人に?」

「いいや、黄瀬隆にだ」

他の三人が不思議そうに雉名を見た。

「最初に接見した時、黄瀬隆はひどく投げやりでな。あまりに非協力的で話にならなかったんだ」

「非協力的って?」

「やる気がないのさ。弁護をお願いしますと口では言うんだが、是が非でも助けてほしいという熱意がちっとも感じられないんだ」

「無実の罪で逮捕されてるのに〜?」

「ずいぶん呑気《のんき》な奴だな」

犬槇と鬼光が呆れて言うと、雉名は首を振った。

「実感がないんだろうな。いずれ真実が証明されるはずだと楽観的に考えているのかもしれない」

そこで、次は江利《えり》と一緒に面会に行ってみた。

黄瀬隆も肉親には打ち解けて話すのではないかと思ったからだが、江利は弟に何も言わせなかった。

もともとあまり仲のいい姉弟《きょうだい》ではなかったのか、刺すような眼で面会室の弟を見てこう言った。

「あんたは刑務所に入っちゃうからいいだろうけど、あたしはどうなるの。人殺しの姉だって知られたら仕事もクビになる。マンションにだっていられなくなるかもしれないのよ。どうしてくれるの?」

犬槇と鬼光が何とも言えない顔になった。芳猿も思わず食べる手を止めて雉名を見たくらいだ。

雉名も、この時の江利の態度には驚いた。

しかし、ちょうどいい機会だと思って、その時の黄瀬隆の表情を窺っていた。

身に覚えがあることなら姉にここまで言われれば罪悪感を覚えて気まずい思いをするだろう。

逆に身に覚えがないなら必死になって弁解するか、激昂《げっこう》して食ってかかるだろう。

ところが、黄瀬隆の反応はどちらでもなかった。

面倒な話を避けたいのか眼を背《そむ》けて黙っていたが、江利は弟のそんな態度を許さなかった。美しい顔に嫌悪と怒りを露骨に浮かべて険しい口調で追及した。

「人殺しの姉なんかと息子を結婚させられないって、婚約を解消されたわ。あたしは何もしていないのに、あんたのせいであたしの人生台無しよ」

「……俺じゃないよ」

「殺してないって言うの？」

「そうだよ。俺は誰も殺してなんかない」

「だったら、なんで自白なんかしたのよ」

「江利にはわかんねえよ。一日中、閉じ込められて、何度も何度も馬鹿みたいに同じこと聞かれてみろよ。……あんなの耐えられっこないよ」

「それなら、こんなところさっさと出てきなさい。これ以上あたしに迷惑掛けないで」

江利はそれだけ言うと、雉名を置いて席を立って帰ってしまったという。

「きっついお姉さんだねえ……」

犬槇は嘆息し、芳猿は無言で頷き、鬼光は何やら複雑な表情で江利を弁護した。

「けどさ、それって、弟を発憤させるためにわざと言ったんじゃないか？」

鬼光は女性に対して夢を持っている上、家族愛も強い人間なので、苦境に陥った弟をそこまで邪険にする姉がいるとは思いたくないのだろう。

「子どもの頃に両親が離婚して別々に育ったという話だから、姉弟と言っても情が薄いんだろうな」

江利が退出した後、黄瀬隆は小さく呟いたという。

「俺だって早く出たいよ」

それから雉名に対して、いささか頼りなさそうに頭を下げてきた。

「あの、俺ほんとに何もやってないんで、よろしくお願いします」

ここまでの話を聞いて、犬槇が言った。

「黄瀬くんが犯人でないとしたら、誰が渡邊さんをめった刺しにしたのかだよね〜」

「それ以上に問題なのはその凶器がどうして黄瀬の車に移動したのかだ」

「車はどこに置いてたのかな。アパート住まいなら近くの駐車場とか？」

「いや、戸建てだ。母親の持ち家だそうだ」

「車の鍵のスペアは？」

「自宅に置いていたと言っている。警察の調べでは事件後もちゃんとそこにあったそうだ」

「じゃあ、誰かが黄瀬くんの家から車の鍵を取って、渡邊さんを刺した登山ナイフをトランクに入れて、車の鍵はわざわざ元に戻しておいた？」

「それこそ無理があるだろう」

鬼光は考えながら言葉をつくった。

「時間的にぎりぎりの賭だけどな。一晩、ナイフを隠し持っていて、翌日の朝、黄瀬隆が出社した後で、何らかの方法で駐車場に停めてあった車にナイフを隠すっていうのは？」

「何らかの方法って？」

言うのは容易くても、実践するのは楽ではない。

最初から壊す覚悟ならバールか何かでこじ開ける手もあるが、それでは痕跡が残る。


すると、芳猿が顔を上げて呟いた。

「トランク……道具があれば開けられるけど……」

他の三人がいっせいに芳猿を見る。

「おまえ、何のバイトしてたの？」

「鍵の修理、交換、鍵開け、何でもご相談ください。迅速に対応致します」

別人のように明るくはきはきと芳猿は言った。

舞台の仕事がない時の芳猿は接客業から高所作業、配達に特殊な技術を要する機械工まで、実に様々な仕事をこなしている。

普段はぼそぼそした話しぶりで、これで果たして接客業などできるのかと思うくらいだが、給仕係のバイトをやった時の芳猿は完璧にその『役』を演じ、流暢《りゅうちょう》に話して愛想のよい笑顔を振りまいていた。

今は無精髭と伸びた前髪が見苦しいが、ちゃんと洗って身なりを整えれば甘い顔立ちの美男の部類に入るし、身のこなしもきびきびしていて舞台映えもする。接客商売をすれば女性客に大人気だ。

「あっちゃんは何でもできるんだねえ」

犬槙が感心して褒《ほ》めたことがあるが、芳猿は謙虚《けんきょ》に首を振って言ったものだ。

「できるの、人の真似だけだから……」

それはそれですごい才能だと思うのだが、演技者としての芳猿には悩むところがあるらしい。

雉名が話を戻した。

「現実問題として業者を使うのは難しいぞ。記録が残る。問い合わせでもされたら一発でばれる」

「黄瀬くんはやってないって言ってるんだよね」

「ああ。逮捕直後は否認していた。凶器のナイフは確かに自分のものだが、ずっと使っていなかった。持っていることも忘れていたくらいだ。トランクも普段は使っていないし、しばらく開けた覚えはない。あのナイフがなぜ凶器に使われて、どうして自分の車から出てきたりしたのか、皆目見当がつかないと繰り返していたが、最終的には全面的に罪を認めて供述調書に署名した」

鬼光が不満そうに言う。

「そこがそもそも問題なんだ。本当に無実なら何で自白したりしたんだ」

「そのことで黄瀬隆を責めるのは酷だろう。警察の尋問は言い方は悪いが、拷問と変わらない。こんな物証がある以上、警察も相当厳しく追及したはずだ。よほど強靭《きょうじん》な精神の持ち主ならともかく、普通の人間がそうそう耐えられるものじゃない」

芳猿がようやく料理をきれいに平らげた。

皿が下げられ、四人分のデザートが運ばれてくる。しっとりした栗のお菓子とバニラアイス、さらに薫り高い珈琲《コーヒー》を堪能して、犬槙が悪戯《いたずら》っぽく尋ねた。

「それで俊くんの方針は？」

「腹立たしいが、百之喜次第だ」

鬼光と犬槙が小さく吹き出した。

芳猿も呆れたようにちょっと笑った。

『結局そうなるのか』というのは幼なじみの彼らの共通した見解だったが、誰も口にはしない。

雉名の心中を思うと、あまりにも気の毒だからだ。

「そういうことだから、よろしく頼む」

何を頼むのか目的格のない言葉だが、そこは長いつきあいである。

三人とも微笑して頷いた。


食事を終えて店を出た雉名は、早足で歩きながら携帯の電源を入れた。いくつか着信があった。

江利からも三件、留守電が入っていた。

そのどれもが連絡が欲しいという内容だったので、さっそく掛けてみた。すぐに江利が出る。

「雉名さん。お忙しいところすみません」

「こちらこそ、遅くなって申し訳ありませんでした。何度もご連絡いただいたようですね」

「ええ。今日、百之喜さんにお会いしました」

「聞いています」

ほんのわずかな沈黙の後、江利は躊躇《ためら》いながらも、はっきりした口調で尋ねてきた。

「不躾《ぶしつけ》な質問になりますが、あの人にお任せして本当に大丈夫なんでしょうか？」

江利の気持ちはよくわかる。実際あの男に会ってそう思わない依頼人がいたらそのほうがおかしいが、雉名はきっぱりと断言した。

「百之喜に解決できなければ、わたしにはどうすることもできません」

「…………」

「椿《つばき》さん、この際ですからはっきり申し上げます。甘い期待はできません。現時点では隆くんの無罪を勝ち取ることは百パーセント不可能と言っていい。状況は著《いちじる》しく不利ですが、百之喜があなたの依頼を断らなかった。それが唯一の希望です」

「引き受けたというよりは……秘書の方に無理やり引き受けさせられたように見えましたけど……」

「凰華くんですね。知っています」

それが彼女の役目です——とは言わない。

「あの男の態度については気にしないでください。

本当に見込みがないのなら百之喜は凰華くんが口を挟む前に断っていたはずです」

「確かにそうでした。わたしが行った時、ちょうど別のお客さんがいたんですけど……」

けんもほろろに断っていたと江利から聞かされて、雉名は頷いた。

「百之喜はああ見えて仕事を選ぶ男です。その男があなたの依頼は断らなかった。不承不承ながら引き受けたということは、百之喜はわずかでも隆くんが無実である可能性を見出したということなんです」

「わたし……具体的なことは何も話さなかったのに、優秀な探偵さんなんですね」

「とんでもない」

雉名は露骨に顔をしかめた。

「あれは無能と自堕落を絵に描いたような男です。能力もなければ根性もない。毎日遊んで暮らすのを理想とするような社会の落伍者なんです。それでも今は百之喜に期待するしかない」


電話の向こうで江利は絶句した。

仕事上の短いつきあいでも、雉名がこんな冗談を言う人間ではないことはわかっているつもりだが、思わず尋ねていた。

「そんな人に……何を期待するというんです？」

「奴が何かしでかしてくれるのをです」

江利は再び沈黙した。

雉名の真意を測りかねて今度ははっきり懐疑的な口調で問い返してきた。

「ふざけているんですか？」

「わたしは真剣ですよ、椿さん。本当に忌々《いまいま》しいが、今はそれを待つしかないんです」

3

凰華《おうか》の武器は人脈である。

携帯は学校、仕事、趣味関係と実に三台使い分け、毎年出す年賀状は二千枚を超している。

凰華はまず学校関係の友人たちに連絡を入れて、エリゼに知り合いがいないか尋ねて回った。

「そこなら大学の時の友達が勤めてるよ」

という女性を二十三人目で探し当てて、首尾よく友達を紹介してもらうことに成功した。

ただし、エリゼは大きな会社である。その友達がどの部署に勤めているかまではわからないそうだが、凰華は構わないと言い、連絡先を教えてもらった。

紹介してもらった女性の名前は正田《しょうだ》ゆり子。

凰華の知り合いはゆり子に話は通しておくからと約束してくれたので、翌日、凰華はゆり子の携帯に『五十嵐《いがらし》さんからご紹介いただいた者です』という件名で以下の内容のメールを送信した。

「初めまして。実はわたし、会社のセキュリティの実情を調べて統計を取っている者ですが、そちらの会社の警備について、お話を聞かせていただければ大変ありがたいと思っております。お昼でも夜でもどちらでもかまいませんので、一度お食事を交えて、お会いできませんでしょうか。たいしたお礼はできないのですが、お食事代はこちらで持ちますので、ご希望があるようでしたら店名を指定してください。よろしければ会社のお友達もご一緒にどうぞ」

一食ただになるとあって、さっそく返事が来た。

終業後、会社の同僚と二人でお会いしますと言う。

ゆり子が指定したのはカジュアルよりほんの少し高級感を出しているイタリアン・レストランだった。

いい選択である。

あまり高級な店ではかしこまりすぎて突っ込んだ

話が聞けないし、あんまり安すぎても落ち着けない。

　凰華は、こちらは男女二人で行くと答え、自分の名前で席を予約しておくことを伝えた。

　当日レストランに現れた正田ゆり子は二十代半ば、小柄《こがら》で元気がよく、賢そうなタイプに見えた。

　一緒に来た同僚は日浦寿美《ひうらすみ》、大柄でおっとりした雰囲気の女性である。その大きな身体を小さくして、申し訳なさそうに言ったものだ。

「わたしまでご馳走になっていいんでしょうか?」

　自分は単なるおまけでついてきただけなのに——と言いたいらしいが、凰華は満面の笑みで答えた。

「もちろんですとも。こちらからお願いしてお話を聞かせてもらうんですから」

　前菜とワインが運ばれてきて、凰華はまず二人の仕事を聞くことから始めた。

　ゆり子は受付、寿美はシステム管理部に所属しているという。詳しい業務内容に関する質問は避けて、凰華は会社の警備について一般的な質問から始めた。

　部外者を迎える時の態勢、監視カメラは裏口にも付いているのか、就業時間外の訪問者——たとえば宅配業者等へはどのように対応しているのか……。

　百之喜《もものき》の役目は、ゆり子と寿美が何か答えるたび、『へえ、そうなんですか』『すごいですねえ』など、合いの手を入れることで、はっきり言って、ただのお飾りである。

　凰華は熱心な態度で二人の話に耳を傾けていたが、主菜《メイン・ディッシュ》を食べ終わると、ずばりと切り出した。

「ところで、先日、そちらの社員の方が会社の中で殺害されたとか……」

　二人は露骨に警戒する顔になった。

　さてはゴシップ記者かと疑ったのも当然であるが、凰華はすかさず有能な秘書モードを全開にすると、抜群の信頼感を与える口調で淡々と訴えた。

「誤解しないでください。メールで申し上げた通り、我々は社員の安全を守るために研究しているんです。まさに今回のような事件を防ぐためにです。深夜に社屋で社員の一人が殺されるなんて大変な事件です。同じ社員の方が犯人だと発表されましたが、本当に事件を防ぐことはできなかったのか——というのが我々の疑問でもあり、解決したい研究課題なんです。——それは突き詰めれば、外部犯の可能性は本当にないのかという問題でもあります」

ゆり子と寿美は思わず顔を見合わせた。

すかさず凰華がたたみ掛ける。

「実際に勤めている方の意見ほど信頼できるものはありませんから。——お二人はどう思われますか？　あの時間に何者かが御社に侵入して社員を殺害して逃亡することは可能だとお思いですか」

二人は即座に首を振った。

「不可能だと思います」

「刑事さんが話すのをちらっと聞いたんですが……死亡推定時刻は夜の十時頃だそうです。その時間に外部の人間が入ったら必ず記録が残ります。それがなかったわけですから……」

「では、やはり社員の方が犯人で間違いない？」

二人はちょっと沈黙した。

寿美がまるで自分に言い聞かせるように言う。

「そう考えるしか……ないんですよね」

「でも、ちょっと意外だったな」

ゆり子の呟きは独り言のような小さな声だったが、凰華は聞き逃さなかった。

「意外とおっしゃいますと？」

「黄瀬《きせ》くんが渡邊《わたなべ》さんを殺したことがです」

「逆ならわかるんですけど……」

俄然《がぜん》、凰華の眼が輝いた。

さりげなく身を乗り出して尋ねる。

「それって、殺された渡邊さんが犯人の黄瀬さんを恨んでいたってことですか？」

ゆり子と寿美はまた互いの顔を見合わせた。

部外者に話してもいいのかと躊躇《ためら》っている顔だが、凰華は熱心に言った。

「社内の人間関係については決して他言はしません。

もちろん、お二人の名前も出さないと約束します」

二人とも迷っていたが、とっておきの話を誰かに披露したい気持ちがあるのは見ればわかる。

最後は凰華の説得に負け、自らの欲にも負けて、寿美が躊躇いがちに話し始めた。

「渡邊さんは――黄瀬くんを目《め》の敵《かたき》にしてたんです。彼女のことが原因で……」

「広報部の呉亜紀子《くれあきこ》さんです。呉さんは日浦さんと同じ大学出身で仲がいいんですよ」

「つまり、被害者と加害者はその女性を巡って三角関係にあったということですか？」

呉亜紀子と親しいという寿美が首を振った。

「亜紀子はもともと渡邊さんとつきあってたんです。社内恋愛だから公《おおやけ》にはしてませんでしたけど」

「でも、二人とも独身ですし、悪いことをしているわけじゃありませんから、そんな噂《うわさ》は自然に社内に広まります。二人は美男美女でお似合いのカップルだったから受付でも有名でしたよ。――それなのに、半年くらい前かな、突然別れたんです」

「呉さんが心変わりしたということですか？」

すると、寿美が奇妙な笑顔になった。

苦笑しているような呆れているような、かすかな軽蔑も滲《にじ》ませた笑いだ。

ゆり子のほうはそんな遠慮はしない。

露骨に顔をしかめて感情を顕わにした。

「心変わりしたのは渡邊さんのほうです。渡邊さん、呉さんを捨てたんですよ」

「捨てた？」

「部長のお嬢さんと結婚を前提にしたおつきあいをすることになったからです」

「へえ！」

眼を輝かせたのは百之喜である。

彼は人間という生き物全般を苦手としているが、こういうどろどろした人間模様は大好きなのだ。

芝居か何かを見物している感覚らしい。

「すごい人ですねえ。出世狙い見え見えですね」

不謹慎ではあるが、この場合は全面的に百之喜の言い分が正しい。

釈明の余地なしだと思いながら凰華も尋ねた。

「呉さんはそれで納得したんですか？」

「おもしろくなかったとは思いますけど、亜紀子は渡邊さんに泣いてすがったりしませんでした。気の強い子だから、部長のお嬢さんに全部ぶちまけてもいいのよって腹立ち紛《まぎ》れに言ったらしいんですけど、渡邊さんは平然としてたそうです。自分の女性関係なら部長も知ってるし、お嬢さんだってわかってる。いくら騒いでも無駄だよって言ったそうです」

百之喜が再び感心する。

「そのお嬢さんはずいぶん寛大な人なんですねえ。それ以上に渡邊さんって、いやな男ですねえ」

凰華も含めて女性三人がいっせいに頷いた。

ゆり子が苦い顔で言う。

「死んだ人を悪く言いたくないですけど、渡邊さん、その辺は妙に堂々としてたから」

「でも、あれはないと思う。——母子家庭のＯＬと部長のお嬢さんじゃ話にならない、どっちを選ぶか、きみなら頭がいいからわかるよねって、渡邊さん、亜紀子に面と向かって言ったっていうんですもの。亜紀子が怒ったのも無理ないです」

凰華は眼を丸くした。百之喜も同様で、つくづく感心したように言ったものだ。

「女の人が『最低～っ！』って叫ぶ男の人ですよね。本当にいるんですねえ、そんな人。映画かドラマの世界にしかいないと思ってた」

かく言う百之喜も一応は男の一人だということは秘書の情けで言わないでおくことにする。

「渡邊さんって、そのくらいの自信家だったんです。仕事もできたし、社内でも一番の出世頭だったし、女の子にもすごくもててましたから……」

寿美が言うと、ゆり子はいやな顔になった。

「自信家って言うよりかなり強引で鼻持ちならない感じだったと思う。自分が口説《くど》いて落ちない女の子なんかいないって、本当に口にして言うんだから」

　百之喜が再び感嘆の声を上げる。

「男として死ぬまでに一度でいいから言ってみたい台詞ではありますけどねえ。個人的にはどうすればそこまで思いこめるのか、いっそ不思議ですね」

　凰華もまったく同感だった。

「呉さんにはお気の毒ですけど、そんな最低の男と別れられて却ってよかったんじゃありませんか」

「ええ。亜紀子自身そう言ってました。あんな男、こっちからお断りだって」

「呉さんはその後で黄瀬くんと交際を始めたんです。だから全然、三角関係なんかじゃないんですよ」

　まだ五ヶ月ほどだが、二人の交際は順調だった。

　亜紀子は渡邊三成《みつなり》とつきあっていた頃とは違って傍目《はため》にも生き生きしており、よく笑うようになった。

「黄瀬くんは年下で、ちょっと頼りない感じだけど、亜紀子がしっかりしてるから、そのくらいのほうがいいのかなって思ってました」

「二人とも隠そうとしなかったから、見てるほうが当てられるくらいラブラブだったよね」

「ほんとに。亜紀子も黄瀬くんとは真剣に考えてたみたいなのに、こんなことになるなんて……」

　二人とも渡邊三成に対する辛辣《しんらつ》な感想とは違って、黄瀬隆《たかし》に対しては同情的な口調である。

　凰華が不思議そうに尋ねた。

「変ですね？　それなら渡邊さんが黄瀬さんを恨む理由は何もないと思いますけど」

　自分が捨てた女とつきあうなんて物好きな奴だとせせら笑ったとしても、恨む筋合いではないはずだ。

「それとも、身勝手な理由で捨てた彼女が他の男とうまくいってるのを見て惜しくなったとか？」

「その通りです」

　寿美が頷くと、ゆり子も熱心に言った。

「それはもう、めちゃくちゃ惜しくなったんです。ただし、理由が違います。未練なんかじゃなくて、呉さんの正体がわかったからなんです」

「正体って？」

百之喜が首を傾げながら言う。

「地球を救いに来たヒーローとか。あ、この場合はヒロインか。そんなんじゃないですよね」

百之喜の戯言《たわごと》は無視して、ゆり子は話を続けた。

「うちは株式会社ですが、今の社長は単なる雇われ社長なんです。会社の実質的な所有者は長谷川伸幸《はせがわのぶゆき》。うちの他にいくつも会社を経営している実業家です。

——呉さんはこの人の孫娘だったんです」

凰華と百之喜はまたまた眼を剝《む》いた。

「オーナーの孫娘？」

そんな重要人物なら、入社時点で社内が大騒ぎになっているはずである。

「日浦さんは呉さんと同じ大学で親しかったのに、知らなかったんですか？」

寿美は大きく首を振った。

「もう全然。びっくりしました。わたし、亜紀子の家に遊びに行ったこともありますけど、ごく普通のアパートですよ。亜紀子って派手な感じの美人で、大学時代はモデルのバイトもしてたくらいなんです。それに比べてお家があんまり普通で質素だったので、正直、意外に思いました」

「会社の人も誰も知らなかったんですか？」

「はい。亜紀子は普通に採用試験を受けて採用されたんですよ。家族欄にはお母さんの名前しかなくて、うちの人事部も社長も知らなかったみたいです」

普通なら完全にお客さま扱い、特別待遇の社員のはずだから、百之喜が別の意味で感心して言った。

「それじゃあ会社の偉い人は驚いたでしょうね」

「ええ、もう。一時は大騒ぎでしたよ。それ以上に卒倒寸前だったのが渡邊さんです。呉さんの素性がわかった時、渡邊さん、どうしたと思います？」

凰華と百之喜は思わず顔を見合わせた。

逃がした魚（この場合は捨てた魚）はあまりにも大きかったわけだが、しかし、だからといって……。

「まさか、よりを戻そうとした、とか？」

「そのまさかです」

「それも、相当露骨に」

百之喜は今度こそ驚いて大きな声を上げていた。

「だって、部長のお嬢さんは⁉」

「それが……」

二人の話ではそこにも複雑な事情があるという。

渡邊は当初、これで部長の娘婿《むすめむこ》になれると喜び、出世は約束されたも同然と鼻高々だったが、すぐに部長にも下心があったことが判明したというのだ。

「これは技術開発部の友人に聞いた噂なんですけど、部長のお嬢さんはとても綺麗な人で、一流の大学を卒業していて英語も堪能で……、身上書では申し分ないんですけど、実はかなり男性関係が派手な人で、これまでも何度か問題を起こしているそうです」

「その人の話では、困った部長が渡邊さんに白羽の矢を立てて押しつけようとしたんじゃないかって」

「品行方正とは言えない娘を引き受けてくれたら、眼をかけて引き立ててやるってことですよね」


「わたしたちの耳にも入ってくるくらいですから、渡邊さん、これを知ってプライドが傷ついたんじゃないかと思います」

「上昇志向の強い人だったから、そんな問題のあるお嬢さんよりもっと条件のいい女性と結婚したいと思っても無理ないんですよ」

「そこに降って湧いた亜紀子の素性判明ですから」

凰華は呆気に取られながら尋ねた。

「ですけど、元の鞘に収まりたいからお嬢さんとは別れますとは、まさか部長に言えないでしょう」

エリートとはいえ一介のサラリーマンにとっては死んでも避けなければならない言葉のはずである。

「もちろん、渡邊さんはそんなことは言いません。どうにかお嬢さんと別れたくて焦《あせ》っているところに、部長のほうから、うちの娘との話はなかったことにしてくれって言い出したんです」

「それはまたどうして？」

「お嬢さんが男と駆け落ちしたからです」

「駆け落ち⁉」

「それもホストと」

「ホスト⁉」

「ええ、すごかったみたいですよ。噂では一ヶ月で何百万も貢いだとか……。しかも、お嬢さんはそのホストとホテルで心中未遂したんです」

「心中未遂⁉」

百之喜はさっきから眼を見開きっぱなしだ。

『すばらしきかなエリゼ劇場』である。

「それもお嬢さんが男に無理心中を仕掛けたんです。何かお酒に薬を入れて飲ませたんですって」

「そんなの一つ間違ったら殺人事件ですよね」

「男のほうには最初から死ぬ気なんか全然なかったわけですから、殺人未遂で訴えてやるってずいぶん息巻いてたみたいですよ。幸い、薬が弱かったのと発見が早かったので、二人とも命に別状はなくて、警察沙汰にはしないっていう条件で、部長がお金で解決したんです」

「新聞沙汰にもならないように手配したんですけど、会社で噂になって……」

「そんなことになった以上、部長もさすがにうちの娘と結婚しろとは言えなかったんじゃないですか」

「すごい話ですねえ！」

百之喜は感心しきりだが、ゆり子と寿美はさらに身を乗り出した。

「それが、これで終わりじゃないんです」

「まだ続きがあるんですよ」

この会社はゴシップの宝庫だなと凰華は思ったが、この際ありがたい。

どんな話でしょうと尋ねると、二人は声を低めて、とんでもない爆弾を落とした。

「そのホスト、渡邊さんの知り合いらしいんです」

「へえ！　すごい偶然ですねえ！」

そんなふうに思うのは脳天気な百之喜くらいだ。

凰華は真剣な表情で身を乗り出した。

「まさか、それって……」

二人とも重々しく頷いた。

「部長のお嬢さんがホストに貢ぐようになったのが三ヶ月くらい前。ちょうど亜紀子の素性がわかって会社が大騒ぎになった頃です」

「渡邊さんは呉さんとよりを戻したかったんですよ。そのためには部長のお嬢さんが邪魔ですよね」

「でも、お嬢さんと別れたいとは部長に言えません。だからそのホストに頼んで、お嬢さんを誘惑させて部長のほうから断らざるを得ない状況をつくった。

——あくまで噂ですけど」

まさしく『別れさせ屋』を雇ったわけだ。

職業柄たいていのことでは驚かない自信があるが、凰華もこればかりはさすがに愕然《がくぜん》とした。

「いくら何でも、そこまでやりますか?」

「渡邊さんならやりかねないと思います。打算的な人でしたから。渡邊さんにとっては素行のよくない部長のお嬢さんよりオーナーの孫娘のほうが何倍もおいしいんですもの」

「それに、亜紀子とは結婚寸前まで行った仲だって、渡邊さんは思ってましたから……」

「というと、呉さんは違ったんですか?」

「亜紀子は結婚なんて考えてなかったと思います。

——少なくとも渡邊さんとは」

ゆり子が寿美を見て頷いた。

「それは見ててわかったよ。呉さん、クールだから、そもそも本気で恋愛してるのかなって思ったもん。黄瀬くんとつきあうようになった後は全然違うから、余計にそう見えたのかもしれないけど」

「ということは、呉さんは渡邊さんのことは完全にふっきっていたということですね?」

「そうです」

「では、部長のお嬢さんと別れた渡邊さんが再度の交際を迫っても、呉さんはなびかなかった?」

「当然ですよ。呉さんにはもう黄瀬くんがいるのに。今さらのこのこと、どの面下げてって感じですよ」

「それでも渡邊さんはへこたれませんでしたけど。

亜紀子は今でも自分に夢中で未練があるに違いない、黄瀬くんとは、自分に振られた亜紀子がやけくそでつきあっているに違いないって、渡邊さんは頭から思いこんでましたから……」

百之喜が再び忌憚のない感想を述べる。

「おめでたい人だったんですね」

女心にはまるで疎い百之喜だが、こういう中立的(?)な視点は意外に若い女性に支持されるもので、二人とも熱心に頷いた。

「本当にそうです。あれで渡邊さんは女子社員から一気に嫌われて軽蔑されるようになりました」

「でも、渡邊さんはわかってなかったと思います。渡邊さんにしてみれば、自分は何も悪くないんです。亜紀子とうまくいかないのも女子から嫌われるのも、会社で何となく居心地が悪いのも、全部黄瀬くんのせいだって、渡邊さん、本気で思ってましたから」

「だから黄瀬くんに当たり散らして、いじめて……あんなの完全な逆恨みですよ」

「それなのに殺されたのが渡邊さんで、殺したのが黄瀬くんだなんて……変ですよね」

「だよね。黄瀬くんて、おとなしそうに見えたけど……キレちゃったのかなあ」

二人は最後まで黄瀬隆に同情的だった。

凰華はその部長の名前をさりげなく聞き出して、早めに食事にしたので、店を出てもまだ九時前だ。

二人に礼を言って会食を終えたのである。

夜道を歩きながら凰華は百之喜に話しかけた。

「思わぬ収穫でしたね」

「うん！　すごくおもしろかったね！」

百之喜はまだ芝居見物感覚が抜けていない。

「他に言うべきことがあるでしょう？　渡邊三成を恨んでいる人が少なくとも他に二人いますよ」

「えっ？　誰と誰？」

「技術開発部部長とそのお嬢さんです。——所長、先に帰ってくれますか。寄りたいところがあるので。——一人で帰れますよね」

「やだなあ。子どもじゃないんだから」

こんな台詞に騙されてはいけない。

百之喜太朗《たろう》は記録的な方向音痴なのだ。

どのくらい記録的かというと、以前、名古屋から静岡まで行こうとして、この男は平然と博多行きの新幹線に乗り込んだことがある。

さらに切符の提示を求められるまで乗り間違えたことにも気がつかなかった（車内で何度も、のぞみ何号博多行きでございますと放送《アナウンス》が入るのにだ）。

名古屋を出発した博多行きの新幹線で静岡行きの切符を見せられた車掌の困惑は察してあまりあるが、その時の百之喜の言い分がふるっている。

「だって東京から名古屋まで新幹線で来ましたけど、途中に静岡って駅はありませんでしたよ！」

従って東京から名古屋の間に静岡は存在しない！

というのが百之喜の理論である。

こんな理由で地図から抹消されてしまった静岡はさぞ不本意だと思うが、これはまだ序の口だ。


そもそも百之喜は初めての場所へ行くと、帰りは必ず迷う。来た道を戻ることができないからだ。

つい先程、歩いてきたばかりの道を引き返す――たったそれだけのことがなぜできないのかと思うが、身体の向きを変えただけで、どこを歩いているのかわからなくなるらしい。

そのくせ妙に自信満々なので始末が悪い。

この時も子どもじゃないんだからと笑って凰華と別れて歩き出したまではいいが、すぐに迷った。

「えーと……？」

来た時のことは覚えている。地下鉄の駅を出て、待ち合わせのレストランまで二度曲がっただけだ。

五分も掛かっていない。

問題は、その時は凰華がすたすた歩き、百之喜は何も考えずに後をついていっただけということだ。

昼間なら百之喜でも迷わなかったかもしれないが、あいにく夜である。最初に曲がるところを間違えて、後はもうどこを歩いているのかわからなくなった。

「あれえ……おかしいなあ?」

方向音痴の人間に共通して言えることがあるが、道に迷っても彼らは人に道を尋ねない。

ここは日本で日本語が通じるのに、地元のことは地元の人間が詳しいはずなのに、向こうから誰かが歩いてきてもなぜか道を訊こうとはしない。

歩いていれば何とかなるだろうという思いこみでひたすら前進する(その選択が最悪の事態を招くというのにだ)。

三十分ほど夜道をうろうろ歩き続けて、百之喜はやっと地下鉄の入口を発見し、喜んで階段を下りた。

知らない駅名だったたし、もちろんさっきの駅でもなかったが、それはこの際どうでもいい。

電車に乗りさえすれば、いつかは知っている駅にたどり着くはずだからである。

方向音痴の百之喜は路線図などは見ない。見ても現在地が把握《はあく》できないからだ。

改札を通ってプラットホームに向かい、ホームにかかっている電光掲示板にいつも使っている路線の駅名があるのを発見して、ちょうど走り込んできた電車に乗り込み、目当ての地下鉄駅で降りた。

そこからJRに乗り換えるのがまた大変だった。

東京の路線網は日本一の複雑さだ。数えきれないほどの路線が網の目のように複雑に絡み合っている。

こんな場所で地下鉄からJRへ乗り換えるのは、慣れた人間には何でもなくても、方向音痴の人間にとっては大仕事である。至る所に何々線はこちら、JRはこちらと案内板が出ているのに必ず迷う。

それでも百之喜は人に道を訊こうとはしなかった。

道行く人はみんな忙しそうにしているし、迷惑は掛けられないし、道を訊いたりするのはちょっぴりみっともないとも思うからだ(今さらである)。

結果、同じ駅の地下鉄からJRに乗り換えるのに四十分を要した(人に訊けば五分で済むのにだ)。

涙ぐましい努力の結果、やっとJRに乗り込んだ百之喜は大きな安堵《あんど》の息を吐いた。

ここまで来ればもう大丈夫。最寄り駅に着いたら、歩いて家まで帰るだけだ。

いくら百之喜が方向音痴でも、いつも使っている駅から家まで迷うことはさすがにない。

車内は朝のラッシュアワーほどではないにせよ、家路につく人たちで結構混み合っている。

人混みの苦手な百之喜はそれだけで体力を消耗し、人に揉まれるようにしながら立っていたが、運良く目の前の席が空いたのを幸いとばかりに座り込んだ。

疲れている時に腰を下ろし、何もすることがなくじっとしていれば結果は決まっている。

百之喜はいつの間にかうとうとしていた。

はっと眼を覚ますと、電車がホームに停車して、扉が開いたところだった。

「終点〜、終点です。お忘れ物のないよう……」

乗り過ごした！　と、百之喜は慌てて電車を降り、ホームの反対側に止まっていた電車に乗り込んだ。

そうすれば来た方向に戻れるはずだからである。


当たり前のようだが、その当たり前が方向音痴の人間には限りなく高いハードルなのだ。

百之喜の方向音痴を物語る逸話《エピソード》がもう一つある。

あまり遠出はしない百之喜が珍しく一人で電車に乗って出かけたある日のことだ。

事務所で留守番していた凰華の元に電話が入って、途方に暮れた百之喜が開口一番こう言ったのである。

「凰華くん。ここどこだろう？」

「それはこっちが訊きたいんですけど」

呆れ果てた声を出しても誰が責められよう。

凰華は千里眼でも霊能者でもないのだ。百之喜の現在地などわかるわけがないが、この男は自分が今どこにいるのかわからないと本気で訴えている。

だったら訊く相手が違う。近くに交番はないのか、道を通りかかる人はいないのかと言いたかったが、言っても無駄なことくらいは凰華にもわかっていた。

「所長。今いるところから何が見えます？」

「たばこ屋さんの看板。それと道路を挟んで正面に高橋《たかはし》さんの家があるよ」

東京都内に何千軒の高橋さん家《ち》があると思うのか、馬鹿者め。こっちは目立つ建物――有名商社のビル、学校とか消防署とか病院とか大きなデパートとかを訊いているのだ――とも凰華は言わなかった。

時間の無駄だと知っていたからだ。

「所長、近くに電信柱はありますか」

「あるけど」

「番地が書いてあるはずです。何て書いてあるか、読んでみてください」

その町名を聞いて凰華は驚いた。

百之喜が行くと言っていた駅を遥か東に通り過ぎ、ほとんど千葉県に突入しようとしていたからだ。

とりあえずネットで最寄り駅を調べ、タクシーでそこまで行くように指示した。数時間後、百之喜は何とか自力で帰ってきたが、どうしてあんな場所にいたのか経緯を訊いて、凰華は絶句した。

今回訪ねたのは初めて行く駅だったので、用事を済ませた百之喜は案の定、戻るのにさんざん迷った。

かろうじて駅までたどり着いたものの、その後が大問題だった。

「駅に降りた時、一番線だったのを覚えていたから帰りも一番線に乗ったんだよ」

というのである。

激しく痛み始めた頭を押さえつつ、秘書の情けで凰華は訊いた。

「……その駅は終点でしたか？」

「違うよ。何で？」

「線路は何本ありました？」

「二本だよ」

「本当に二本だけですか？」

「うん。だってプラットホームが一つだったもん」

「だったら、一番線で降りたのなら二番線に乗れば帰ってこられる道理でしょう!!」

問答無用で超弩級《ちょうどきゅう》の雷を落とした凰華だったが、百之喜は頑《かたく》なに主張を繰り返した。

「だって来た時は一番線だったから！」

帰りもそっちだと思った——というのである。

凰華もさすがに匙《さじ》を投げたくなったが、何となく理解した。要するに百之喜のような人種にとっては『知っているか知らないか』が大問題なのだ。

一番線の電車が自分の最寄り駅とつながっていることだけはわかっている、だから一番線を信じる。

二番線は知らないから恐い、一度も乗ったことがないから信用できない、だから乗らない。

そういう理屈らしい。

道に迷って凰華に電話してくるのも同じ理屈だ。

知らない人に訊くのは恐いから、知っている人に訊く。たとえその知っている人が何十キロの彼方にいようとだ（訊かれるほうはいい迷惑である）。

この件以来、線路が二本だけで終点ではない駅に降りたら帰りは来た時と反対の線路の電車に乗れと、凰華は厳しく百之喜に言い聞かせてきた（本来なら小学生でもわかることだ）。

今回もその教えを忠実に守って百之喜は反対側の電車に乗り込んだのである。

しかし、残念ながら『線路が二本、終点ではない駅の場合』という肝心な部分がすっぽり抜け落ちている（そんな些細《ささい》なことを覚えていられるようなら、方向音痴はとっくに卒業している）。

プラットホームが複数ある大きな駅は、ホームを挟んで向き合う電車は必ずしも反対方向に進むとは限らない。

むしろ進路方向は同じであることが断然多い。

発車ベルが鳴り、扉が閉まった。

案の定、その電車は百之喜が今まで乗っていた電車と同じ方向に進み始めたのである。

普通ならこの時点で乗り間違えたことに気づくが、百之喜は違う（これをおかしいと思う神経があればそもそも方向音痴になどならない）。

この電車は比較的空いていたので、座席に座った百之喜は再びうとうとし始めていた。

とっぷり夜も更けて、窓の外の暗がりが静けさを運んでくる。車内には適度な空間が空いて心地よく、がたんごとんと進む電車の音と振動が単調に響く。

これが恰好の子守歌になった。

いつの間にかぐっすり眠り込んでいた百之喜だが、何かの拍子に急に覚醒が訪れた。

ぱちっと眼を覚ますと、電車が止まっていた。

扉が開いていて発車ベルが鳴っている。

誰にでも一度は覚えがあることだろう。百之喜も駅名を確認するより先に『降りなくては！』という心理が働き、反射的に電車から飛び降りていた。

だが、ホームに出たその途端、百之喜は絶句して立ちつくした。

そこはまったく見たことのない駅だった。

見知らぬ風景に面食らった百之喜は慌てて背後を振り返ったが、遅かった。

無情にも電車は既に走り出していたのである。

駅の時計を見ると、何と深夜零時を回っている。


プラットホームは一本、簡単な屋根があるだけで、壁はない。つまり眼の前に駅の外の風景が広がっているはずだが、真っ暗で何も見えない。

百之喜の知っている東京の夜はいつでもネオンの灯りが華やかに点っているのに、ここは駅の灯りを呑み込んでしまいそうな暗闇が広がっているだけだ。

一人ぽつねんと取り残された百之喜は途方に暮れ、茫然と辺りを見渡した。


凰華は風呂から上がったばかりだった。

マンションの間取りは１ＬＤＫだが、広々として、二十代女性の独り暮らしにしては贅沢《ぜいたく》なくらいだし、内装も外観もそれなりに凝ったものである。

百之喜事務所でもらう給料はお世辞にもいいとは言えないが、それ以外の副収入で稼いでいるので、なかなか優雅な暮らしぶりだ。

リビングのＰＣ《パソコン》で今日の相場を確認して、凰華がベッドに入ろうとした時、携帯が鳴った。

見覚えのない番号で固定電話だ。

普通ならこんな怪しげな電話には出ないが、今は何とはなしに予感があって通話ボタンを押した。

「はい？」

「あ、どうも夜分にすいません。えーと、こちらはかしょういんさんの携帯で間違いないですか？」

知らない男の声はなぜかひどく戸惑っている。

「さようですが、そちらは？」

「嶽井《たけい》駅前交番の者です。巡査の山本《やまもと》と言います。

──実はですねえ、迷子らしいんですよ。ずいぶん大きな迷子なんですがね」

「それは恐らく所長の百之喜でしょう」

予感的中だと思いながら凰華は言った。

百之喜は携帯電話を忘れる常習犯でもあるので、自力では連絡できなかったのだろう。

「凰華くーん！」

聞こえてきたのは紛れもなく百之喜の悲鳴だった。

声が完全に泣いている。


「どうしたんです？」

「わかんないよ！　電車乗り過ごして、もう帰りの電車がないって言うんだ。どうしたらいい！」

「所長。財布は持ってるでしょう。近くのビジネスホテルにでも泊まったらどうですか」

「ないんだよ！　そんなもの！　この辺りって──暗くてよく見えないんだけど、見渡す限り田んぼと畑だけなんだ！」

暗くて見えないのに見渡す限りとは奇っ怪な。

「どうして田んぼと畑だけってわかるんです」

「雰囲気だよ！　雰囲気！」

嘆息しながらリビングに戻った凰華は再びＰＣを起動させて、地図を表示させた。

「さっきの人と代わってください」

「あー、どうも、山本ですが……」

「うちの所長がお手数をお掛けします。先程、嶽井駅前とおっしゃいましたか？」

「そうです。ここは西多摩《にしたま》郡嶽井町駅前交番です」

地図で見ると、ぎりぎり東京都という西部だ。駅周辺情報を見ても宿泊施設などは皆無である。

地図を眺めて、凰華はしばし考えた。

百之喜が迷子になることは予想済みだった。むしろそれを期待して百之喜を先に帰したのだが、たどり着いた先がこんな僻地《へきち》とは意外だった。

今回の事件とこの僻地と、何の関係があるのかと思案に耽《ふけ》っていると、山本巡査が疑わしげに言った。

「——つかぬ事を訊きますが、この人、頭のほうは確かなんですかね？」

「奇矯《ききょう》な人間に見えますが、異常というほどではないはずです」

ただ、記録的な方向音痴なんです——とは秘書の情けで言わないでおくことにする。

山本巡査は呆れたように言ってきた。

「いやね、こっちはまあそれが仕事ですから、道を訊かれるのは珍しくないんですが、この人みたいにとぼとぼ歩いて来て『ここはどこですか？』なんて途方に暮れた顔で言う人はまずいないんでねえ」

いかにも百之喜の言いそうなことだと思いながら凰華は「悪気はないんです」と言っておいた。

「それで、どうしたもんですかね。この時間じゃあ、もう東京に行く電車はないんですが……」

嶽井もれっきとした東京都内のはずだが『東京に行く』という言い方をするということは、都会とは縁のない土地なのだろうと想像がつく。

「そちらの交番には泥酔した人を一時的に収容する場所などはございますか」

「ええ、そりゃありますよ。冬場に放っておいたら凍って死んじまいますからねえ」

山本巡査はあっさり言った。ありがたいことだ。

電話ではあったが、凰華は軽く頭を下げて言った。

「この時間ではこちらも動けないんです。まことに恐れ入りますが、明日、引き取りに参りますので、そこに一晩泊めてやってもらえないでしょうか」

「はあ、そりゃまあ、うちは構いませんが……」

「よろしくお願い致します。——百之喜に代わってください」

電話に出た百之喜はひどく心細そうだった。

「凰華くん……。ぼく、今日ここに泊まるの？」

「それしかないでしょう」

「え～、何か悪いことした人みたいでいやだなあ」

「道端で寝るよりましでしょう。夜はもう冷えるんですから。凍らないまでも風邪を引きますよ」

「うう……」

「いいですか。明日迎えに行きますから。絶対に、一人で帰ろうなんて思わないでくださいね」

すると百之喜が慌てて言った。

「いいよ、別に。朝になったらちゃんと帰るから」

「だめです。そこで待ってなさい」

その声に籠《こ》められた気魄《きはく》が半端ではない。

勝手に動いたらただじゃおかないぞという凄《すご》みも明らかな口調に百之喜は怯えて、懸命に反論した。

「だ、だって、だってだよ。警察に泊まって迎えに来てもらったら本当に犯罪者みたいじゃないか！」

「所長が一人で帰ってこられるわけがないでしょう。逆に埼玉か山梨まで流れて行くのが落ちです」

「えっ!? ここってもう圏外なの！」

「言いたいことは恐らく『東京都じゃないの？』という意味だと思いますが、そこはまだ都内です」

無情に言って凰華は電話を切った。

4

百之喜《もものき》は交番内のベンチに座り込んでいた。

外に眼をやれば、ここは本当に東京都内か？　と、疑うような光景が広がっている。どの方向を見ても青々とした山が間近に迫ってくるようである。

二十三区内ではあり得ないことだ。

「山だなあ……」

実際、地方から上京した人が真っ先に驚くことが、どっちを見ても「山がない！」だそうだ。

逆に東京生まれ東京育ちの百之喜にとって、山は近くに見えないのが当たり前だったので（せいぜい学校の屋上から富士山が見えたくらいだ）こんなに山が間近にあると遠足に来たような気分になる。

昨夜、駅に取り残された百之喜は途方に暮れた。

駅で始発を待つという発想は彼にはなかったので（そもそも構内に夜明かしできる場所もなかった）、駅を出て歩き出したのだが、都会の灯りを見慣れた眼には恐ろしいくらいの暗がりが広がっている。

そんな中を一人きりで進む心細さといったらない。

ほとんど震えながらも、一番近い灯りを目差してとぼとぼ進んでいくと、それが駅前交番だったのだ。

お巡りさんに道を訊くのも普段なら避けるのだが、この状況では背に腹は代えられない。

山本《やまもと》巡査は百之喜の話を聞いて、ひどく困惑した様子だった。本気でこんなことを言っているのかと疑う顔でもあったし、心底呆れたようでもあったが（当然だ）、それでも親切に交番に泊めてくれた。

仮眠室で夜を明かした百之喜が起き出してみると、山本巡査と交代して別の巡査が来ていた。

二十代半ばの若い巡査は村井《むらい》と名乗り、百之喜を興味津々《しんしん》の眼で見つめてきた。

「あんた、迷子って本当？」

ぞんざいな口調である。一見すると学生のような百之喜を軽く見ているらしい。

「もう電車は動いてるんだから、早く帰ったら？」

「はあ、そうしたいんですけど……迎えに行くからそこを動くなと言われてまして」

気分はほとんど『待て』を掛けられた犬である。早く凰華《おうか》が迎えに来てくれないかなあと思いつつ、百之喜は空腹を覚えた。

どこかに何か店はないかと外に眼をやってみるが、見事に畑と田んぼしかない光景が広がっている。

「あのう、この近くってコンビニは？」

「一番近いコンビニまで三キロかな」

百之喜は青くなった。

東京都内の駅前でそんなことがあるのかと思うが、現実にここに存在している。それではお巡りさんは食事をどうしているのかというと、奥さん手作りのお弁当持参が普通だという。

ただ、交番勤務はシフトもあるし、村井のような独身者はそうそう弁当持参もできない。

そうした時は常備のインスタント麺《めん》で済ますのが一般的らしいが、たまには贅沢《ぜいたく》もするらしい。

ざっくばらんな村井巡査は気のいい性格のようで、親切に申し出てくれた。

「それじゃあ、朝食に出前取ってやろうか」

「ほんとですか。ありがとうございます。あ、でも、朝からカツ丼とかはちょっと重いんですけど……」

「あんたそりゃあTVドラマの見過ぎだよ」

村井巡査は笑って、電話を掛けた。

「あ、花乃井《はなのい》さん。駅前交番だけど、朝食頼める？　え？　だめってなんで⁉　あ……そうか」

申し訳なさそうに電話を切って、村井巡査は百之喜を振り返った。

「今日は忙しいって断られた」

「えええ～？　お店が出前を断るんですか？」

「本職の店屋《てんや》じゃないからなあ。花乃井は旅館でね。時々定食を持ってきてもらうんだよ」

「そんなお願いを聞いてくれるんですか」

「この辺はみんな知り合いだから。普段なら何でもないことなんだけど、昨日から花乃井は満員なんだ。今朝はてんてこ舞いで、こっちまで人を出すような余裕がないんだよ。わかってたんだけどなあ……」

今日だけ特別に忙しいのが前からわかっていたと村井巡査は言うので、百之喜はつい尋ねていた。

「今日、何かお祭りでもあるんですか？」

「まあ、そんなとこ。花乃井の他にも地元の旅館はほとんど満員じゃないか」

というわけで朝食はカップラーメンとなった。

朝からこんな不健康な食事はありがたくないが、贅沢は言えない。

「お茶淹《い》れてやるから、ちょっと待ってな」

「ありがとうございます」

よく晴れていても秋の朝は寒い。

ましてや目の前が山とあっては、都心の気温とは比べものにならないほど冷える。

凰華が迎えに来ると思って、百之喜は駅のほうを見ていたが、道の反対側から車の音が近づいてきて外に止まった。百之喜は気にせずに駅のほうに眼をやっていたが、その眼の前にひょっこり犬槙《いぬまき》が顔を出したのである。

「蓮《れん》くん！」

あまりの嬉しさに百之喜は飛び上がって喜んだが、犬槙は情けなさそうに苦笑していた。

「あーあ、たろちゃん。とうとう警察の厄介《やっかい》になるようなことしでかしたわけ？」

「人聞きの悪いこと言うなよ！　何もしてないよ」

「遠いね〜、ここ。すごい時間掛かったよ。途中で運転をあっちゃんに代わったら迷っちゃってさ」

奥から薬缶《やかん》を持って村井巡査が出てきて、犬槙は用意の菓子包みを差し出しながら軽く頭を下げた。

「こんにちは〜。たろちゃんがお世話になりました。これ、秘書さんから、ほんのお礼です」

「あ、こりゃどうも。わざわざ来てくれなくても、自分で帰ればって言ったんですけどねえ」

「無理ですよ～。こんなとこ、たろちゃん一人じゃ、とても帰れませんって」

外には芳猿《よしざる》が車で待っていた。

四角い印象の大きな車だが、ワゴンではない。

妙に存在感のある車だった。ＳＵＶという括りに入るらしいが、百之喜は車に詳しくないので車種も見当がつかなかった。

「どうしたの、この車？」

「お銀《ぎん》さんが貸してくれたんだよ」

「げ……」

『お銀さん』とは百之喜が恐れて止まない大家さんその人である。

「もうねえ、朝から凰華ちゃんに叩き起こされてね、交代でここまで運転してくる間もひやひやしたよ。なんかすっごく高い車みたいでね」

「高いって、どのくらい？」

「さあ？」

借りた犬槙と芳猿も車にはあまり詳しくない。首を振ったが、何気なく外に出てきた村井巡査が見るなり眼の色を変えた。

「うおお、レンジローバーヴォーグ！　しかも赤！　すっげええ！　あんたのかい？」

話しかけられた芳猿は運転席で短く首を振った。村井巡査は運転席を覗き込んでメーターを見ると、顔を引きつらせて犬槙を振り返ったのである。

「まさかこれ……新車？」

「持ち主はそう言ってました。気をつけて乗れって。おっかないんですよ～」

犬槙が笑いながら言うと、芳猿も『お銀さん』の台詞を見事に再現してみせた。

「いいこと、坊やたち。ちょっとでも傷をつけたら、あんたたち向こう十年あたしの奴隷《どれい》だからね」

百之喜は身震いした。その『あんたたち』の中に自分も含まれているのは間違いないからだ。

「そりゃそうだろう！」

村井巡査が大声で叫び、芳猿に咎《とが》めるような眼を向けた。

「あんた、よくまあ平気な顔して運転してるよな！　どんなに安く見積もっても一千三百万の車だぞ！」

芳猿の顔が見事に引きつる。慌ててハンドルから手を放し、犬槙も百之喜も思わず後ずさった。

「い、一千三百万……？」

「車の値段じゃないよ～、それ」

そんなことはない。世の中にはもっと高価な車も存在するが、彼らには気が遠くなるほど高い車だ。

さらに村井巡査が追い討ちを掛ける。

「しかもこの色、特注だろう？　ナビも変えてるし、下手したら千五百万くらいするんじゃないか」

運転席の芳猿がポケットからハンカチを取り出し、黙々とハンドルを拭き始めた。骨董品《こっとうひん》でも拭くかのごとく慎重な、熱心な手つきである。

悲壮な様子を見るに見かねて犬槙が言った。

「あっちゃん。そんなことしなくても、指紋くらいお銀さんも見逃してくれるって」

芳猿は情けない顔で首を振ると、蚊の鳴くような声で言ったのである。

「さっき、おにぎり食べた。海苔《のり》がぱりぱりの」

「この車で⁉」

村井巡査がさらに眼を剝《む》き、犬槙も嘆息した。

「後でハンディタイプの掃除機を掛けようね～」

海苔のかけらでも落ちているのを発見されたら、十年奴隷コース確定である。

百之喜としては、こんな恐ろしい車は一刻も早くお銀さんに返却してしまいたかったのだが、犬槙がのんびりと言った。

「でもさ～、滅多に乗れない車なんだし、せっかく来たんだから、ちょっとドライブしていこうよ」

「……この車で？」

今度は百之喜と芳猿の声がハモった。見るからに逃げ腰になっている。特に芳猿は今すぐ運転席から降りたいようで、もぞもぞ尻を動かしている。

「蓮ちゃん、代わって……」

「だめだよ〜。俺が運転したんじゃ、あっちゃんの練習にならないじゃん」

村井巡査は羨望の眼差しで車体に見入っていたが、車の前に回り、あるものを発見して悲鳴を上げた。

「何だよ、これ⁉」

この世の終わりのような絶叫である。

「何って、若葉マーク……」

芳猿が例によってぼそぼそした口調で答えると、村井巡査は両手で頭を抱えて絶望的な声を発した。

「ひっでえよ！　ひどすぎるよ！　ヴォーグの赤に若葉マークだって⁉」

「つける決まりだし……」

その通りである。免許取得一年以内の者はこれを車体の目立つところに貼らなければならない規則だ。

日々の食事にも事欠く金欠病の芳猿がなぜ免許を取得したのかと言えば、仕事に必要だったからだ。

「だからあっちゃんの練習も兼ねて来たんだよね〜。国道に戻ったら交代するからさ〜。ちょっと走っていこうよ。この辺、ちょうどよさそうじゃん」

「……この車で？」

芳猿はまだ尻込みしているが、ここで立ち直った村井巡査が熱狂的に犬槙の案を支持した。

「そうだよ！　たとえ若葉マークでも走らせなきゃもったいないぜ。この辺はオフロードばかりだから遠慮すんな！　思いっきりかっとばしてやれ！」

仮にも警察官が無茶を言うものである。

第一、そんなことをしたら車が汚れる。

百之喜はあらためて世話になった礼を村井巡査に言うと、赤い大きな車に乗り込んで嶽井《たけい》駅前交番を後にした。

犬槙と芳猿は朝から車で遠出するということで、おにぎりの他にもスナック菓子や飲み物をいろいろ買い込んでいたが、こんな恐ろしい車の中で菓子や飲み物になど手をつけられるわけがない。うっかり内装を汚しでもしたら、これまた奴隷一直線だ。

眼の前にお菓子があるのに食べられない百之喜が盛大にぼやく。

「お銀さん、車なら他に何台も持ってるはずなのに、何だってこんな高いのを貸してくれたんだろう」

「凰華ちゃんが道が悪いって言ったらしいね～」

実際、田舎道ではある。昔懐かしい、むきだしの土を固めた道の両脇に草が茂り、町というより村と言ったほうがふさわしい眺めだ。

田んぼや畑の他にも草を刈り取った跡地が広がり、牛がのんびりとひなたぼっこをしている。

のどかな道にふさわしい安全速度でとことこ車を走らせていると（村井巡査が見たら嘆きそうだが）、不意に行く手を遮《さえぎ》られた。

交差点にも信号がない見晴らしのいい道なのに、交通整理が出ているのだ。制服姿の係員が身振りで止まるように指示してくる。

指示に従って芳猿は車を止めた。

道沿いに大勢の見物客が立っている。

それを見て、百之喜が言った。

「さっきのお巡りさんが今日はお祭りがあるようなことを言ってたよ。御御輿《おみこし》でも通るんじゃない？」

「お祭りにしちゃあ、静かだねえ」

そんな話をしながら待っていると、行列の先頭がゆっくりと近づいてきた。

「……何あれ？」

御輿か山車《だし》を予想していた彼らの眼に飛び込んできたのは実に意外なものだった。

先頭を歩いてくるのは和服姿の中年女性である。

しかし、この女性はただの先導だ。

その後ろから歩いてくるのは、純白の打ち掛けに懐剣を差し、大きな綿帽子をすっぽりと頭から被り、わずかに覗いた赤い口元も愛らしい、紛《まご》うかたなき『花嫁さん』だ。

三人が呆気に取られたのも無理はない。

ここは天下の公道である。間違っても婚礼衣装の花嫁が自分の足で歩くようなところではない。

花嫁の後ろにも付き添いらしい和服の女性がいて、彼女らの歩調に合わせるように、家財道具を載せたリヤカーが何台も列を為して続いている。

そのリヤカーを引くのは正装した男たちだ。

あまりにも現実離れした光景だったから、三人は『何かの撮影中なんだな』と納得した。

それにしても、ずいぶん大がかりな撮影である。

感心しながら行列が通り過ぎるのを待っていたが、次第に何やら様子がおかしいと思い始めた。

立派な桐の和箪笥《わだんす》、洋箪笥《クローゼット》、三面鏡の化粧台《ドレッサー》に整理箪笥《チェスト》と続くのはまだわかるとして、その後から登場したのは分厚い布団を載せたリヤカーだ。

嫁入り道具に布団？

ここで三人とも首を傾げた。一昔前なら当たり前だったことでも二十代の彼らには奇異に映る。

しかも、これだけ大がかりな撮影にも拘わらず、カメラもマイクも撮影班《スタッフ》も見当たらない。

気になったので、三人は車を降りてもっと近くで行列を見物することにした。好奇心旺盛な百之喜が交通整理の係員に話しかける。

「これって何の撮影ですか？」

初老の係員はきょとんとした顔で振り返った。

「何って、吾藤田《ごとうだ》の分家の嫁入りさあ」

「……え？」

「……ってことは」

「嘘《うそ》でしょ！　まさかこれって一般の人の、本物の結婚式なんですか⁉」

三人が何に驚き、何に仰天してるのか、係員にはまるでわかっていない様子だった。

「そうだよ。北吾藤《きたごとう》の嫁入りだ。まあ、分家だから家財道具も少ないし、リヤカーで引くけどよ」

「少ない？」

見事に声が揃った。

三人ともまだ独身だが、男も二十七歳になると、仲間内で結婚する者もちらほら現れてくる。

しかし、何しろみんな若いし、お金がない。

だいたい六畳二間くらいのアパートで新婚生活をスタートさせるのが一般的で、中には四畳半一間で新婚生活を始めた若夫婦もいる。

そうした住宅事情・経済事情を考えると、こんな膨大な量の家財道具はどう考えても入りきらないが、初老の係員は楽しげに笑っている。

「よそもんにはわかんねえかもしれんが、吾藤田の嫁入りはこれが普通さあ。いんや、本家の嫁入りはこんなもんじゃねえぞ。牛車《ぎっしゃ》に引かせるからな」

「……何ですって？」

「何だ。今の若いのは牛車も知らないか？　緋色の厚房《あつぶさ》で飾った牛に荷車を引かせるんだよ」

三人とも疑わしげに互いの顔を見合わせた。

犬槇が茫然とした口調で独りごちる。

「俺ら、江戸時代にタイムスリップでもした？」

芳猿が首を振って行列を示した。

「家電が来る……」

テレビ、オーディオ、エアコン、掃除機、洗濯機、冷蔵庫などを載せたリヤカーが彼らの前を通り過ぎ、芳猿はぼそりと呟いた。

「トラックで一度に運べば楽なのに……」

百之喜も絶句していたが、気を取り直して係員に質問した。

「この人たちって……わざわざ雇ったんですか」

「そうさなあ、雇ったのもいるだろうな。昔は新婦側の親類だけで引くのが当たり前だったが、昨今はなかなか数が集まらないだろうからなあ。本家なら手伝いの人間なんざいくらでも集められるだろうが、北吾藤じゃあ、そこまでの力はあるめえ」

何となく哀れむような言い方だが、三人の眼には十分にすごすぎる婚礼である。

「分家でこの規模だとすると……本家の結婚式って、ものすごいことになりそうですね」

「おうよ。そりゃもう派手派手しかった。つい二年前のことだが、あの時は音楽隊も出たからな」

「音楽隊！」

「鼓笛隊ですか⁉」

　百之喜の頭の中ではパレードを彩るマーチング・バンドが金管楽器の響きも凛々《りり》しく行進していたが、係員は呆れ顔になった。

「おいおい、ちんどん屋と一緒にされちゃあ困るな。琵琶《びわ》とか能管《のうかん》とか、日本古来の楽器があるだろうが。ああいうのだよ」

　イメージは一転して雅楽だが、それはそれでまた恐ろしく時代錯誤だ。

　リヤカーに載せられた家電を眺めながら、犬槇が呟いた。

「これと琵琶ってすごいミスマッチだよね〜」

「それが花嫁さんと一緒に歩いたんですか？」

「そうだよ。さすが本家の嫁入りだけあって道具もそりゃあ豪勢で、行列も長くてなあ。俺は三時間もここに立ってたもんさ」

　そんな話をする間にも、新婚家庭には大きすぎる六人掛けのダイニングテーブル、食器棚、台所道具、自転車、ついにはボンネットに熨斗《のし》をつけた軽自動車までがしずしずと三人の目の前を通り過ぎていき（さすがにこれはリヤカーには載ってない）、それを見た係員が男性が超低速で運転していた）、正装のこっそり笑いながら言ったものだ。

「な？　北吾藤だからあんな軽なのさ。本家の時はベンツのMクラスだった」

　前述した通り三人は車には詳しくない。

　呆気に取られながら、百之喜が恐る恐る尋ねた。

「それって高い車なんですか？」

「まあ、一千万くらいじゃねえの」

　こともなげに言ってくれるが、一財産である。

「だって他にも箪笥に布団に家電、すごいですけど、本家の時はもっとすごかったんでしょ？」

「そりゃそうさ。言ったろう。三時間立ってたって。車だけじゃない。家具も豪華でなあ。桐箪笥だけで三棹《さんさお》もあった。もちろん中には着物がぎっしりさ。本家の贔屓《ひいき》の呉服屋で何ヶ月も掛けて仕立てさせたそうだから、そりゃあ品のいいものばかりだろうよ。一番たまげたのは冬用の布団だね。掛け布団一枚で二百五十万だとさ」

「はいい⁉」

再び声が揃った。そんな恐ろしい布団がこの世に存在するのかというのが三人の一致した感想だった。

「寝られないよ～！　そんなの」

「悪い夢を見そう……」

「それを全部お嫁さん側が用意したんですか？」

「まさか。結納の時に新郎側が支度金を渡すんだよ。これでうちの嫁として恥ずかしくない道具を揃えて来てくれってな」

「じゃあ、新婦側は何もしなくていい？」

「馬鹿言え、それ相応の持参金を持ってくるんだよ。ほんとに今時の若いのときたら何にも知らねえなあ。嫁をもらう時に苦労するぞ」

軽自動車が最後だったようで、係員はもう通っていいよと言ってくれたが、三人ともしばらく呆気に取られていた。

「ここ、東京だよね……」

「そのはずなんだけど……」

「名古屋なんかだと、花嫁側は家財道具をいったん自分の家に運び込んで近所の人にお披露目するけど、こんなふうに見せながら歩いたりしない……」

芳猿が、素の彼としては考え得る限り長い台詞をしゃべった。よほど驚いている証拠である。

「もしかして旅館が満員なのも……」

百之喜が無意識に口にした疑問に係員が反応した。

「そうさ。双方の親戚・友人、何やかやで三百人は呼んでるからなあ。この後、明日まで宴会さ」

「その人たちの交通費とか宿泊代とかは……」

「もちろん呼んだ側が持つんだよ。二年前の本家の嫁さんはお父さんが外交官で外国暮らしが長かった人なもんだから外国の友達も大勢いてなあ。本家はその人たちの分も交通費を出してやったはずだから、それだけでもかなりの金額になったんじゃないか」

若い三人はすっかりカルチャーショックを味わい、度肝を抜かれながら車に乗り込んだのである。

芳猿が慎重に車を走らせ、封鎖されていた道路を渡ったが、何を思ったか、いったん車を止めた。

気持ちは他の二人にもよくわかった。振り返ってみると、まだ花嫁行列の後ろのほうが見えた。

「あれって、かなりので済む次元じゃないよね」

呆れたような犬槙の呟きに百之喜と芳猿も同意し、赤い恐ろしい車で嶽井町を後にしたのである。


会社員の朝は慌ただしい。

江利《えり》も例外ではない。時計を気にしながら忙しく身支度を調えてマンションを出た。

江利は駅から五分という便利な場所に住んでいる。

会社へは電車で一本、三十分も掛からない。

通勤には非常に便利だが、その分、家賃も高い。

毎朝の習慣で、駅へ向かう道を早足で歩きながら携帯を見ると、雉名《きじな》からメールが来ていた。

発信は今日の深夜だ。

日付が変わったばかりの時刻だが、このメールを読んだらいつでもいいから電話をくれとある。

その時には駅がもう眼の前だった。

満員電車の中で通話はできないから、電車を降り、会社に向かって歩きながら江利は雉名に連絡した。

「おはようございます。椿《つばき》です」

「朝早くから申し訳ありません。確認したいことがあったものですから」

前置きした雉名は予想外のことを言い出した。

「嶽井という地名に心当たりはありませんか？」

江利は面食らった。雉名から連絡がある時は弟の事件絡みに限られるはずだからだ。

「どこですって？」

「西多摩《にしたま》郡嶽井町です。何か心当たりは？」

「いいえ。全然。——そこがどうかしましたか？」

「いや、失礼。お騒がせしました」

雉名も歩きながら通話をしていた。

小菅《こすげ》駅を出たばかりで江利と電話していた雉名の眼の前には東京拘置所があった。

黄瀬《きせ》隆《たかし》はどことなく生気に欠けた顔をしていた。無理もない。起床から就寝まですべてを管理され、監視され、完全に自由を奪われた生活というものは想像以上に人を疲弊させるものだ。

しかし、彼の無気力は疲弊感とは少し違う。最初に接見した時から感じていたが、投げやりな感じがするのが雉名には気になっていた。

「あなたが現在おつきあいしている女性は、以前、渡邊《わたなべ》さんと交際していたそうですね」

「そうですよ」

「そのせいで渡邊さんにいやがらせをされていた。つまり、あなたには動機がある」

「俺は殺してませんよ」

気怠《けだる》い口調で答えてくる。

それはひとまず後回しにして雉名は訊いた。

「嶽井という場所に心当たりはありませんか?」

黄瀬隆は肩をすくめて、まるで身の入っていない口調で答えてきた。

「知りませんけど」

その顔つきは何やら退屈そうにさえ見える。

身に覚えのない罪で——それも殺人という大罪の汚名を着せられて有罪になるかもしれない瀬戸際にいながら怒りも焦燥感《しょうそうかん》も微塵《みじん》も感じられない。

雉名が眉をひそめていると、黄瀬隆はあくびでもしそうな様子で言ってきた。

「裁判って、どのくらいで終わるんですか」

「長引くことはないと思いますよ。裁判員裁判なら結審も早いはずですから」

「じゃあ、いつ頃ここを出られますか」

雉名の表情が知らず険しくなる。

「出るとはどういう意味ですか?」

「え?」

対照的に黄瀬隆はぽかんとしている。

二十四歳という年齢より幼く見える顔だった。

「俺、早く家に帰りたいんですよ。裁判が終われば出られるでしょう、こんなとこ」

雉名の眉間《みけん》の皺《しわ》がますます深くなった。

「黄瀬さん。まさかと思いますが、あなたは自分が無罪になると思っているんじゃないでしょうね？」

黄瀬隆は不思議そうに顔をしかめた。

「だって俺は何もしてないんですよ」

「それは通りません。あなたは供述調書に署名した。渡邊三成《みつなり》を殺害したのは自分だと認めているんです。この事実は裁判ではれっきとした証拠と見なされ、あなたには有罪が言い渡されます」

ここまで言っても黄瀬隆は雉名の言葉を真剣には受け取らなかったようで、曖昧《あいまい》に笑ってみせた。

「あんなの、『いじめられて恨んでいたんだろう？　だから刺したんだろう？』って刑事が何度も何度も馬鹿みたいに聞いてくるから、面倒になっちゃって、『はい』って言っただけですよ。そうしたらあっという間に書類が出てきてこれにサインしろって……。もう面倒くさくなっちゃって……」

その気持ちはわからないでもない。何度も何度も同じことを繰り返し訊かれるのは大変なストレスだ。

その苦痛から逃れるため一時しのぎにサインする被疑者は後を絶たないのが現状だ。わかっているが、雉名は厳しい口調で言った。

「その言い分が通用すると本気で考えているのなら、脳天気にも程がある。現状では、あなたがここから出る時は殺人犯として刑務所に入る時です」

仮にも弁護士が依頼人に向かって言うにしては、恐ろしく冷たい台詞に黄瀬隆は白けた顔になった。

「弁護士さんって、こういう時は『後は全部自分に任せて否認しろ』って言うんじゃないんですか」

「それが戦術の一つであることは否定しませんが、あなたの場合、それでは勝ち目がない。あなたには心神耗弱《こうじゃく》も正当防衛も認められない。減刑の理由が何もないんです。それどころか怨恨による計画的犯行と判断されれば、最低でも七年は服役することになるんですよ」

「そんなこと言われても、俺詳しいことわかんないですから。任せますから。何とかしてくださいよ」

二十七歳の雉名が『今時の若い奴は』と忌々《いまいま》しく思ったとしても、誰も責められないはずである。

噛んで含めるように言い聞かせた。

「いいですか、黄瀬さん。甘い希望は今すぐ捨ててください。無罪を勝ち取るためにはあなたの協力が絶対に必要なんです。今のような態度を続ける限り、わたしには有効な打開策が見いだせない。あなたは渡邊さんを殺していないと言うが、問題は裁判員がそれを信じるか信じないかなんです。凶器もある。あなた自身の持ち物であなたの指紋が残っている。動機もある。あなたは被害者にいじめられていたと何人もの社員が証言している。生きている被害者と最後まで一緒にいたのはあなたで、外部から侵入された形跡はない。加えて供述調書という証拠もある。普通の人間は——裁判員というのはご存じのように一般の人たちですから、本当に殺していないのなら自分がやったなんて自白《じはく》はしないだろうと考えます。つまり、あなたは確実に有罪になります」

ここまで言っても黄瀬隆のやる気のなさは急には変わらなかったが、さすがに不安そうに言ってきた。

「俺……本当に渡邊さんを殺した罪で刑務所に入ることになるんですか?」

「今頃わかったんですか?　そうです」

「だってそんなの、おかしいじゃないですか。俺はやってないんですよ」

「あなたは冤罪《えんざい》事件という言葉を知らないんですか。無実の罪で十数年、長ければ数十年も服役した人が何人いると思っているんです。あなたもその一人になりたいんですか」

黄瀬隆は眼を逸《そ》らし、力無く首を振った。

「俺は本当に何もしていないんですよ。なんで俺がこんな眼に……。あり得ないって、こんなの」

苦しげな弱々しい呟きを聞いて、他人事《ひとごと》のような態度の理由が少しわかった気がした。

　要するにこの若者は自分の置かれた立場から眼を背《そむ》けているのだ。

　心ならずも自供してしまった自分はこのままでは無実の罪で実刑判決を受ける。

　そうした惨《むご》い現実を頭でうすうす察してはいても実感はできない——いいや、したくない。

だが、それでは助けられる者も助けられない。

　雉名は穏やかな口調の中にも強い熱意を込めて、真摯《しんし》に話しかけた。

「黄瀬さん。わたしの仕事は手助けに過ぎません。あなた自身に闘う意志がなければどうしようもない。無実の罪で刑務所に行きたいと思う人間など普通はいません。あなたはどうなんです。諦めるんですか、それとも無罪を勝ち取るために闘いますか」

「闘うって言ったって……何をすればいいんです」

「今のところあなたにできることは一つだけです。思い出してください。西多摩郡嶽井町です」

「だから本当にわからないんですよ。そんなことを言われても、事件に関係ありそうな心当たりなんか何も思いつきません」

「関係があるかないかはこちらで判断します。いや、今はむしろ関係なさそうな心当たりでいいんです。たとえばドライブで通りかかったことがあるとか、友人がそこに住んでいるとか、旅行に行ったとか、仕事で立ち寄ったことがあるとか、それで充分です。何かありませんか？」

　熱心に言われて黄瀬隆は面食らったようだったが、初めてちゃんと考える顔になった。

　同時に疑問にも思ったようだった。

「そんなことがそんなに重要なんですか？」

「今はまだ何とも言えません」

　無駄な期待を持たせるのも、はっきりしていないことを断言するのも雉名の主義に反する。

「ただ、わたしはあなたを助けたい。そのためにはあなたと嶽井町のつながりをぜひとも明らかにする必要があるんです」

「つながりって言っても……俺がそこに行ったことないのは確かですよ。どこにあるのかも知りません。友達だってそんなとこの出身の奴……」

困惑を隠せずに言いかけた黄瀬隆は「あ」という形に口を開け、雉名はすかさず身を乗り出した。

「何か思い出しましたか？」

黄瀬隆は慌てて首を振った。

「いや、でも……ほんとに関係ないことなんで」

「関係あるかないかは聞いてみないとわかりません。どんなことでもいい。言ってみてください」

彼はひどく戸惑っていたが、雉名の再度の勧めに、記憶を手繰《たぐ》りながら話し始めた。

「ずいぶん前のことなんで勘違いかもしれないけど、江利の彼氏が確か……」

「椿さんの交際相手が嶽井町に住んでいた？」

「いえ、彼氏は二十三区内に住んでます。前に一度、会ったことがあるんですけど……」

「その交際相手と？」

「二人で会ったわけじゃないですよ。江利と一緒にお茶したんです。その時に聞いた彼氏の実家が確かそんなところだったんじゃないかと……」

「彼氏というのは、今回あなたの事件がきっかけで婚約破棄を言い渡してきたお相手のことですか？」

「俺はやってませんって！」

黄瀬隆は初めて向きになって言い返して、すぐに頷いた。

「そうです。それでその時、彼氏の兄貴が結婚することになって、彼氏の希望で江利も親族として式に出席するって言うもんだから、俺、びっくりして、そういうのありなのかって思ったんです」

「いつの話です？」

「去年……じゃないな。一昨年だったと思います」

雉名は頭の中で話を整理した。

「変ですね。椿さんが婚約したのは今年の六月だと聞いています。一昨年なら、その方と椿さんはまだ単なる交際相手だったのでは？」

「ええ、俺もそう思ったんです。婚約もしてないんですから、その時点では彼氏のお兄さんと江利とはまったくの赤の他人ですよね」

「しかし、交際相手と椿さんはいずれ結婚するから椿さんにも親族席に座って欲しいと？」

「そうなんですよ」

　黄瀬隆は頷き、しきりと首を捻《ひね》っていた。

「変な話だと思ったんですよ。彼氏は自分の兄貴は将来江利の義理の兄さんになるんだから、江利にも出席して祝って欲しいんだって言ってましたけど、そりゃあ江利が彼氏と結婚する気なのは知ってたし、彼氏もその気でいるとしても、そこまでしちゃっていいのかなあって疑問でした。こんなこと言ったら何だけど、この先別れる可能性だってあるわけじゃないですか。それに俺の周りでそんな話、あんまり聞いたことなかったんで……」

　雉名も初耳である。

「わたし個人の感想としては珍しいと思いますが、一概《いちがい》には言えないでしょう。地方やその家によって、やり方は色々だと思います」

「でも、その時、彼氏は『身内なんだからご祝儀は最低でも五万は包んでくれ』って言ったんです。俺、ぎょっとしましたよ。五万ってすごい大金ですよ」

　その点は雉名もまったく同感だった。

　特に社会人になったばかりの二十代前半の若者にとってはかなりの負担になる。

　しかも最低で——となると、本心はもう少し多く包んでもらいたいということだ。

「そりゃあ、江利はその時はもう社会人だったし、かなり稼いでるみたいだったけど、だったら彼氏と連名で包めば半額ですむじゃんって言ったんです」

「その場合、十万包むことになると思いますよ」

「えっ⁉」

　本当に知らなかったらしく、黄瀬隆は驚いた。

「半額じゃ駄目なんですか?」

「都内に限って言うなら連名で五万円を包んだ場合、一人当たり二万五千円を包んだものと判断されると思います。地方は知りませんが、身内で二万五千はちょっと少ないと思われるのではないでしょうか」

「はあ……。駄目だなあ、俺。——こんなんだから亜紀子にも怒られるんだよな……」

黄瀬隆ががっくりと落ち込んでいるので、雉名は思わず彼を慰めた。

「誰だって最初は知らないでしょう。——それより、まだ婚約もしていない椿さんに身内として出席してほしいという彼のほうに違和感を感じます」

「ほんとそうなんです。連名にしたらって言ったらその彼氏が笑うんですよ。まだ結婚もしてないのにそんなのけじめがなさすぎるって。変な話でしょう。まだ結婚してない江利を親族席に座らせるのにね。わけわかんねえって思いました」

「その交際相手は確か椿さんと同い年ですよね」

「そうなんですけど、何ていうのかな、言うことが一々年寄りくさい感じで。たとえばご祝儀の他にも兄貴に祝いの品を贈らないといけないとか、江利と連名で贈ったほうがいいねとか、ちょうどいい機会だから親戚にも紹介するよとか。そんなことしたらますます別れにくくなるのに——もっと驚いたのは、うちの近くの美容院を予約しておくから、普段着で来てくれって江利に言ったことです」

「どういうことですか?」

「結婚式当日の服ですよ。江利は自宅からスーツで行くつもりだって言ったんです。そうしたら彼氏は他の人との釣り合いもあるからそれじゃあ困るって、最低でも振袖を着てくれって言うんです」

さすがに呆気にとられながら、雉名は尋ねた。

「最低でも振袖なら最高は?」

「振袖です。つまり安物じゃ困るって言うんです。着物の値段なんて知りませんけど、見る人が見れば高いか安いかはすぐにわかるんだそうで。その辺の貸衣装屋の振袖なんかじゃ駄目だって言うんです。彼氏の姉さんが着ていた振袖がある、あれを預けておくからそこで着付けてもらってくれって。髪とか化粧とかその美容院で全部やってもらえるからって。姉さんの振袖がいくらするのかわかりませんけど、相当高いんでしょうね。あれなら絶対大丈夫だって彼氏は言ってました」

「ずいぶんと至れり尽くせりですね」

「ほんとですよ。江利は、それじゃあ借りるわって気楽に言ってたけど、俺は話聞いているだけで疲れちゃって、正直この家とは親戚づきあいはできないなって思いました。――その結婚式も彼氏の実家で何百人も招いてやるって言うんですから嘘みたいな話でしょ。普通の家は何百人どころか何十人だって定員オーバーですよ。――その時、嶽井は遠いから大変だとか、五時に家を出ないと間に合わないとか二人が言ってたんです」

後で江利に訊けばわかることだが、雛名は敢えて尋ねてみた。

「その交際相手の名前は覚えていますか？」

「ええ。吾藤田です。普通、ごとうだって言ったら後ろの藤田っていうのが一般的でしょ。その彼氏は吾《われ》藤田って書くんですよね。珍しいなと思ったんでよく覚えてます」

5

待ち合わせ場所は会社近くの喫茶店だった。

仕事を終えた江利《えり》が足早にやってきて席に着くと、雉名《きじな》はさっそく冷ややかな口調で質問した。

「あなたの婚約者は嶽井《たけい》町の出身なんですか?」

江利は逆にきょとんと言ったのである。

「はい、そうですけど」

「なぜ今朝はそれを黙っていたんです」

「何故って……」

江利は理解に苦しむ顔だった。

「婚約者の出身地なんて、弟の事件とは関係ないと思ったからです」

「関係は大ありです」

声に力を籠《こ》めて雉名は言った。

「電車を乗り間違えた百之喜《もものき》がたどり着いた場所があなたの婚約者の出身地だった——ありえない偶然です。これが無関係であるはずがないんです」

珈琲《コーヒー》が運ばれてきたが、手をつけようともせずに江利は半信半疑の呆れ顔で尋ねた。

「雉名さん。はっきりさせておきたいんですけど、百之喜さんは有能な占い師か霊能者なんですか?」

雉名は深い深いため息をついたのである。

「そんなものならどれだけよかったか……」

「は?」

「わたしは占いや霊感というものは信じていません。少なくとも商売としてのそれらは一種の営業であり、サービス業だと思っています」

『自分は恐らくこうだと思う』という意見を述べて、それが当たれば客は喜ぶ、そういう仕組みだ。

「百之喜にはそうした才能はまったくありません。彼は以前、警視庁捜査一課に勤務していました」

「刑事さんだったんですか⁉」

「いいえ、給与計算などを主にする警察職員です。彼はそこでも大いに無能ぶりを発揮していました」

　やる気がないだけならまだしも無能とあっては、ひたすら上司が気の毒というしかない。

「そんな百之喜ですが、職員時代の三年間で七回、真犯人逮捕につながる証拠を見つけ出しています」

「刑事さんではなかったんでしょう？」

「そうです。捜査権も逮捕権もない職員が三年間に実に七回、間接的に手柄《てがら》を立てたんです。そのうち一回は不本意ながらわたしも関わっていました」

　江利は不思議そうな表情で話の続きを促し、逆に雉名は苦い顔で続けた。

「詳しくは言えませんが、交通事故の裁判だったと思ってください。わたしの依頼人が夜に車を運転中、人を撥《は》ねて死なせてしまったのです。車と人間ではどうしても車のほうが悪者にされます。自動車運転過失致死容疑で起訴され、わたしが弁護しましたが、充分勝てると思っていました。現場は見通しがよく、横断歩道も信号も離れた場所にあり、歩道と車道は生け垣と街路樹で区切られていて人が無闇に道路に出てくるような場所ではないんです。依頼人は制限速度も守っていましたし、被害者が突然道路に飛び出して来たので、慌てて急ブレーキを踏んだものの間に合わなかったと証言しました。後の現場検証でこの事実が裏付けられています。それに、依頼人は事故後すぐに一一九番通報しています。──一方、被害者の奥さんは夫は最近リストラされたばかりで精神的に不安定な状態が続いていた、心療内科にも通って神経症の診断書も出ていたと証言しました。事件のあった夜もふらりと出て行き、財布も携帯も置いていったので探しに行こうにも心当たりもなく、途方に暮れていたとのことでした。この点を踏まえ、運転手の過失には違いなくても避けようのない事故だったとわたしは主張し、依頼人に決定的に有利な事実も見つかりました。被害者の自筆の遺書です」

「まあ……それじゃその人、最初から死ぬつもりで車の前に飛び出したんですか」

「そう考えるのが自然です。わたしは依頼人である被告は、被害者が自殺するための手段に使われたに過ぎないと主張しました。執行猶予どころか無罪を勝ち取れると確信していましたが、それを百之喜が木《こ》っ端《ば》微塵《みじん》にしてくれたんです」

「どういうことです？」

「判決が出る日の昼頃、わたしは裁判所で百之喜に出会いました。警視庁と東京地裁は残念ながら目と鼻の先の距離ですから」

百之喜は地裁の食堂にご飯を食べに来たと言い、顔見知りの雉名を見かけたので声を掛けたらしい。

「今、すぐそこの道路で落とし物した人がいるんだ。ちょうどここへ入ったから追いかけて来たんだけど、あの人、どこへ行ったのかなあ」

「なぜ俺に訊く？」

わからないことは何でも人に訊けばいいと思っているのかと続けたいのは山々だが、言っても無駄だ。

百之喜は基本的にものぐさだが、根は善人なので、時々こういう親切心を発揮する。無論、それ自体は人として立派なことだ。この時も外は雨だったので、百之喜は濡れた定期入れを手拭いで拭っていた。

「中も濡れちゃったかな。あ、写真が入ってる」

「おい、他人の持ち物だぞ」

雉名は眉を顰《ひそ》めたが、百之喜は定期入れの中から写真を引っ張り出して言った。

「そうそう、この人。この女の人が落としたんだよ。俊くん、この女の人知らない？」

写真を突き出されて咄嗟《とっさ》に知るわけないだろうと吐き捨てようとして、雉名は絶句した。

「写真の女性はわたしの依頼人が死なせてしまった被害者の奥さんでした」

「ああ、ご主人を轢《ひ》いた人の判決が出るから傍聴に来たんですね」

「そうです。ずっと傍聴しておられました。被害者の奥さんですからそれ自体はおかしくありませんが、奥さんは一人で写っていたのではなかったんです。百之喜が見せた写真の中で奥さんはご主人ではない男性と一緒でした。しかも二人の様子はどう見ても単なる知人や友人ではなく、明らかに親密な関係とわかるものでした。奥さんは不倫をしていたんです。

――わたしの依頼人と」

江利は眼を丸くした。

「亡くなった被害者の奥さんと、その人を死なせてしまった被告が……ですか？」

「そうです。不倫関係にありながら公判中の二人は徹頭徹尾それを隠して赤の他人を装っていたんです。

――怪しいなんてもんじゃない」

「それで……雉名さんはどうしたんです？」

「もちろんその写真を取り上げようとしましたよ」

「取り上げる？」

「そうです。こんな写真が検察側の眼に留まったらどう足掻《あが》いても裁判には勝てませんから」

江利はちょっと眉を顰めた。

雉名を正義感の強いタイプと思っていただけに、軽い失望と嫌悪に似たものを感じたのだ。

「意外に俗物的なんですね、弁護士さんって」

「弁護士だからこそです。法廷はわたしの職場です。そこで依頼人の減刑ができなければわたしの仕事は失敗に終わることになる」

正義感が強いのは確かでも、それとこれとは話が別だと雉名ははっきり割り切っている。

弁護士としての評価が下がれば能力を発揮できる場も限られてくるからだ。

「それで写真を取り上げたんですか？」

「いいえ、この時は残念ながら出遅れて担当検事に見られてしまい、ちょっとした騒ぎになったあげく審議は中断、判決は延期されました。検察は躍り上がらんばかりでしたよ。こっちは逆に逃げ出したい気分でしたが、結果は言うまでもありません。被害者の死は事故でも自殺でもなく、二人の共謀による計画的犯行だと判明したんです」

「でも、遺書はご主人の自筆だったんでしょう?」

「確かにそれはノイローゼぎみだった被害者本人が書いたものですが、死ぬつもりはなかったようです。一種の愚痴《ぐち》か冗談として書いたようですね」

あいにく妻は冗談ですませるつもりはなかった。夫が死ねば保険金が入る。そのお金があれば愛人と楽しく暮らせる。

夫が死ぬのを今か今かと待っていたが、遺書まで書いておきながら夫はなかなか死んでくれない。業《ごう》を煮やした妻は不倫相手に話を持ちかけ、

「自殺に見せかけよう。それを証明する遺書もある。すぐに遺書を出したら怪しまれるから裁判の途中で切り札として出す。そうすれば無罪になる」

と言い含めて犯行に及んだのだ。

「無罪判決を勝ち取れるはずだったのに、結果的に百之喜のせいでわたしには黒星がつきました」

「それはそうかもしれませんけど……」

江利はもどかしげに言った。

「罪を裁《さば》かれなければいけない人が無罪になるよりよかったんじゃありませんか」

雉名は初めてちょっと笑ったのである。

「公序良俗を重んずるならあなたの言う通りですが、依頼人の量刑を軽くするべく闘うのが弁護士です。それとは逆に無実の人間でも起訴した以上は有罪にしたがるのが検察です。あなたの弟さんのように」

「…………」

「実際そういう例もありました。検察が自信満々で起訴した被告が、これまた結果的に百之喜のせいで無罪になった事件です。ある要介護の老人が、深夜自宅で急に亡くなったと思ってください。老人には持病もあったので最初は自然死と思われましたが、検死の結果、注射器による薬物注入の跡が見つかり、付き添いの看護師が殺人容疑で逮捕されました」

「看護師ですか? ヘルパーではなく」

「かなり裕福な家で泊まり込みの看護師が介護していたんです。看護師ですから当然薬物の知識もある。

老人の使っていた薬は量を誤れば危険であることを看護師は知っていました。注射器も扱い慣れている。外部から侵入した形跡はなく、深夜のことで家人は寝静まっていました」

　この看護師に借金があったこと、老人が看護師にちょっとした額の遺産を残していたこと、看護師も遺産をもらえると知っていたことなどから、動機も手段も充分と警察に判断されたのだ。

「本人は犯行を否認しましたが、弟さんと同じです。本人の意思とは関係なしに犯行を認める供述調書が作成され、起訴され、審理となりました。そのままだったら間違いなく殺人で有罪になったでしょう」

「それを百之喜さんが解決したんですか？」

「いいえ」

　雉名は言った。

「百之喜は暴漢に襲われそうになって、命からがら逃げ出したところを警官に保護されただけです」

「は？」

「よほど恐かったんでしょうね。貧弱な男ですから。保護された時、百之喜は『何も聞いてません！』と、しきりと叫んでいたそうです。『ぼくは何も聞いてませんよ！　早く金を払えとか、せっかく爺さんを殺したんだからとか全然聞いてませんから！』と」

「…………」

「百之喜は五百円玉を取ろうとしていたそうです。公園設置の自販機に硬貨を入れようとして落とし、後ろから取ったほうが早そうだと判断して自販機の背後に回って四つん這いになっていたら、百之喜に気づかずにやってきた二人組が物騒な話を始めた。硬貨を拾って立ち上がった百之喜に気づいた二人はぎょっとしたそうですが、百之喜は馬鹿正直な男で、『何も聞いてませんよ』と口走ったらしい。すると、男の一人が刃物を取り出したので慌てて逃げ出した。一つ間違えば、百之喜はその場で殺されていたかもしれません。幸い百之喜の悲鳴を聞きつけた警官が駆けつけて、凶器を持っていた男は現行犯逮捕され、もう一人も挙動不審でもあり、百之喜が聞いた話のこともあったので念のために調べてみると、一人はいわゆる麻薬の売人で、もう一人は先日亡くなった老人の孫だったんです。その後の調べでこの孫から薬物反応が出たため追及したところ、薬を買う金に困って遺産目当てで祖父を殺したと自供しました。今時注射器で薬をやるほうもどうかと思いますが、そんなわけで彼は注射器を扱い慣れていたんです」

江利は呆れ顔を隠せないでいる。

「冗談にしか聞こえません。そのくらいのこと……最初に捜査した段階でわからなかったんですか？」

「はい。警察の大失態です。実を言うと、この家の主人は警察上層部にも顔の利く財界の大立て者で、所轄警察としても家族の犯行にはしたくなかったというのが本音です。主人と妻には老人を殺す動機がなかったし、子どもたちはみんなまだ学生でした。中でも犯人は有名大学の学生で成績も優秀でしたし、表向きは品行方正で周囲の評判も非常によかった。いわば見た目に騙された形になりました」

「それだけじゃないでしょう」

江利は言った。

「後《うし》ろ盾《だて》も権力もない、犯人に仕立てるのに都合のいい看護師が眼の前にいたからでしょう」

「否定はできません。もちろん警察はそんなことは決して認めないでしょうが」

珈琲を一口飲んで雉名は続けた。

「これらの百之喜の行動——活躍とは言えませんし、口が裂けてもそんなことは言いたくないので、彼が果たした役割は偶然と言ってしまえばそれまでです。最初は落とし物を拾って届けようとしただけ、次もたまたま居合わせて物騒な話を洩れ聞いただけです。しかし、これと同じようなことが三年間で実に七回、そのたびに裁判がひっくり返る騒ぎになったんです。わたしの言わんとするところはおわかりですか」

きっぱりと江利は言った。

「わかりたくありません」

「お察ししますが、それでは話が進みません」

女性依頼人のほとんどが見惚れる美男子に真顔で断言されて、江利は苦し紛《まぎ》れに叫んだ。

「そんなの……あんまり馬鹿げてます！」

「ごもっともです」

雉名もひどく苦い顔になった。

「お気持ちは痛いほどわかります。わたしもこれが他人のことだったら、何を馬鹿なことをと、そんな偶然があるわけないだろうと笑い飛ばしたでしょう。しかし、百聞は一見に如かずとはよく言ったもので、笑い飛ばすには実績がありすぎるんです」

「…………」

「ここで厄介《やっかい》なのは百之喜にまったく自覚がないということです。あの男は証拠を探していたわけでも、真犯人を見つけようと意気込んでいたわけでもない。にも拘わらず結果的にそうなってしまうんです」

江利はまだ納得しなかった。したくなかったのだ。

「だってそんな……、ただの偶然でそんなに何度も証拠になるものを拾ったり、決定的な話を聞いたりするっていうんですか？」

「犯人にぶつかったこともありますよ、道端で」

「…………」

「あれはそそっかしい男でもあるので、派手に人にぶつかりまして、相手は大きくよろけ、自分は道に倒れ込んだ。そうしたら相手の懐《ふところ》から飛び出して百之喜の眼の前に落ちたものがある。咄嗟に拾ったそれは実に精巧なモデルガンだったそうです」

「…………」

「ただの玩具《おもちゃ》なのに、男はなぜかものすごい形相で取り返そうとしたそうですが、百之喜が大きな声で『ぼくは警視庁に勤めてるんですけど、よくできたモデルガンですねえ』と言うと慌てて逃げ出した。昼日中の出来事で、しかも人通りの多い道でして、男は人目を避けるようにして走り去ったそうです。百之喜は変な人だと思いながらも市民の務めとして、その『モデルガン』を派出所に届け、当然大騒ぎになりました。そして調べてみたらこれまた大当たり。審理中の殺人事件に使われた凶器だったんです」

「ちょっと待ってください。百之喜さんは警察職員だったんでしょう。それなのに本物とモデルガンの区別が……」

「つくわけがありません。あの男に」

とことん容赦なく雉名は言ってのけた。

話せば話すほど、どんどん脱力する思いだったが、ここでくじけたら負けだ。

江利は何とか気力を奮い起こした。

「その事件って、凶器の銃が発見されなかったのに審理中だったんですか？」

「ええ。よく送検と起訴を通ったなと思いましたが、凶器は海に捨てたのだろうというのが警察と検察の主張でした。しかし、ここに来て凶器が出てきた。落とした男は人目を避けて逃げ出している。とても裁判を続けることはできません。わたしが担当した事件ではありませんでしたが、今度は弁護側が俄然《がぜん》勢いづき、検察は苦虫を噛み潰したような顔だった。非公式ながら余計なことをしないでくれと警視庁に苦情も言ったそうですよ」

「検察としてはそんな厄介なものは見つけて欲しくなかったわけですね」

「その通りです」

突拍子もない話の連続に江利は混乱していたが、以前から疑問に思っていたことを尋ねてみた。

「雉名さん。先程の話でもおっしゃってましたけど、あなたの弁護する依頼人が……本当に悪意を持って故意に人を殺したとわかっても、それでもあなたはその人を弁護して無罪にしようと努力しますか」

「しますよ。それが弁護士の仕事ですから」

断言したものの、雉名は慎重に付け加えた。

「ただし、できればやりたくありません。わたしは身に覚えのない罪で犯人扱いされて苦しんでいる人、本当に困っている人たちを助けたくて弁護士になりました。——青臭いとよく言われますがね」

「では、検事はどうなんでしょう。有罪だと信じて起訴した相手が裁判の途中で……つまり何か違うと、この人はやっていないんじゃないか、もしかしたら無実なんじゃないかと思ったら？」

「全力で有罪にしようとするでしょうね」

「…………」

「彼らはそれが仕事です。途中で過ちに気づいても、彼らの立場では『被告は無実です』とは言えません。——現に百之喜が銃を拾った事件でもそうでしたよ、決定的な証拠が出たにも拘わらず、検察は起訴した被告を何とか有罪にしようと躍起になっていました。勝てるわけがないのにね」

「…………」

「起訴した以上、被告人は有罪であるという前提の下に検察は動いています。自分で決めたその前提を覆《くつがえ》す権利も自由も彼らにはないんです」

江利はぽつりと呟いた。

「馬鹿ですね」

「弁護士も似たようなものです。刑事事件に限って言うなら依頼人が善人か悪人か、そんなことはどうでもいい。極論を言ってしまえば依頼人が犯したとされているその犯罪をやったのかやっていないのか、それすら意味を持ちません。ただ、裁判で勝てるかどうかだけが重要なんです」

「その結果、本物の凶悪犯罪者を無罪にして世間に野放しにして新たな犠牲者が出てもですか？」

「それを判断するのは裁判官の役目です」

「……ずるいんじゃありませんか？」

子どものようにまっすぐな江利の意見に、雉名は苦笑した。

「逃げているように聞こえたならすみません。ただ、わたしは本音で話しているつもりですよ。百之喜に写真を見せられた時、わたしが真っ先に思ったのは『しまった！』という感情でしたから」

「どういう意味の『しまった』なんですか。重要な証拠を見落としていた？　それとも……」

「しまった、依頼人は黒だったかという意味です」

依頼人の罪を軽くするのが商売の弁護士としてはこの写真はマイナスの証拠だ。こんなものが出ては困るというのがその時の正直な気持ちだった。

既に終わった事例でも、依頼人にここまで率直に語ったりするのは弁護士としてあるまじきことだが、江利に聞かせる分には雉名はかまわなかった。

百之喜を関わらせた段階で、『まともな弁護』になどならないのはわかりきっていたからである。

「もっとも、この写真だけを隠しても二人の関係に検察が気づけば意味がない。どんなにわたしの意に沿わなくても事実をねじ曲げることはできません。その後の事件がいい見本です」

「百之喜さんのおかげで結果的に無実の人が有罪にならずにすんだ……」

「肝心の百之喜はと言えば、銃を落とした男の顔を覚えていなかったのでモンタージュにも協力できず、鑑識《かんしき》からはべたべた指紋を付けるなと雷を落とされ、『さんざんだったよ〜』と泣き言を言ってました」

「……無能な人なんですね」

「そうです」

間髪容れずに雉名は答えた。

「彼は基本的にものぐさで面倒を嫌います。同時に時々気まぐれのように親切心を発揮するんですが、自分が例外的にやる気を起こすと面倒なことになる。それだけはうすうす気がついているので、本能的に面倒事から逃げようとするんです」

「面倒がいやなのにあんな探偵のような仕事をしているなんて、矛盾《むじゅん》してませんか」

「ちょっとした事情がありましてね。あの事務所は好きでやっているわけではないんですよ。ただ一つ弁護してやるとするなら……」

雉名は言葉を探して考えながら指摘した。

「あれはものぐさで、ぐうたらで、面倒には関わり合いたくないと考える消極的な人間でもありますが、無実の人間が冤罪《えんざい》で服役するのはよくないことだと判断する程度の良心はあるんです」
　江利の眼が探るように雉名を見た。
「百之喜さんには無実かどうかわかるんですか」
「いいえ。わかっていません。こっちに言わせると
なぜ未だにわからないのかと思いますが。百之喜は
気の弱い男でもありますが、根本的に怠《なま》け者《もの》なので、
どんなに客に懇願《こんがん》されても、泣いてすがられても、
逆にごり押しされても、ほとんどの依頼はあっさり
断るんです。本人も働かなくても食べていけるから
仕事の依頼は全部断りたいのだと正直に言ってます。
ただ、すんなり断れる場合と、なぜだかわからない
けど断りにくい場合があると言うんです」
「………」
「その『断りにくい場合』というのが曲者でしてね。
事務所を開いて二年近く、今まで外れは一件もない。
百之喜が断りにくそうにしている依頼があったら、
力ずくでも引き受けさせるのが凰華《おうか》くんの役目です。
彼女は実に優秀な秘書ですよ」
　少しも静かではない看板に偽りありの『静さん』
と話していた時の百之喜の様子を思い出して、江利
は言った。
「それならやっぱり、百之喜さんには霊感とか第六
感とか、何か特別な能力があるんじゃないですか」
「あれは能力というよりは体質です」
「体質？」
「犬も歩けば棒に当たるという諺はご存じで？」
　江利は呆気に取られた顔になった。
「もちろん知ってますけど……」
「あの男がまさにそれです。歩くトラブルメーカー
というよりは、本人はまったく意識しないのに行く
先々で拾わなくてもいい真実にぶつかるんです」
　江利はもはや開いた口がふさがらない体《てい》だったが、
訝《いぶか》しげに提案してみた。
「あの、その体質が本当なら、百之喜さんは警察で
働いたほうがいいんじゃありませんか」
「警察ももちろんそれを考えました。三年間で七回。

百之喜は刑事ではありませんが、これだけの実績があるなら捜査に役立てなければ宝の持ち腐れです。非公式に手伝わせようとしました。ところが……」

雉名は忌々《いまいま》しげに唸った。

「あの男は、それが何かわかっているもの、そこにあると判明しているものは見つけられないんです」

「どういうことです？」

「殺人事件の犯人が現場から逃亡した、名前も顔もわかっている、犯人はどこに逃げたのかと尋ねると、そんなの知りません。犯人が証拠をこの山の山腹に埋めた、ドラム缶に詰めて海に捨てた可能性がある、場所を突き止めろ——そんなの見当もつきません。そういうことです」

「肝心な時に役に立たないんですね」

「まさにそのとおりです」

重々しく頷いた雉名だった。

「この話を信じるか信じないかは椿《つばき》さんの自由です。しかし、今までの百之喜の実績を知る人間としては、彼が電車に乗り間違えてたどり着いた先があなたの婚約者の出身地だったという事実は無視できません。あなたの婚約者とそのご家族について、どうしても訊かないわけにはいかないんです」

江利は大いに戸惑い、狼狽《ろうばい》して答えたのである。

「そう言われても……彼のことなら知ってますけど、家族のことまでは。——それに、彼はこの事件には無関係です。事件の夜はわたしといたんですから」

「彼の名前は？」

「恭次《きょうじ》です。吾藤田《ごとうだ》恭次」

念のために恭次の住所と連絡先を聞いて、雉名は質問を続けた。

「ご両親はどんな方たちですか？」

「どんなと言われても、お兄さんの結婚式で初めて会ってご挨拶しただけなんです。あれ以来、一度もお会いしてませんし……」

雉名は探るような眼で江利を見た。

「ちょっと奇妙ですね。あなたと恭次さんは結婚を前提にしたおつきあいをしていたのに、その時までご両親に会ったことがなかったんですか」

「恭次は大学の時からずっと独り暮らしで、お盆やお正月には家に帰ってましたけど……何というか、実家とは距離を置いている感じだったんです」

結婚の話が具体的になってからも恭次はなかなか江利を実家に連れて行こうとしなかった。

女性にとってはやきもきする恋人の態度である。

自分とのことを本気で考えていないのかとも疑い、悲しくもあったが、そんな時に恭次の兄の結婚式の話が出たので江利は喜んで出席したのだ。

行ってみて仰天した。

「恭次の実家というのがもう……とても実際に人が住んでいる家には見えませんでした。門は時代劇に出てくる武家屋敷そのままです。門を入ってすぐのところに門番さんの家もあって、昔は呼び鈴なんかなかったから門番さんがお客を取り次いで母屋まで案内していたとか。今は門番だった人の遠い親戚に当たる家族が住んでいるそうです」

「敷地の中に他人の家が建っているんですか?」

「ええ、そのくらい広いんです。他にも何軒も家が建ってました。門番さんの家は普通の家でしたけど、他には江戸時代のセットみたいな日本家屋、明治の洋館みたいな建物、新婚夫婦のために新築した家もありました。この家は最新のモデルハウスみたいで、その家の周りだけがイングリッシュガーデンでした。他は純日本庭園なんです。回遊式の」

「回遊式日本庭園が個人宅に?」

さすがに雉名も驚いた。

どれもこれも常識の範疇《はんちゅう》を超えている。

「そうなんです。大きな池には滝があって、池には反り橋と平橋が架かっていて、敷地だけでいったい何千坪あるのかって、びっくりしましたよ。本当にこれが個人宅かって。美術館か記念館の間違いじゃないかと思いました」

「相当な資産家のようですね」

「でなければあんな結婚式はできません。新婦側はほとんどお金を出していないそうですから」

「ほう、それはいささか不公平な話では？」

江利は急いで否定した。

「そうじゃないんです。つまり、新婦側にはお金を出させないのが、吾藤田家のしきたりらしいんです。嫁入り道具にしても新婦側は必要最低限のものだけ持っていく予定だったようですが、恭次のご両親がお願いして一揃い調えてもらったそうです」

犬槇《いぬまき》や百之喜から話を聞く限り、家具に家電一式、車はベンツのMクラス——それらを全部新郎の家におんぶに抱っことなればひどく肩身が狭いのではと雉名は考えたが、口では別のことを訊いた。

「椿さん自身はそういう家の次男と結婚することに不安は感じなかったんですか」

「それは思いました。お兄さんの時にわたしもそう言ったんです。こんな式はちょっと無理かもって。そうしたらあんな盛大な結婚式は長男だけだそうで、自分は次男だからこんなのはできない、普通の式で充分だって言うんでほっとしました」

「そこで初めてご両親にお会いしたんですね」

「ええ、ご両親と、両方のお祖父さんお祖母さんに。おめでたい日だから当然ですけど、皆さんにこにこ笑って、よく来てくれましたねと声を掛けてくれて、恭次にも『結婚を考えている人』と正式に紹介してもらったんです。ご両親もお祖父さんたちも喜んで、恭次の選んだ人なら間違いはない、息子をよろしくお願いしますと丁寧に挨拶してくださいました」

「いい方たちだったんですね」

「はい」

「それから二年も恋人同士のままだったのは？」

「別に急ぐことはないと思ったんです。わたしたちまだ二十四歳でしたし、その頃は二人とも忙しくて、仕事を覚えるのに一生懸命でしたから。今年の春に、恭次のほうからそろそろちゃんとしようかと言って、婚約指輪をプレゼントしてくれて、父にも報告して、恭次はご両親に電話で知らせたそうです。きちんとご挨拶しておきたかったんですが、なかなか時間が取れなくて……。ご両親に報告に行こうとしていた矢先にあの事件が起きたんです」

母親の名前が出てこないのは両親が離婚しているせいかと思いながら、雉名は訊いた。

「すると、お父さんと恭次さんのご両親はまだ顔を合わせていないわけですね」

「ええ、式場や日取りが決まってから結納代わりに両家揃った食事会をするつもりでした。わたしたち、式の費用は自分たちで負担するつもりでしたから」

「では、お二人の婚約破棄もご両親からではなく、恭次さんから言われたわけですね」

「隆《たかし》のことが向こうのご両親に知られたらしくて、恭次には泣きながら謝られました。『こうなったら自分の意思ではもうどうしようもない、結婚の話はなかったことにしてくれ』と……」

「あなたはその時どう思いました？」

江利は少し沈黙し、冷ややかな声で言った。

「腹が立ちました」

「恭次さんに？」

「いいえ。隆にです。昔から迷惑ばかり掛けて……またあたしの幸せを滅茶苦茶にするのかって」

「穏やかではありませんね」

「半分しか血がつながってませんから」

雉名は思わず眼を見張った。

「隆は母が不倫して生まれた子なんです。あたしが九歳、隆が七歳の時にそれがわかって両親は離婚しました。それまではどこにでもある家だったのに」

江利の声には淡々とした呪詛《じゅそ》が籠もっている。

「父は今、国外に出張中で、隆のことは知りません。知らせるつもりもありません。あれは自分とは血のつながりのない赤の他人だって、離婚して以来言い続けている人ですから。去年母も亡くなったので、今はあたしだけが隆の肉親です」

なるほど――と雉名は思った。

息子が殺人容疑で逮捕されたとなれば普通は親が弁護を頼みに来るものだが、親が出てこない理由がこれで腑に落ちた。江利が隆に冷たい理由もだ。

「いっそあたしも他人だったらよかったと思います。あたしだけが、隆と半分血がつながっているせいで貧乏くじを引かされているんです」

雉名と話しているのに江利は雉名を見ていない。一人称が『あたし』になっているのも江利の怒りの表れだろう。

「恭次さんは婚約破棄をどう考えているんです？」

江利は苦い表情ながらも口調を戻して言ってきた。

「恭次はわたしと別れたくはないとはっきり言ってくれました。でも、親がこれだけは絶対に許さない、何をどう言っても納得してくれないと言うんです。『江利とは別れたくない、だけど、結婚はできない、ごめん』って謝るばっかりで……」

雉名の個人的な見解を言うなら、それは男として少々情けない態度のように思える。

「あなたは彼の態度に幻滅しなかったんですか？」

「――幻滅というよりは、悲しくなりました。ただ、彼の家でも事情が変わったと言うんです。今まではお兄さんがあの家を継ぐはずだった。だから次男の自分はある程度自由が利いた。けれど、お兄さんが今度、仕事の都合で急に海外へ行くことになって、恐らく向こうで永住するだろうというんです」

「奥さんもご一緒にですか？」

「それが……お兄さんは離婚されたそうです」

これには雉名も驚いた。

「結婚されてまだ二年ですよね？」

「実質、一年ももたなかったみたいです。あんなに盛大な結婚式だったのに……」

「先日、百之喜は吾藤田の分家の結婚式に遭遇したそうですよ。これもずいぶん盛大な式だったようでわたしの友人たちも驚いていました」

「あの花嫁行列ですか？」

「そうです。あなたも参加されましたか」

「いいえ、恭次のお兄さんの時は神社で式を挙げて、式にはわたしも参列しました。その後、花嫁行列が出発するのを見送って新郎と一緒に恭次の実家までみんなで移動したんです」

　江利も呆れたように笑っている。

「芸能人でもあんな結婚式は見たことがありません。日本庭園に花の飾られたテーブルがずらっと並んでいるんですから、妙な眺めでした」

「ガーデンパーティだったんですか？」

「最初は家の中に通されましたよ。四十畳くらいのお座敷が三つ、襖《ふすま》を外して一続きにしてあるんです。体育館みたいな広さでしたよ。お膳が並んでいて、女の人が何人も働いていて、新婦が到着するまではお客さんたちの挨拶と紹介大会でしたね」

「親族だけでもかなりの数だったでしょう」

「ええ、驚きました。わたしは自分のはとこなんて会ったことはありませんし、そもそもそんなものがいるのかどうかさえ知りません。いとこだって十年以上会ったことはないくらいです。わたしの周りもそういう人が多いので普通だと思ってたんですけど、恭次のところはいとこだけで十何人もいるんです。そのいとこたちがみんな近所にいて子どもの頃から兄弟同然のつきあいをしていて、幼なじみだというはとこにしても三十人くらい紹介されたと思います。上の世代になるととても覚え切れません。この人はお祖母さんのいとこの何々さんで、こっちは父親のはとこの誰それ小母さんとそのご主人の何とかさん。眼が回りそうでした」

　新婦が到着すると披露宴が始まった。

　江利の見た座敷の他にもいくつもの座敷があって、女性たちがそれぞれ案内していた。膳が用意されていない人は庭に出て思い思いに食べていたという。

　あんな結婚式は人生最初で最後でしょうね——と、江利は苦笑したが、すぐに表情を厳しくした。

「ところが、恭次が今度本家の跡取りになったので当主披露の意味で、恭次もあの結婚式をやらなきゃいけなくなった。何より吾藤田家の当主が殺人犯の身内と結婚なんてとんでもないことだと言うんです。ご両親のその気持ちはわかります。そりゃああんな旧家って言うんでしょうか、立派なお家にとっては大問題でしょうけど……」

「しかし、お兄さんが海外に赴任するのはまだしも一生戻ってこないとは、どんな仕事なんです？」

「わかりません。恭次も知らないみたいでした」

「実のお兄さんの一生に関わる問題なのに？」

「そうなんです。うちも人のことは言えませんけど、あんまり仲のいい兄弟じゃなかったようですね」

「確かお姉さんがいらっしゃいましたよね」

「お姉さんとはもっと疎遠みたいです。お姉さんは大学を卒業してから一度も家に戻っていないとか。お兄さんの結婚式ではお会いしましたけど……」

そこで思い出したように江利は言った。

「吾藤田の家のことなら、いっそ憲子《のりこ》さんに訊いてみたらどうですか」

「憲子さん？」

「ええ、鬼怒川《きぬがわ》憲子さんです」

鬼怒川憲子は江利を雉名に紹介した弁護士だが、雉名は一度も鬼怒川に会ったことはない。

落ち着いた女性の声で雉名の事務所に電話があり、祖父の紹介でこちらに掛けたと告げられ、椿江利の相談に乗ってやってくれないかと頼まれたのだ。

弁護士の世界ではよくあることだし、祖父が間に立っているとなれば無下《むげ》にもできず、雉名は江利に会ってみると約束して話は終わった。

それきり連絡は取っていない。

「なぜ鬼怒川先生に？」

「だって憲子さんは恭次の叔母さんですから。確か恭次のお父さんの妹に当たるはずですよ」

そういうことは頼むから先に言ってくれと雉名は心の底から思った。唸ったが、思えば最初にそれを確認しなかった自分も迂闊《うかつ》だった。

「椿さんはどこで鬼怒川先生と知り合ったんです」

「お兄さんの結婚式で名刺をもらいました」

　ますます聞き捨てならない事実である。

「椿さん。あなたは確かわたしのところに来る前に何人もの弁護士に会ったと言いませんでしたか」

「はい。ネットで調べて」

「そんなことをしなくても眼の前に弁護士の名刺があるんですよ。それほどの伝《つて》があるなら、どうして最初に鬼怒川先生に連絡しなかったんです？」

「それは……」

　江利は躊躇《ためら》った。

「憲子さんが弁護士だというのを忘れていたせいもありますけど、思い出した後も何となくあの人には頼みにくかったんです」

「どうして？」

　ますます言いにくそうに江利は声を低めた。

「憲子さんて……ご家族に嫌われているというか、何だか問題のある人みたいで、お兄さんの式の時も勝手に披露宴に入って来ちゃったみたいなんです」


　耳を疑った雉名だった。

「披露宴に勝手に入った？」

「ええ、門は開けっ放しですから、やろうと思えば誰でも入れますけど……普通やらないですよね」

「それ以前の問題ですよ。新郎の父親のはとこまで夫婦で出席するような結婚式なのに、新郎の叔母が招待されていなかったんですか？」

「そうなんです。服装も普通で、出勤用のビジネススーツに見えました。憲子さんは全然悪びれなくて堂々としてましたけど、周りの人のほうが腫れ物に触るみたいにひそひそ噂《うわさ》してるんです。後で恭次にどういうことなのか、そっと訊いてみたんですけど、憲子叔母さんと姉貴のことは家では言わないほうがいいって言うだけで……」

「待ってください。恭次さんのお姉さんも？」

「はい。式には参列してませんでした。お姉さんは振袖でしたが、やっぱり勝手に入って来たみたいで、周りの人が『三十《さんじゅう》振袖なんて……』ってひそひそ言うのが聞こえました。でも、今時の三十歳なんてみんな若いし、ましてお姉さんは可愛い感じの人で振袖もよく似合ってたのに……」

「その人は新郎の姉ですか妹ですか？」

「姉です。恭次が末っ子です」

　この二人の出現で何となく微妙な空気が流れたが、表だった騒ぎにはならなかった。新婦側の招待客も江利もこの二人が敬遠されている事情は知らないし、吾藤田家も騒ぎにはしたくなかったようで、それをいいことに（？）恭次の姉も堂々と振る舞っていた。

「わたしがその時借りた振袖はお姉さんの成人式の着物だったそうで『あなたのほうが似合ってる』と笑って言ってくれました。頭のいい、ちゃんとしたお姉さんに見えましたけど……」

「それは鬼怒川さんもでしょう。電話で話した限り、鬼怒川さんはとても礼儀正しい方でしたよ」

「わたしもそう思いました」

　しかし、彼氏の家族によく思われていないという事実は江利には無視できないものだった。

　それで憲子に頼むのが後回しになったらしい。

「憲子さんは熱心に話を聞いてくれて、もっと早くこの人に相談すればよかったと思いました。自分は刑事事件は不慣れだから他に得意な弁護士を探すと言ってくれて雉名さんを紹介してもらったんです」

　この点に関しては江利を責めるのは酷である。

　珈琲の支払いを済ませて店を出、江利と別れた後、雉名はさっそく鬼怒川の事務所に掛けてみた。

　夜も遅いので留守電に伝言を残すつもりだったが、意外にも人が応対した。

「はい、鬼怒川弁護士事務所です」

「夜分恐れ入ります。雉名俊介《しゅんすけ》と申します。鬼怒川先生はいらっしゃいますか」

「あたしです。どうなさいました、雉名先生？」

　三十代から四十代だろう。声だけでも、きりっと怜悧な顔立ちが想像できるような魅力的な口調だ。

「実は椿さんから依頼された黄瀬《きせ》隆くんの事件に関

してお尋ねしたいことがあるんです。他でもない、あなたのご実家についてなんですが……」

　声は聞こえなかったが、電話の向こうでひんやり笑う気配がしたのは気のせいだろうか。

「なるほど。あなたは弁護士の鬼怒川憲子ではなく、吾藤田の当主の妹に話を聞きたいとおっしゃる？」

「お察しいただけて助かります」

「では、実際にお会いする前に、吾藤田の家を見て、家の人間に会ってもらったほうがいいでしょうね」

「嶽井のご実家ですか？」

「そうです」

「わかりました。ご住所をお願いします」

「必要ありません。嶽井の駅で降りて、最初に声を掛けてきた人に、吾藤田の本家はどこかと尋ねれば家まで連れて行ってもらえます」

「いや、そこまでは……タクシーを拾いますから」

「嶽井駅前にタクシーはいませんよ」

「でしたら歩きます」

「車で十五分は掛かる距離ですよ。お気になさらず。吾藤田本家と言えば、地元の人間は無条件で連れて行ってくれます」

「では、連絡先をお願いします」

　訪ねて行って相手が留守では目も当てられない。

　憲子は実家の電話番号を教えてくれたが、その際、こんなことを言った。

「父か兄がお相手すると思いますが、最初のうちは、あたしの名前は出さないほうがいいでしょうね」

　江利が言った通り、憲子は実家では相当嫌われているらしい。

「では黄瀬隆くんの弁護を引き受けた者だと言って伺うことにします。事実ですから」

「そうですね。それがいいでしょう。――もう一つ、家には大抵おしゃべりな若いお手伝いがいますから、その子に話を聞いてみるといいと思いますよ」

「わかりました。後日またご連絡します」

「お待ちしています」

電話を切って雉名は軽く息を吐いた。

知らないうちに、何だかものすごく難しい宿題を課せられたような気がする。

覚えず唸った。

それもこれもあの馬鹿が……。

百之喜がくしゃみをしたかどうかは定かではない。昔話の犬のように『ここ掘れワンワン』とやって大判小判を見つけろとまでは言わない。

一緒にしたら昔話の名犬に失礼というものである。

しかし、もう少し目標を絞れないのかと(いつも思っていることだが)心の中で八つ当たりをする。

自分だけ宿題をこなすのは癪《しゃく》なので、友人たちを巻き込むことにした。

6

山本《やまもと》巡査は嶽井《たけい》駅前交番でお茶を飲んでいた。

昨日はどしゃぶりの雨だったが、今日は秋晴れのいい天気である。ゆったり流れる雲を眺めていると、交番の前に大きな赤い車が止まり、中から百之喜《もものき》と、百之喜と同年輩の男二人が降りてきた。

「山本さん。こんにちは」

「おや、どうしました。また迷子ですか」

「いいえ、この間はお礼を言いそびれちゃったから。——こっちは友達です」

犬槙《いぬまき》と芳猿《よしざる》はそれぞれ自己紹介をして、百之喜は用意の菓子折を差し出した。

「つまらないものですけど、山本さんに」

「お、こりゃあ、すみませんねえ。うちの村井《むらい》にももらったのに。——ほう、こりゃあうまそうだ」

山本巡査はさっそく菓子折の包装を開けて、顔をほころばせている。

「うちの近所で有名なお菓子なんですよ。甘いもの、お好きだといいんだけど」

「いやあ、大好きでね。あ、皆さんも、よかったらご一緒にどうぞ」

「いただきま～す！」

山本巡査が人数分のお茶を淹《い》れてくれて、なぜか四人でお茶会になった。

山本巡査は『いい若い者』が三人も平日の昼間にふらふらしていることを憂《うれ》い、同情しているようで、気の毒そうな口調で言ってきた。

「皆さんも大変ですねえ。お仕事はどうしたんです。やっぱりこの不景気ってやつですか」

「はあ、まあ、そんなとこです」

ごまかした百之喜だったが、正確に言うなら彼は今も仕事中である。

「もう一度嶽井に行ってこい」

という雉名《きじな》の指示が下り、なぜか犬槇と芳猿まで付きそうことになったのである。

ちなみに途中までは雉名も一緒だった。

犬槇は屈託のない男なので、山本巡査にも明るく応対している。

「そうなんですよ、不景気ですよね。一応クビにはなってないですけど、暇なのは確かですね～」

芳猿は黙々とお菓子を食べ、お茶を飲んでいる。

和やかな雰囲気だったが、その和やかさを激しいブレーキ音がぶち壊した。交番の前にトラクターが止まり、転がるような勢いで人が駆け込んできた。

「山本さん、大変だ！　松沼《まつぬま》のところの次男が！」

「どうした、騒々しい」

「し、死んでるんだ！　溝口《みぞぐち》の沢で！」

「何っ⁉」

山本巡査は血相を変えて立ち上がった。

「間違いないのか！」

「ああ、昨日の大雨で足をすべらせて落ちたらしい。今みんなで引きあげてる！」

「何てこった……」

蒼白になった山本巡査の様子からして死んだのは顔見知りらしい。こんな小さな町では大事件だが、巡査は職業意識を取り戻して叫んだ。

「あ、おい、勝手に遺体を動かしちゃいかん！」

駆け込んできた男も青い顔で言い返した。

「無茶だって！　昨日の雨で水かさが増えてるんだ。あのままじゃ流されちまうよ！」

「わ、わかった。すぐ行く！」

山本巡査は所轄署に連絡すると、慌ただしく外に飛び出して行った。

百之喜はその有様をぽかんと見送ったが、犬槇と芳猿は違う。ちらっと眼と眼を見交わした。

二人とも百之喜の厄介《やっかい》な体質を知り抜いている。

行く先々で思わぬ出来事に巻き込まれる百之喜が嶽井町を訪れた途端に飛び込んできたこの知らせが、

（偶然のはず……）

（ないよね）

頷きあった二人は申し合わせたように外に出た。

交番の横にパトカーが止まっている。見渡す限り畑ばかりのこの土地では都心のお巡りさんのように自転車で移動するのは非現実的だからだ。

山本巡査が慌ただしくパトカーに乗り込み、発進させるのを見送って、犬槇は携帯でどこかに掛けた。

すぐに相手が出る。

「はい。西新宿駅前事務所竹中《たけなか》分館です」

「あ、ともちゃん、俺々《おれおれ》～」

流行の『オレオレ詐欺』のような呼びかけだが、口調は至って呑気《のんき》だ。

「警察車両ってさ～、現在地を特定できるんだよね。今からナンバー言うから～、そのパトカーがどこに向かってるか調べてくんないかな」

限りなく事務的な鬼光《おにみつ》の声が即座に答えてくる。

「お客さま。申し訳ありませんが、そういうご相談でしたら区の警察署のほうにお願いします」

翻訳すると『仕事中にそんな用で掛けてくるな』という意味になるが、犬槇は平然と続けた。

「俺さ～、この間、骨折ったって言ったじゃない～。そこですっごい美人ナースと知り合ってね～。今度合コンしようねって約束したんだ～。彼女の友達のナースも美人ぞろいなんだって。どうする～？・」

電話の声が劇的に変わって愛想よくなった。

「失礼致しました。そういうことでしたらこちらの管轄ですから直ちにお調べします」

「もう一個、お願い。警察無線、傍受《ぼうじゅ》できるよね～。西多摩《にしたま》郡嶽井町ってとこで人が死んだんだ。苗字は松沼さんって言うんだけど～、その人の家がどこか知りたいんだよね」

「そのお問い合わせは少々お時間が掛かりますので、こちらでお調べして、後程ご連絡致します」

「頼むね～」

話を聞いていた百之喜が感心したように言った。

「合コンの威力ってすごいんだね……」

芳猿は無言で頷いた。


その頃、雉名は吾藤田《ごとうだ》家の正門前に立っていた。

江利《えり》の話から想像はしていたが、聞きしにまさる大豪邸である。確かに個人宅には見えない。

江利は武家屋敷のようだと言ったが、どう見ても城門である。左右に長い塀がどこまでも続いており、門は開放されている。

門扉の横にはインターホンがあった。

名前を名乗り、少し早く着いてしまったことも告げて都合を聞くと、

「旦那さまにお取り次ぎします。それまでお庭でもご自由に散策なさっていてください」

と言われた。

門を入って進むと視界が開け、広大な敷地の中に日本家屋と大きな洋館が建っているのが見えた。

江利に聞いたように、よく手入れされた回遊式の日本庭園が広がり、池に橋が架かっている。

木々もそろそろ紅葉し始めていた。

見ごろにはさぞかし見事な景色になるだろう。

澄み切った水面に枝が映る様子を眺めていると、後ろから声を掛けられた。

「あのう、旦那さまがお待ちです」

家には若いお手伝いがいると憲子《のりこ》が言っていたが、想像より遥かに若い。どう見ても十代の少女である。

使い慣れていないのがすぐにわかる丁寧な口調で挨拶して来た。

「ここの手伝いのるり香と申します。――どうぞ」

るり香が案内してくれたのは洋館のほうだった。

とても現代のつくりではない。築十年二十年ではきかない風合いである。恐らくは戦前の建物だ。

案内された部屋も時代を物語っていた。

今時、滅多に見られない重厚な『応接室』である。

尻が埋まってしまいそうな肘掛け椅子に収まって、何とかバランスを取りながら（？）待っていると、

さわやかな声とともに男が入って来た。

「ようこそ、吾藤田忠孝《ただたか》です」

るり香が旦那さまと言うからには、これが憲子の兄で恭次《きょうじ》の父親だろうが、二十六歳の男の父親には見えない若々しさだった。身だしなみも行き届き、髪もふさふさとして、なかなかの伊達男である。

「雉名俊介《しゅんすけ》です。本日はお忙しいところ、ありがとうございます」

立ち上がって挨拶した後、二人とも腰を下ろした。

さすがに忠孝はこの応接室にしっくりと馴染んで、豪奢《ごうしゃ》な椅子にゆったりと収まっている。

「椿《つばき》さんの弟さんのことでいらしたと伺いましたが、どのようなご用件ですか」

それを訊かれると実は弱い。弁護に必要な材料を探すのは雉名の仕事の一つだが、吾藤田家は今回の事件には何の関わりもないのだ。

ここへ来たのは憲子に言われたからだが、彼女の名前は（最初は）出すなと釘を刺されている。

しかし、雉名も弁護士だ。口実は用意していた。

「実は確認したいことがありまして伺った次第です。こちらのご子息である恭次さんと椿江利さんは以前、婚約なさっていましたね」

「そうです」

「お二人の婚約の事実に間違いはありませんか」

忠孝は不思議そうな顔を雉名に向けてきた。

「そんなことでわざわざいらっしゃったんですか」

「失礼。これはあくまで確認ですので。その婚約が破棄されたのは、椿さんのお話ではご子息の意見というよりも、あなたが破棄するようにと強く勧めたからとのことですが、間違いありませんか」

「わたし一人の意見ではありませんよ。妻も両親も同意見でした。椿さんには何の不満もありませんが、身内があのような事件を起こした以上は……」

失礼しますという声がして、盆を持ったるり香が入って来て、ぎこちない手つきで珈琲《コーヒー》を並べた。

茶碗《ちゃわん》も砂糖壺《つぼ》もミルクピッチャーも銀製だ。

珈琲茶碗は三つ、一人分多いと感じる間もなく、和服姿の女性が入って来て忠孝の隣に腰を下ろした。

「妻の紘子《ひろこ》です。――こちらは雉名さん。椿さんの弟の弁護をしている弁護士さんだ」

この人も二十六歳の息子の母親には見えなかった。黒髪を豊かに結い上げて、白い顔にきりっと細い眉を描き、唇には落ち着いた色の紅をのせている。熟《こな》れた色香は老舗旅館の女将といった風情《ふぜい》だ。

るり香が会釈して出て行くと、紘子は雉名に軽く頭を下げた。

「椿さんのことは本当にお気の毒だと思っています。彼女のことは義父《ちち》も義母《はは》も気に入っていたんですよ。本当にいいお嬢さんでしたのに……」

「紘子さんもご子息と椿さんのご結婚には賛成しておられたんですね」

「ええ、もちろんです。――ですけど、それはあの事件が起こる前の話ですのよ」

忠孝が鷹揚《おうよう》に頷いた。

「妻の言う通りです。椿さんには何の罪もないのはわかっていますが、身内が殺人事件に関わった以上、息子と一緒にさせることはできません」

「わかっております。わたしはただ、二人の婚約が事実であったこと、椿さんの弟さんの事件が原因で婚約が破棄されたことを確認したかったんです」

扉が開き、また盆を持ったるり香が現れた。

その後ろに今度は七十年配の男女が続いている。

「まあまあ、遠いところをようこそ」

「お若い弁護士さんですな」

二人ともにこにこと愛想よく、やはり若々しい。

男性はラベンダー色のドレスシャツに白いベスト、糊《のり》の利いたベージュのスラックスという出で立ちで、女性はピンクのタートルネックにロングスカート、二重の真珠のネックレスという華やいだ服装だ。

世間一般の『お年寄り』という概念《がいねん》にはちょっと当てはまらない二人である。

雉名が名乗ると、忠孝が二人を紹介した。

「父と母です」

父親は国重《くにしげ》、母親は菊枝《きくえ》と名乗った。

どうせならみんな一度に出てきてくれれば手間が省けるのにと思いつつ、雉名はさっき話したことをもう一度説明して、国重と菊枝にも確認を取った。

「お二人も椿さんには不満はなかったんですね」

「ええ、それはもう……。あの事件が起きるまではわたしたちも祝福していたんですよ」

「こんなことになるとは返す返すも残念です」

四人がひとしきり破談を嘆くのを聞いて、雉名はおもむろに切り出した。

「では、弟さんが無罪になれば問題ありませんね」

この言葉に四人とも虚《きょ》を衝かれた。

「何ですって？」

「無罪判決が出たんですか？」

「いいえ、裁判はまだ始まっていませんが、手応えは感じています。無罪判決を得るのはほぼ確定的です。

——安心しました。こちらの皆さんは椿さん本人に不満はないとおっしゃる。でしたら弟さんが無罪になった暁には破棄した婚約を復帰させて、ご子息と椿さんの結婚を認めてくださいますね」

吾藤田当主夫妻とその両親は微妙な顔になったが、雉名は気づかぬふりでわざと明るく続けた。

「椿さんがそのことをとても気に病んでいますので、確認に伺ったのです。ご家族が椿さんとご子息との婚約は事実だったと認めているわけですし、障害となっているものは弟さんの事件だけとなれば、彼の無実が証明されれば、ご子息との結婚はつつがなく行われることになる。いや、安心しました。これで椿さんによい知らせを持って帰れます」

国重がおもむろに口を開いた。

「いいや、弁護士さん。雉名さんとおっしゃったか。そういうわけには参りません」

「どうしてでしょうか。あなたも先程、椿さんには不満はないと言われたはずですが」

「いかにも、申しました。彼女はいいお嬢さんです。

しかし、こちらも少々事情が変わっていましてな」

「どのように変わったのか、よろしければ聞かせていただけますか」

四人はますます妙な顔になった。

内輪の話だからと思っているのは明らかだったが、ここではっきりさせておかないと、弟の無罪判決を得た江利が恭次との結婚を迫ってくる。そしてその時には雉名は江利の弁護につき、あれだけはっきり弟の事件のみが問題だったのだと言った以上、婚約破棄の決定を取り消さないのは不法だと言って来るやも知れない。そうなったところで胸を張って追い返せばいいだけの話だが、面倒は避けたい。

恐らくはそこまで考えた忠孝が口を開いた。

「致し方ない。お話ししましょう。ですが、これはあくまで内輪の話ですので、椿さんに伝える分にはかまいませんが、口外は控えていただきたい」

雉名は、自分はあくまで弁護士であり、依頼人の便宜を図りたいだけで、外部に対しては無論沈黙を守ると約束した。

「実を言いますと、椿さんの弟さんの事件のことは口実に過ぎないんですよ」

「と、おっしゃいますと？」

「あの事件が起きる前から、我々は恭次に椿さんと別れるようにと言い聞かせておりました」

「詳しく聞かせていただけますか」

今度は国重が言った。

「雉名さん。吾藤田家は三百年続く家柄《いえがら》です。その跡取りというものがいかに重要な意味を持つものか、一般の方にはなかなか理解してもらえんのですが、故《ゆえ》あって恭次は本家を継ぐことになりましてな」

既に知っていたことではあるが、雉名はいかにも今初めて聞いたというふうを装って尋ねた。

「失礼ですが、ご長男に何か？」

再び忠孝が言う。

「あれはそう……今年の八月だったと思いますが、長男が急に海外に移住して働くと言い出したのです。

わたしたちには青天の霹靂《へきれき》でした」

　自分の職業や将来を自分で決めるのは当たり前のことだと思うのだが、長男のこの行動は吾藤田家の人々にとって大変な裏切り行為だったようだ。

「長男は大学院で生物化学の研究をしていました。何でも外国の研究所がその方面の研究に秀でていて、そこならもっと進んだ研究ができる、自分の仕事を極めるためにぜひとも移籍したいと言うんです」

　重い声で忠孝が言うと、紘子がため息をついた。

「本当に勝手なことばかりする子で……」

　苦々しい二人の表情から予想はついたが、雉名は敢えて言ってみた。

「お二人はご長男の移籍には反対でいらした？」

「当たり前です。吾藤田の長男が本家を離れるなど前代未聞ですよ。妻は泣いて止めましたが、将弘《まさひろ》はどうしても言うことを聞かず、わたしたちの干渉を嫌ってこの家を出て行ってしまいました」

「それはいつのことですか？」

「家を出たのは八月の末頃でした。その後は都心の研究室に泊まって出国の準備をしていたようです。家を出た後も何とか思いとどまるように懸命に説得したのですが、息子は最後まで耳を貸さず、日本を出て行きました。九月の末頃だったと思います」

　渡邊三成《わたなべみつなり》が殺されたのが九月十七日の夜だ。

「ご長男は今も日本にはいらっしゃらない？」

「はい。当分こちらには戻らない予定です」

　国重が忌々《いまいま》しげに舌打ちした。

「孫を止められなかった息子も情けないが、こんな勝手な真似をする孫はもっと情けない。あれはもう家の人間とは思っておりません。勘当しました」

　現代の法律には勘当という項目はない。しかし、心情は理解できる。今後いっさい親や家を頼るなと言うのだろうが、忠孝が父親に訴えた。

「父さん。そうは言っても、あれだけ止めたのに、本人が勘当も覚悟で研究に没頭したいと言うんだ。どうにもならないよ」

紘子が深いため息をつく。

「本当に親不孝な子ですけどねえ……、親の反対を押し切ってまで選んだ道ですもの。成功するように祈っているんですよ」

菊枝が顔をしかめて息子の嫁に注意した。

「祈ってやることなんかありませんよ、紘子さん。馬鹿馬鹿しい。わたしの代《だい》でこんな子を出すなんて、情けないやら、悔しいやら、いったいご先祖さまになんて申し開きをしたらいいのか……」

さめざめと泣くのではない。呆れ半分、憤慨半分、軽蔑すら感じさせる祖母の口調だった。

遠い異国に旅立った孫を心配するわけではなく、疎ましく思っているのがありありとわかる声だが、息子の忠孝には違うように見えるらしい。

「母の嘆きはもっともです。わたしたちのみならず年老いた両親まで悲しませるとは、将弘の行動には失望させられましたが、幸い我が家にはまだ恭次がいました。これからは兄の代わりに跡取りとして、しっかりやってもらうつもりです」

こういう時、跡取りとは何をするものなのかと、核家族で育った雉名はいつも疑問に思う。

歌舞伎や能楽など伝統芸能の分野なら、もしくは株式非公開の親族会社ならまだ納得がいく。

しかし、吾藤田家は事業をやっている様子もない、伝統芸能を受け継いでいるわけでもない、一地方の豪族に過ぎない吾藤田家に、そもそも『跡取り』が必要なのか？――とはもちろん口にしない。

忠孝は鷹揚に話し続けている。

「将弘が馬鹿なことを言い出した時から、恭次にはもしもの時にはおまえに家を継いでもらうと話してありました。その時には椿さんと別れるようにとも言い渡してあったのです」

「恭次さんはそれを承知したんですか？」

「初めは渋っていましたが、最後は納得しましたよ。跡取りたるものの務めですからな」

恭次と実家の家族との間で攻防が続いている間に、

渡邊三成が殺害され、黄瀬隆《きせたかし》が逮捕されたらしい。

つまりあの事件はここにいる四人にとって渡りに舟だったわけだ。殺人犯の身内がいようといまいと、吾藤田家の人々が恭次と江利との婚約を破棄させるつもりでいたとなると、だいぶ話が違ってくる。

「しかし、それは変ですね。恭次さんはあくまで、弟さんが起こした事件を気にして、ご両親が結婚を反対していると言ったそうですが……」

国重がおもむろに頷いた。

「恐らくそのほうが椿さんが納得しやすいと思って言ったのでしょうな。本家の重みのわからない人にその意味を理解させることは至難の業《わざ》ですから」

「では、こちらの皆さんは、椿さんは吾藤田本家の跡取りの妻になる資格はないと考えていらっしゃる。そう解釈してもよろしいですか」

国重が身を乗り出して熱心に言ってきた。

「弁護士さん。ぜひご理解いただきたいが、我々は彼女を貶《おとし》めるつもりは毛頭ない。しかし、物事には越えられない壁というものがある。人にはそれぞれ生まれついた程度《ステージ》というものがあって、残念ですが、吾藤田本家の跡取りの妻になる女性には本人の資質以外にも重要視せねばならない事柄があるのです」

「それは具体的にどのようなものですか」

忠孝は意味ありげな笑顔になった。

「さて、困った。そこは察していただけませんかな。わたしどもの口からは少々申し上げにくい」

紘子も曖昧《あいまい》に苦笑している。

「椿さんのご両親は離婚されているそうですしねえ。お母さまは既に亡くなられたとか……」

菊枝もしたり顔で頷いた。

「何も一人親が悪いというわけではありませんがね。お父さまもごく普通の勤め人だそうで……」

国重がまとめた。

「ま、はっきり言えば身分が違うということです。吾藤田は御維新以前から苗字御免の家ですからな。お若い人は今時古くさいと思われるかもしれんが、家格の違いというものは覆《くつがえ》しがたいものがある」

再び忠孝が言った。

「何より、息子本人は自らの立場の変化を重く見て、椿さんと別れることに納得しているのです」

雉名は逆らわずに頷いた。

「そうですか。わかりました。本人に結婚の意思がないなら仕方ありませんね」

一同が安心したところを見計らって話を変える。

「ところで、ご長男は離婚されたと伺いましたが、離婚の原因は何だったのでしょうか」

忠孝が少し気分を害したように言い返してきた。

「それはあなたには関係ないことです」

「もっともです。後で鬼怒川《きぬがわ》先生に訊きましょう」

心なしか四人の表情が険しくなった。

「憲子のことか？」

「あなた、憲子をご存じなんですか？」

「直接お会いしたことはありませんが、同じ弁護士会ですし、椿さんを紹介してくれたのは鬼怒川先生ですから。もしかしたら甥御さんが離婚する時も、鬼怒川先生が担当されたのかと思いまして……」

「馬鹿な！　弁護士など入る余地もなかった」

「そうですよ。将弘は円満に離婚したんです！」

「それは失礼致しました」

いきり立つ四人をなだめながら、雉名はあくまでちょっとした興味を覚えたが故の質問だったという姿勢を崩さず、苦笑しながら頭を下げて見せた。

「すみません。これは純然たるわたしの好奇心です。今のお話ですと、ご長男と結婚された方はこの家にふさわしい、申し分のないご令嬢だったのでしょう。しかし、ご長男は早々に離婚されている。いったい何が原因だったのかといささか気になったもので。――いや、余計な詮索でした。忘れてください」

少々あからさまな芝居だったかもしれない。

相手側には無論こんな質問に答える義務はないが、忠孝と紘子が嘆息して口を開いた。

「ま、隠すようなことでもない。妹に訊かなくても近所では誰もが知っていることですから」

「愛衣《めい》さんは外国育ちの方ですから、わたしどものような古い家には合わなかったのでしょうね」

どことなく取り繕うような言い方を、憎々しげな菊枝の言葉が台無しにした。

「あれはとんでもない嫁でしたよ。叔父のお葬式に黒留《くろとめ》を着てくるような常識知らずですよ！」

さすがに雉名の眼が点になった。

呆気に取られて問い返した。

「……葬儀に留袖で？」

紘子が困ったように苦笑する。

「ええ、本当に無邪気なお嫁さんで。喪服って黒い着物でしょう、だったら黒留袖だって黒い着物じゃないですかってあっけらかんと言われた時には……本当にもうどうしようかと思いました」

紘子は何とか笑い話で済ませようとしているのか、冗談めかした口ぶりで話しているが、菊枝の怒りは収まらない。

「躾《しつけ》がなっていないにも程がありますよ。外国育ちだからどうこうなんていう問題じゃありません。しかも金襴《きんらん》の吉祥《きっしょう》柄の帯を締めて、ハンドバッグまでゴールドで！　あんなに恥ずかしい思いをしたのは生まれて初めてでしたよ！　よりにもよって本家の嫁が本家の叔父の葬儀に黒留で――」

亡くなった叔父さんに顔向けできないと、菊枝は憤りのあまり涙ぐんでいる。

今でもこの様子ということは、当時は相当怒りを顕《あら》わにして爆発したに違いないが、その嘆きは至極もっともだ。この時ばかりは雉名も菊枝に同情した。

「皆さんはそれを止められなかったんですか？」

わかっていても訊かずにいられなかった。

そのくらい留袖で葬儀に参列はあり得ない。

曲がりなりにも日本人である以上、そんなものが葬儀場の端にちらっと登場することを考えるだけで震えが走る。想像するだに凄《すさ》まじい惨劇である。

「着物は独りで着られるからと愛衣さんが言うので、

任せたのがそもそも間違いだったんです」

紘子が後悔しきりの口調で言う。

「亡くなった大叔父は義祖母《そぼ》の末の弟にあたる人で、ずっと独身で都心のマンションで独り暮らしをしていまして、本人の希望で葬儀も都心の大きな斎場で行ったんです。愛衣さんは学生で講義があったので、学校が終わったら教室で着替えて斎場に行くからと、事前に着物や小物一式を家から持っていったんです。まさか留袖を持ち出していたなんて……」

「学生というと、当時おいくつで？」

「二十歳になるかならないかでしょうね。もちろん、参列はさせませんでした。すぐに帰したんですけど、その時にはもう斎場にかなりの人が集まっていて、人目に触れるのを避けられませんでした……」

吾藤田家にとってはとんでもない烙印《らくいん》を押されてしまったわけだ。

菊枝が吐き捨てるように言う。

「あんな恥知らずが本家の長男の嫁だなんて、情けなくて申し訳なくてご先祖さまに顔向けできません。若いからで許されるような話じゃありません」

国重も重々しく頷いている。

「我々の教育が至らなかったと言えばそれまでだが、あれではどうしようもない。まあ、離婚した理由は他にもいろいろあるんですが、何よりも将弘自身があの嫁とはもうやっていけないと結論を出しました。別れて正解ですよ」

「その後はご長男はお独りで？」

「結果的にそうなりました。苦い過去は早く忘れて新しく出発して欲しかったんですが」

「わたしどもも張りきって、選《え》りすぐったお相手を何人も勧めたんですけどねえ……」

「なかなかご縁がなくて。そうこうしているうちにこんなことになってしまって……」

「まあいいじゃないか。将弘のことはもう忘れよう。恭次がいてくれて本当によかった」

両親と祖母が縁遠い長男を嘆く中、祖父の国重が取りなすように話をまとめた。

「そんなわけですので、弁護士さん。申し訳ないが、椿さんには我が家とのご縁はなかったものと思っていただきたいとお伝えください」

「最後に一つだけ聞かせてください」

　雉名はあらたまって切り出した。

「もしご長男が海外の研究所へ移籍されなかったら、今も日本にいらっしゃったら、恭次さんと椿さんの婚約は継続されていたのでしょうか」

　国重があっさり頷いた。

「もちろんですとも。次男の嫁ならどうでもいいが、跡取りの嫁となるとそうはいきませんのでな」

(次男の嫁ならどうでもいい)

　雉名はこの言葉を胸に刻み込んだ。恐らくこれがこの家の人々の本音だろう。

　礼を言って立ち上がろうとしたが、その時、ふとこの家の人々の娘の扱いが気になって尋ねてみた。

「こちらには確かお嬢さんもいらしたと思いますが、その方はご結婚は？」

　両親が曖昧な苦笑を浮かべた。

「夏子《なつこ》ですか。あれも仕方のない娘でして……」

「仕事がおもしろいとか言って、三十にもなって、まだ独りでいるんですよ。ご近所にも肩身が狭くて本当に困っているんです」

　顔は笑っているが、明らかに眼は笑っていない。この家の人々にとって未婚の長女も好ましくない存在であるらしい。

　忠孝が呼び鈴を鳴らして、るり香を呼んだ。

「雉名さんをお見送りして差し上げなさい」

　一同に軽く頭を下げて雉名は部屋を出た。

　玄関に向かう廊下の途中でるり香に話しかける。

「ここから一番近いバス停はどこかな」

　るり香は大げさに眼を見張った。

「三十分は歩きますよぉ。あたし、送ります」

　あまり頭のよくない少女のようだった。

　旦那さまの用事が済んだ途端、もう丁寧な言葉で話さなくてもいいと思っているらしい。

「免許持ってるの？」

「バイクですぅ、ちょっと待っててくださいねェ」

どうにも背筋がざわざわする口調である。

靴を履いて玄関を出ると、少女はバイクを持ってくると言って引っ込んだが、いやな予感がしたので、犬槇に電話してみた。

「こっちは終わったが、死体が出てね～」

「それがちょっと死体が出てね～」

雉名は思わず顔をしかめた。

そんなものは『ちょっと』出るものではない。

「俊くんの居場所はこっちのGPSで把握《はあく》してる。適当にぶらぶらしてて～。後で拾うからね～」

似たような間延びした口調なのに、慣れのせいか、犬槇の口調には不快感も嫌悪感も覚えない。むしろ耳に心地よい。

ただし、彼とるり香の口調には雉名の慣れ以外に決定的な違いがある。

それは知性だ。

もちろん、ないのがるり香のほうである。

犬槇はああ見えても頭の回転が速く、視点も鋭く、話をして刺激を受ける男だ。

人間の値打ちを学歴で判断する気は毛頭ないが、最低限の常識くらいは知っていてもらわないと話にならないと雉名は思っているので、正直なところ、頭のよくない女性とはあまり話が合わない。

ましてや、

「明治イシン？　何それェ」

「日本とアメリカって戦争したの？　嘘《うっそ》ぉ」

と言うような女の子には軽蔑しか感じない。

るり香は間違いなくその一人だ。

「お待たせしましたぁ。乗ってください」

そう言ってるり香が押してきたのは予想に違《たが》わず原動機付き自転車だった。

「これは原付だよ。二人乗りはできない」

「そんなのこの辺じゃみんな気にしないですよぉ」

「あいにく俺は弁護士なので、気にしないわけにはいかないんだ」

苦笑しつつも雉名は言って、るり香に話しかけた。

「ちょっと話を聞かせてくれないか。きみはここに勤めて長いの？」

るり香は『きゃはっ』と妙な笑い声を発した。

「キミだって、やっだ〜！　卑猥《ひわい》〜！」

何が卑猥なのかさっぱりわからない。

そもそもこの少女が卑猥という言葉を知っていたこと自体が驚きだが、疲れる反応である。

「じゃあ、るり香さんはそれに乗って一緒に来て。バス停まで案内してくれるとありがたいな」

「いいですよぉ〜」

かくて道端を歩く男と、その隣を超低速の原付で進む少女という、おかしな二人連れができあがった。

「るり香さん、年はいくつ？」

「十七歳ですぅ」

「高校には行ってないの？」

傷つけるのを承知で言った無神経な質問だったが、るり香は心底馬鹿にしたような眼を雉名に向けた。

「やっだぁ。知らないんですかあ？　義務教育って中学までなんですよぉ」

雉名は絶句した。もちろん知っているが、それをここまで堂々と言われるとは思わなかったのだ。

『高校に行っていない自分はかわいそう、もしくは恥ずかしいことだ』という反応を予想していたのに、遥か斜め上を行く返答である。

「あたし勉強、嫌いだしィ〜、女の子は高校なんか行かなくっていいんですぅ。早く結婚して子どもを産むのが一番だってうちの親も言ってますよぉ」

「結婚はちょっと早いんじゃないかな」

「え〜？　もうじき十八ですもん。早くないですよ。あと二年しかないしィ〜」

「何があと二年なの」

「だからぁ〜、二十歳《はたち》を過ぎたらもう年増でしょう。行き遅れちゃうじゃないですかぁ」

再度絶句である。

先日、犬槇たちが感じたことをまさに雉名も感じ、半ば啞然としながら思った。

(今は二十一世紀のはずだぞ……)

雉名が子どもだった頃、『売れ残りのクリスマスケーキ』という言葉が流行《はや》ったことがある。

二十五を過ぎると価値がなくなるからそれまでに結婚しなくては――と結婚を焦《あせ》る女性たちの様子を皮肉った言葉だったが、男女ともに平均初婚年齢は年々上がる傾向にある。

昔は二十五だった女性の結婚駆け込み年齢は現在、三十歳近くまで上がっているはずだ。

「それだと女の子は大学に行けないね」

「当然ですよお。吾藤田みたいな大きな家になると女にも教養ォ？　とかが必要だっていうんで大卒のお嫁さんをもらったりしますけどぉ、結婚してすぐ子どもができるとは限らないわけでェ、下手すると一人目産む時に二十五超えちゃうじゃないですかァ。駄目ですよ～どうせ産むならやっぱり若くないとぉ。本家の奥さまも短大だしィ。将弘さんが離婚したのだってお嫁さんがいつまでも大学なんかに行ってたからですよぉ。さっさと辞めさせればよかったのに、将弘さん、お嫁さんの言いなりだったからぁ～」

「辞めさせればよかったっていうのはどうして？」

「だってェ、女が大学に行って何になるんですぅ？　時間の無駄じゃないですかぁ。意味ないのにィ～」

しゃべればしゃべるほど知性のなさが露見する。

ここまで来ると軽蔑も嫌悪も通り越して、本気でそう信じているこの少女が哀れに思えてきた。

「それじゃあ、夏子さんはどうなのかな」

るり香は盛大に肩をすくめた。

「あの人はもうだめですよねえ。三十にもなるのに結婚もできないなんて女として終わってますよぉ。都知事のえらい人だって総理大臣だって、子どもを産まなかった女の老後を養うのは税金の無駄だって言ったって、うちの親が言ってました～。あたしィ、そんな穀潰《ごくつぶ》しにはなりたくないしィ～」

　この暴言には冷や汗すら覚えた雉名だった。

　自らの意思で子どもを持たない選択をした女性はともかく、どんなに欲しいと思っていても子どもを授かれない女性もいるというのに……。

「だから恭次さんが戻ってきてくれないかな～って楽しみなんですぅ」

「……るり香さん、恭次さんと結婚するの？」

　雉名の声がやや上擦った。夢を見るのは勝手だが、それはシンデレラ以上の超絶空想物語《ファンタジー》である。

　るり香はまたもや呆れ果てた顔で雉名を見た。

「やっだなぁ。常識で考えてくださいよ。あたしが本家の奥さまになれると思いますぅ？」

　微塵《みじん》も思いません。

　この少女に『常識で考えろ』と言われるとは内心かなりの屈辱だったが、雉名はくじけずに尋ねた。

「それじゃあ、どうして恭次さんが戻ってくるのが楽しみなのかな」

「だって奥さんじゃなくたって子どもはできるじゃないですかぁ。本当は将弘さんがよかったんだけど、あの人、超真面目でェ。全然なびかないんですよぉ。あたしのほうが若かったのにィ、ショックですぅ～。そんなにお嫁さんがよかったのかなぁ」

　こっちのほうがよっぽどショックだと思いながら、婚外子云々《うんぬん》はひとまず横に置くことにした。

「将弘さんは奥さんと仲がよかったんだ？」

「と思いますよぉ。こっちには週末しか来なくてェ、いつもは東京のほうで暮らしてましたけど～」

　ここも東京だぞ――とは言わずに水を向けてみる。

「それじゃあ、奥さんとの離婚から立ち直れなくて、将弘さんは海外で働くことにしたんだろうか」

　るり香はくすっと笑った。

　妙に厭《いや》らしい小狡《こずる》い笑いだった。

「あんなの嘘《うそ》ですよぉ」

「どうしてそう思うのかな」

「だって吾藤田の本家の長男が外国で働くだなんて、

絶対無理！　チョーありえなさすぎ！　旦那さまも大旦那さまも許すわけないじゃないですか」

その点は雉名もまったく同感だった。

跡取りにこだわる家は息子の就職先も選ぶ。

極端な話、どんな一流企業でも転勤のある会社は駄目だとさえ言う。故郷を離れてその地に永住などされては困るからだ。

当然、海外勤務などもってのほかである。

他ならぬ百之喜がそうだった。

吾藤田家ほどではないが、ああ見えてもかなりの地主の息子である。

ただ、活発な資産運用をしている様子はなかった。

本当にただ昔から土地を持っているというだけの古くて大きな家に百之喜は祖母とひっそりと暮らし、その生活は至って質素で贅沢《ぜいたく》とは無縁だった。

先祖代々続く旧家の子孫はその資産を自分の代で処分したりはしない。そもそも処分を考えない。

資産はしっかり管理して、少しも減らすことなく、可能なら自分の代でもっと増やして次の世代に受け継がせるのが当然のものと考えるからだ。

百之喜は無能の上に天下御免の怠け者《なまもの》だ。資産を増やすのは絶望的だが、そんな彼も土地を処分することだけはこれっぽっちも考えていない。

そんな真似をしようものなら、

「お祖母《ばあ》さんが化けて出てくる」

と本気で怯えている。

雉名は彼の祖母を知っているが、百之喜の将来に関して当たり前のように采配を振るっていた。

就職先は安定していて転勤もない公務員と決め、いずれは良家のお嬢さんを百之喜の嫁に迎えようと当たり前のように考えており、その条件も具体的で、控えめながらもやんわりと言っていた。

「我が家が土地を持っているとか、そういうことで浮かれるようなお家《うち》の人では困ります」

お宅にはどのくらい資産があるのか、土地は何坪あるのかという話題を持ち出されるだけでも『お里が知れる』『なんて品のない』と眉を顰《ひそ》める人だった。

残念ながら百之喜が結婚する前に彼の祖母は亡くなったが、そのほうがよかったのかもしれない。

百之喜のあの体たらくでは祖母がどう頑張っても嫁の来手などありそうにないからだ。

もう一人、実は鬼光も安定した職だという理由で役所勤めを親に勧められたくちである。

「知り合いに親の勧めで公務員になったのがいる。そこなら安定してるし転勤もないからって」

「はい、大旦那さまもそう言いますよ～。だいたい本家の長男は仕事なんかしなくたっていいんですぅ。それじゃあ体裁が悪いから大学の研究員だか何だか知りませんけど～、やってただけですもん」

「将弘さんはどうしてもやりたいことがあったから海外の研究所にまで移籍したんじゃないの？」

るり香はまた馬鹿にしたように笑った。

「冗談～。そんなことさせるくらいなら旦那さまも大旦那さまも将弘さんを土蔵に閉じこめて徹底的に折檻《せっかん》して考え直させますよぉ」

あの面子なら真剣にやりそうで恐い。

「今回そうしなかったのはどうしてなんだろう」

「これは噂《うわさ》ですけどぉ」

るり香は原付に乗りながら、わくわくした表情で雉名にめいっぱい顔を近づけて囁《ささや》いた。

「将弘さんはよっぽどまずいことをやったんだって、みんな言ってます。旦那さまや大旦那さまもかばいきれないようなこと――それこそ人殺しとか！」

雉名は眼だけでるり香を見た。

るり香は気づかず、はしゃいで話し続けている。

「人を殺したんじゃあいくら本家の人間でも警察に捕まりますからねェ。新聞やテレビに出るでしょ～。本家の人間が人殺しで逮捕だなんて大旦那さまには絶対耐えられませんよぉ。大奥さまは卒倒しますぅ。だから外国の研究所に行ったなんて真っ赤な嘘でェ、本当は旦那さまが外国にこっそり逃がしたんだって、みんな噂してます。だってそうとでも考えないとぉ、将弘さんが本家を出て恭次さんが繰り上がりなんて、ほんっとありえないんですよ～」

雉名の携帯電話が鳴った。犬槙からだ。

「今後ろにいる～。もうすぐ合流できるよ～」

背後からエンジン音が近づいてきて、大きな赤い車が雉名のすぐ横に止まった。

電話を切って、雉名はるり香に言った。

「ありがとう。ここでいいよ」

「はぁい、お気をつけて」

るり香に別れを告げて雉名は車に乗り込んだ。

後部座席に百之喜が座っている。運転手の芳猿が車を発進させ、助手席の犬槙が振り返って尋ねた。

「どうだった？」

「ああ、いろいろわかった」

芳猿が慎重な運転で車をUターンさせる。

他に車の往来のない田舎道だからできることだ。

当然、吾藤田家の塀の前を再び通ることになり、芳猿は少し速度を落とし、犬槙と百之喜は眼の前の塀に感心して言ったのである。

「やっぱりこれが吾藤田さん家《ち》なんだ～？」

「すごいねえ、ずーっと塀だよ」

「中はもっとすごかったぞ」

視線を正面に戻した雉名は運転手に声を掛けた。

「芳猿、ちょっと止めてくれないか」

道の先に自動販売機が見えたのだ。ちょうど喉の渇きを覚えていたのだが、犬槙がそれをたしなめた。

「俊くん。この車、飲食はNGだからね」

「何で？」

「この車、お銀《ぎん》さんのだから。お値段推定千五百万。お銀さんに奴隷《どれい》認定されてもいいなら止めるけど」

「止めなくていい」

即座に雉名は言った。正直、震えが来た。

「何でそんな恐ろしい車を……。もっと普通の車にできなかったのか？」

運転手の芳猿がぼそりと言う。

「これしか貸してくれなかった……」

「この先にファミレスがあったからそこで食べよう。俺たちもちょっと腹減ってるんだよね～」

　というわけで男四人で昼間のファミレスに入り、注文を済ませた後で、犬槇が百之喜に話しかけた。

「今のうちに凰華《おうか》ちゃんに電話しときなよ」

「え？　何て言うの？」

「これから帰るとかそっちはどうだったとかだよ。向こうにも何か動きがあったかもしれないじゃん」

「そっか。そうだね」

　百之喜は至って素直に頷いて携帯電話を取り出し、犬槇はさらに百之喜を促した。

「他のお客さんの迷惑になるからね～。聞こえないところで話したほうがいいよ～」

「うん」

　百之喜は素直に立ち上がって店の外に出て行った。

　無能でも聞き分けがいいのが百之喜の取り柄だが、ずいぶん妙な口実をつけて遠ざけるものである。

「たろちゃんの前じゃ話しにくくてさ～」

　犬槇は交番に着いて早々、松沼の次男なる人物の死亡が知らされたことを手短に雉名に説明した。

「ともちゃんに住所調べてもらってその人の家まで行ったら、運よく山本さんと鉢合わせたんだ」

　もちろん『ドライブ中に再びばったり山本巡査に出くわした』体を装い、犬槇たちは不謹慎ではない程度の好奇心を発揮して車を降りると、山本巡査としばらく立ち話をした。

「多分事故死だろうって山本さんは言ってたけど、もう一人若い巡査がいてね。松沼さん家って田舎の家だから大きな納屋があるんだよ。その若い巡査が納屋の中を覗いてみて『何じゃあこりゃあ！』って、大声出してね」

　その声に驚いた山本巡査も犬槇たち三人も納屋に向かい、中を見て同じく絶句した。

「何があったと思う？」

「別の死体が、なんていうんじゃないだろうな」

「そこまで劇的じゃなかったよ。白バイ」

「なに？」

「だから、白バイ。警察が取り締まり用に使ってるオートバイ。ちゃんと警視庁って書いてあった」

芳猿が口を挟む。

「白バイ隊員の制服も一式揃ってた。ヘルメットと備品もあったよ」

「死んだのは白バイ隊員なのか？」

「違うよ。隊員だって自宅には置かないでしょ」

だから山本巡査たちは大騒ぎだったと犬槇は言い、雉名も真顔になって問い質した。

「市販のバイクを白バイに改造したのか？」

「多分ね。もともとそういうマニアだったみたいで、かなりよくできてたよ」

芳猿も賛成する。

「あれならちょっと見には区別が付かないと思う」

「家族は知らなかったみたいだね～。なんでこんなものがうちの納屋にってびっくりしてた」

「家族が何で気づかないんだ？」

「俊くん。田舎の家を甘く見ちゃいけないよ。他に物置やら何やらいっぱいあるんだから。その納屋は死んだ人がバイクと車しまうのに使ってて、家族は滅多に近づかなかったんだって」

再び芳猿が言う。

「ブルーシートもかかってたし。――めくらないと、何なのかわからない」

「若い巡査は車とかバイクとか好きな人みたいでね。ばさっとめくって『何じゃこりゃあ』だったわけ」

雉名は呆れて言った。

「気づかないとは呑気な家族だ。立派な犯罪だぞ」

「けどさぁ、これで辻褄《つじつま》が合ったんじゃない」

「なに？」

犬槇が何を言いたいかわからず、雉名は首を傾げ、犬槇は店の外で話す百之喜に眼をやった。

「さすがたろちゃんってことだよ。――黄瀬くんが渡邊さん殺しの犯人にされたのは何でだっけ」

雉名は呆気に取られた。

文字通り絶句した。

「まさか……」

「そのまさかだよ。人の車のトランクにどうやって血の付いたナイフを放り込む？　白バイ持ってたら簡単だよねえ」

「いや、しかし！　いくら何でも」

「だから甘いって、俊くん」

今までの百之喜の数々の実績を思い出してみろと、言外に指摘されて、雉名は二の句が継げなくなった。

「とにかく黄瀬くんに確認しなよ。弁護士でしょ。俊くんの仕事だよ」

芳猿も頷いて、ぼそりと呟いた。

「そうだとしたら、松沼さんは事故で死んだんじゃないかもしれない」

「だよね～。その可能性は大いにあるよ」

犬槙も芳猿も死んだ松沼の次男が渡邊を殺害した犯人とは考えていない。それよりただの道具として使われた可能性が圧倒的に高い。

「本物に見える白バイと制服と装備一式持ってたら、次は自分で本物のふりをしたくなるもんね～」

「なるよ」

演技者の芳猿が気持ちを込めて同意した。

「でも、本人は犯罪なんて思ってなかったと思う」

「偽造白バイをつくるのも、それで公道を走るのも立派な犯罪だけど、あっちゃんが言いたいのはそういうことじゃないよね」

芳猿が頷くのを見て犬槙は続けた。

「松沼さんは多分、悪戯《いたずら》のつもりで協力したんだと思うよ。黄瀬くんに殺人の濡れ衣を着せる手伝いをやらされたことに今頃気づいたのか、犯人にとって片づけなきゃいけない存在になってしまったのか、そこんとこはわかんないけど。恐いよね～」

雉名が茫然としていると、百之喜が戻ってきた。

ちょうどそこに料理が運ばれてきたので、会話は一旦中断した。みんな腹を満たすことに集中したが、オムライスを半分ほど食べて百之喜が言った。

「吾藤田兄弟の顔写真を調達しろって、凰華くんが言ってたよ。あと、身長も知りたいんだって」

「何でそんなものが必要なんだ？」

　あっけらかんと百之喜は言った。

「部長のお嬢さんにしつこくつきまとっていた男がいるんだって。ほとんどストーカーだったみたいで、渡邉さんを殺したのはその男なんじゃないかって。お嬢さんに無理心中させられそうになったホストがそう言ってたらしいよ」

7

店の名前はホストクラブ『飛翔馬《ペガサス》』。

「初めてなんだけど、今から入れる?」

凰華《おうか》が訪ねた時は十一時を回ろうとしていたので、営業中でも一応、確認してみる。

するとと派手なスーツを着た派手な髪型の若い男が申し訳なさそうに言ってきた。

「すみません。あと一時間ほどで閉店なんですよ。初回のお客さまでしたら通常は五千円の料金ですが、お時間が短いので今回に限っては三千円で結構です。よろしかったらぜひお立ち寄りください」

「お酒も煙草もやらないし、あんまり騒がしいのは苦手なんだけど」

『上から目線』と『遠慮がち』を織り交ぜるという器用な口調で凰華が言うと、男は笑って頷いた。

「どうぞどうぞ。うちはそんな怪しげな店とは違いますからねー。楽しんでいただけると思いますよ」

煌《きら》びやかな店内に足を踏み入れると、似たようなスーツを着た若い男たちがいっせいに出迎えた。

初回ということでシステムを説明され、ホストの写真と名前、プロフィールが載っているファイルを渡された。気に入ったホストがいたらテーブルまで(手が空いていれば)呼んでくれる仕組みだという。

「だったら、いろんな人とお話ししてみたいわ」

と、凰華は次々にホストをテーブルに呼んだが、目的はおしゃべりなどではなく彼らの連絡先だ。

片っ端から名刺を手に入れ、裏に出身地や現住所、趣味、経歴など聞き取ったことを書き込んでいく。

それでいて自分のアドレスは渡さなかったので、ホストたちも情報収集に余念がない。

「凰華さん、今日はお仕事帰りなの?」

「ひょっとして芸能関係の人?」

「そんなふうに見える？」

「そりゃあだって、普通のＯＬさんは平日の昼間にホストクラブには来ないでしょう」

そう、現在の時刻は午前十一時過ぎだ。

一般的な会社は軒並み就業中の時間帯である。

最近のホストクラブというものは朝から営業しているらしい。真っ昼間で商売になるのかと思いきや、仕事を終えたホステスや労働時間に自由の利く芸能関係者などが来店し、結構繁盛しているようだ。

今日の凰華は髪を解いて、やや濃いめの化粧をし、会社勤めにしては少々派手めのスーツを着ている。

もともと華やかな顔立ちの美人なので、文字通り花が咲いたような艶《あで》やかさだ。

「美人だもんね、凰華さん。素人《しろうと》離れしてるよ」

「もしかしてモデルさんとか」

「まさか。ただの事務員よ。今日はたまたま仕事が休みだったの。——あ、今の人、呼んでくれる？」

初めてのホストクラブがおもしろくて、とっかえひっかえホストを呼んで楽しんでいる様子を装って、七人目に呼んだのが凰華の本命だった。

「いらっしゃいませ。樹綺亜《じゅきあ》です」

年頃は二十六、七だろう。背が高く、彫りの深い顔立ちで、不自然なほどにこやかな笑顔の男だ。

凰華は樹綺亜と盛り上がり、気に入った素振りを見せつけた後、おもむろに切り出した。

「お店が終わった後、何か予定ある？」

「凰華さんのためなら予定があっても空けるよ」

「嬉しい。それじゃあ昼食を一緒にどう？」

ホストにとっては客との食事も立派な営業だから、二つ返事でＯＫして一緒に店を出た。

凰華は樹綺亜を連れて駅前まで歩き、あらかじめ予約を入れておいたエスニック料理店に入った。

大きな窓から光が差し込む、明るく開放的な店だ。予約の必要はなかったかもしれない。平日の昼とあって日本一の繁華街もさすがに空《す》いている。

それぞれ料理を頼んだところで、樹綺亜が言った。

「ここの払いは俺が持つからね」

「いいえ。あたしが払うわ」

「いいっていいって。その分、またお店に来てよ。できれば指名してくれると嬉しいな」

「あのお店にはもう行かないし、指名もしないわ。――権田陸造《ごんだりくぞう》さん」

　本名で呼ばれて樹綺亜がぎょっとする。

「あたしは最初からあなたの話が聞きたかったの。お店では話しにくいと思ったから食事に誘っただけ。尾上摩柚梨《おのえまゆり》さんを覚えてるでしょう」

「参ったなあ……」

　にやけた表情を崩さず、本名権田陸造の樹綺亜は困ったように頭を掻いた。

「凰華さん。雑誌の記者なの？」

「いいえ」

「じゃあ、警察の人？」

「それなら最初に身分証を見せるわ」

「じゃ、私立探偵？」

「近いわね」

「そういうことなら俺、何も話せないんだよ」

　凰華はあからさまに相手を見下して笑った。

「ホスト失格ね。今のあたしはあなたのお客なのよ。客を喜ばせることもできないの？」

　もともと大人しいとも穏やかとも言えない性格の凰華であるが、女性をATMかキャッシュカードと同様にしか考えていない輩《やから》に礼儀を尽くす必要など欠片も感じていないので、姿形は紅《あか》い薔薇のように華やかでも言動は氷の女王のような冷ややかさだ。

　しかし、権田もこの程度ではへこたれない。

　へらへら笑って言い返してきた。

「いやだなあ。誤解だよ。俺は一生懸命凰華さんを喜ばせようとしてるのに」

「あたしが一番喜ぶのはその話なんだけど」

「う～ん。どうしようかな。しゃべってもいいけど、だったらさ、やっぱりまたお店に来てよ。その時はシャンパン開けてくれると嬉しいな。ねっ？」

「残念だけど、それは無理な相談だわ。何万も使う値打ちはあなたにはないもの」

「うわあ、厳しいなあ」

貶《けな》されても、なぜか嬉しそうに笑っているので、凰華も呆れたような微笑を浮かべた。

「話せないのは部長に口止め料をもらったから？」

「そうそう。何だ、わかってるんじゃん」

「あたしが知りたいのは摩柚梨さんのことじゃない。あなたを摩柚梨さんに紹介した人のほうよ」

「ほらほら〜、やっぱり記者なんじゃない。あいつ、殺されたんだよ。一部上場企業の社員が惨殺された、痴情のもつれが知りたいんじゃないの？」

凰華は今度こそ冷笑した。

「痴情のもつれがあったことを知ってるのね」

「そりゃあ、まあ……」

図星を指されて権田は言葉を濁し、そこに料理が運ばれてきた。

二人はしばらく食事に専念したが、味はともかく雰囲気は最悪である。お世辞にも美味《おい》しい食事とは言いがたかったが、二人は黙々と食べ終え、権田が探るような口調で話しかけてきた。

「凰華さんは、ナベっちが殺された事件に摩柚梨が絡んでると思ってるわけ？」

「どうしてそう思うの」

「何となく。けどさあ、今さらじゃん。ナベっちを殺した犯人は捕まったって聞いたぜ」

「その人は犯人じゃないかもしれないのよ」

「マジ？」

「だから渡邊《わたなべ》さんと親しかったあなたに訊きたいの。渡邊さんを恨んでいた人に心当たりはない？」

「……そんなこと言われてもなあ。第一、そんなに仲良かったわけでもないし」

「あんな頼みごとを引き受けるのに仲が良くないの。信じられないわね」

「お客の紹介は誰からだってありがたいもんだよ」

権田の言葉は無視して凰華は質問を続けた。

「渡邊さんに頼まれて摩柚梨さんを誘惑したことを誰かに話した？　摩柚梨さんのお父さんとか」

「冗談っしょ。そんなのしゃべったら俺が摩柚梨の親父に殺されるじゃん」

それがわかる程度の頭はあるらしい。

何を思いついたのか、権田は急に顔を輝かせて、凰華に迫った。

「あのさ、凰華さん。やっぱりまた飛翔馬《みせ》に来てよ。そしたらとっておきの話、聞かせてあげるから」

「今聞きたいわ。時間は無駄にしたくないの」

「俺だって大事なお客さん、無駄にしたくないよ」

「それなら、お客さんを紹介してあげると言ったら、今おもしろい話を聞かせてくれるのかしら」

「凰華さんの友達を連れてきてくれるってこと？　嬉しいけど、それだけじゃなあ……百人も二百人も紹介してくれるわけじゃないでしょ」

凰華は鞄の中から携帯を取りだして言った。

「質と量、どちらがお好み？」

「えっ？」

「数がいいなら東京都内の女性の連絡先がこの中に二千人分は入ってるけど」

権田の眼が驚きに丸くなる。

「質がいいなら『並、上、特上』とあるけど、どのランクがお好みなのかしら」

呆気に取られながら権田は言った。

「……試しに訊くけど、『並』ってどの程度？」

「BMWかベンツCクラス。都内にマンション所有。もちろん借り入れはなし。——登録は三十二人」

「……じゃあ『上』は？」

「ベンツのSかCLクラス。国内に複数の別荘所有。高級住宅街に戸建て。借り入れなし。二十一人」

「……『特上』は？」

「運転手付きのリムジンもしくはプライベートヘリ。ハワイにコンドミニアムとプライベートビーチ所有。家は世界中に数カ所。七人。——どれがいいの？」

権田は眼を白黒させていたが、顔色を変えて身を乗り出した。

「ほんとにそれ、紹介してくれるわけ？」

今にも手を出しそうだったが、凰華は逆に携帯を遠ざけると、正面から権田を見つめて言った。

「勘違いしないで。アドレスを渡すとは言ってない。無断でそんな真似をしたら、あたしの信用に関わる。あなたを紹介することならできるというだけよ」

「俺を売り込んでくれるってこと？」

「紹介だと言ったでしょう。紹介してもこの階級《クラス》の女性の忙しさは半端じゃない。新宿まで立ち寄るかどうかはわからない。一年先になってもよければ『飛翔馬《ペガサス》』の樹綺亜って子をよろしくお願い――と、彼女たちにメールしてあげてもいいと言ってるの」

権田は途端に白けた顔になった。それでは旨《うま》みが少ないと判断したらしい。

「やっぱやめとくわ。そこまでしてお客を紹介してもらっても何か面倒なことになりそうだしさ」

「もうなってるわよ」

平然と言った凰華だった。

「あなたがここで何も言わずに帰るなら、あなたと渡邊さんの関係を尾上部長にぶちまけるわ」

「げっ！」

「尾上部長は怒るでしょうね。娘の無理心中に巻き込まれた被害者だと思えばこそ、一応は頭を下げてあなたに口止め料を払ったのに。実際は渡邊さんと共謀して、最初から摩柚梨さんを誘惑するつもりで、あなたのほうから近づいたのだと知ったら……」

「ちょっと待てって！　勘弁してよ！」

青い顔の権田に凰華は再び携帯を見せて言った。

「ホストなら損得勘定は得意なはずでしょう。質にこだわらなくてもいいならすぐにお客が増えるわよ。新宿に来慣れてる女の子たちにあなたの名前を印象づけるのは簡単なの。尾上部長に訴えられて裁判で慰謝料を請求されるのと、どっちが得かしら」

「そりゃねえよ！　殺されかけたんだぜ、俺！」

「あなたのそれは自業自得《じごう》」

「うわもう、きっついなあ……」

権田は大いに困った素振りで頭を抱えてみせたが、ちょっと考えた後、意外なことを言ってきた。

「ナベっちを殺した犯人の顔ってわかる？」

「この人よ」

凰華は黄瀬隆《きせたかし》の写真を手渡し、受け取った権田は写真をじっくり眺めて呟いた。

「……違うな」

謎めいた言葉だったが、凰華は敏感に反応した。

「犯人に心当たりがあるのね」

「だから勘弁してくんないかなあ。それを言おうとすると、どうしても摩柚梨の話になるんだよね」

「あたしが知りたいのは渡邊さんが殺された理由よ。摩柚梨さんの素行には興味がないの。聞いても多分、すぐに忘れる。早く言わないと女性たちに送信するメールの内容がどんどん変わるわよ。『飛翔馬《ペガサス》』の樹綺亜はろくな接待もできない駄目なホストだから会いに行く値打ちはないって言って欲しいの？」

権田は降参して両手を上げた。

「わかった。じゃあ、聞かなかったことにしといて。摩柚梨ってさ、すごい頭の悪い女なんだよ。大学を出てバイリンガルでお嬢さまなのに、何であんなに馬鹿なのかって思うくらい」

「具体的には？」

「あいつ、顔と身体はいいんだよ。服装も金掛けておしゃれだから、男が寄ってくる。当たり前だよな。摩柚梨はそれをすごく意識して自慢してた。『男にくどかれる』イコール『女として魅力がある』って考えてたから、誘ってきた男がちょっといい男だと断らないんだよ。――で、どこそこのホテルで男と寝たってことを、へらっと俺にしゃべるわけ」

能面のような顔で凰華は尋ねた。

「なぜわざと揉めるようなことを？」

「だから揉めさせたいわけ。俺が怒れば『あたしを愛してるから嫉妬《しっと》してるのね』って脳内変換するし、こっちが呆れて、もうやっちゃだめだよって言えば、

『あたしを愛してるから許してくれるんだ』になる。

――正直、俺、ナベっちの気持ちがよくわかったよ。

あんな女、とてもまともに相手してらんない」

その点は凰華もまったく同感だった。

「摩柚梨さんはどっちの反応が欲しかったのかしら。激怒して責められたいのか、それとも恋人に許してもらって慰めて欲しいのか……」

「そりゃあ、逆上させて怒らせたかったんだと思う。ただし、罵倒されたいわけじゃない。束縛されたいわけでもない。こっちが血相を変えて怒るのを見て安心するってのかな、なだめるのが嬉しいらしいな。『樹綺亜ったら嫉妬してるの。馬鹿ねえ。あたしが本当に愛してるのはあなただけよ』って感じ」

納得する男がいるとはとても思えない言い分に、凰華も呆れて指摘した。

「それを頭が悪いとは言わないわ。脳味噌がないと表現するべきよ」

「言えてる。ほんと、頭に何が詰まってるのかって感じだったよ。俺は商売だからしょうがないけどさ。あんな女と間違っても結婚なんかしたくないね」

真顔で頷いて、権田は続けた。

「ナベっちと婚約してからも摩柚梨はさんざん男と遊んでた。男のほうだって遊びなのはわかってたと思うけど、中にはほら、遊び慣れてないっていうか、摩柚梨の馬鹿さ加減のわからない男がいるわけよ」

「摩柚梨さんは遊びのつもりでも相手は本気だった。そういうこと？」

「いやもうヤバいくらいマジだったぜ。俺、一度、摩柚梨といる時、因縁《いんねん》つけられたことがあってさ」

「どこで？」

「ホテルのバーで。そいつ、摩柚梨が俺と――他の男と一緒にいたもんで完全に頭に血が上ったらしい。すごい剣幕だったぜ。殺されるかと思ったもん」

その時はホテルの人間が何とかその男をなだめてお引き取り願ったという。

「摩柚梨さんはその時どうしていたの？」

「そりゃあもう『樹綺亜と彼があたしの愛を懸けて戦ってる！』ってうっとりしてるわけよ。こっちはうんざりだったけど。——あの男、ちょっと妄想の入ってるタイプなんじゃないかな。摩柚梨と自分は相思相愛、結婚を誓った仲なんだって固く信じてるみたいでさ。——だから、俺も言ってやったわけ。摩柚梨にはちゃあんと婚約者がいるんだぜって」

「それは摩柚梨さんの前で？」

「当然。でなきゃ意味ないもん。その時は摩柚梨を喜ばせるつもりだったからさ」

「……それで喜ぶの？」

「喜んだねえ。『三人の男がこんなに情熱的にあたしを奪い合ってる』って都合よく妄想したらしい」

「三人って……まさかそこに渡邊さんが？」

「いるわけないじゃん。『婚約者』って響きだけで充分だったんだよ。思った通り、そいつ、すっかり逆上してさ。婚約者なんて嘘《うそ》に決まってる、どこのどいつだって叫んでたけど、また摩柚梨がご丁寧に答えてやるわけ。『渡邊三成《みつなり》さんって人よ、パパの部下なの』ってさ。開いた口がふさがんないよ」

凰華もさすがに呆れてため息をついた。

「とことん馬鹿なのね……」

「そう、ほんと馬鹿なんだよ。『まゆは美人だから男たちがどうしても放っておいてくれないの』っていうのがエンザイフだったたから」

「それを言うなら免罪符」

「うっわ、凰華さん、容赦ないなあ」

指摘された権田は肩をすくめて苦笑し、いくらか真面目な顔になった。

「これは独り言だけど……ナベっちが殺されたって聞いた時、俺、あの男のこと思い出したんだよね。異常なくらい摩柚梨に執着してたからさ。あんな女、言ってくれればすぐに譲ってやるのに」

「その彼氏の名前や身元はわかる？」

「知らない。摩柚梨に直接訊けばいいじゃん」

「彼女には訊けないのよ」

「何で？」

「摩柚梨さんは今も入院中なの。——窓の開かない、個室の外から鍵の掛かる病院よ。肉親以外は面会もできないわ」

「あ、そう」

権田にとっては金を引き出せなくなった摩柚梨は何の値打ちもないようで素っ気ない返事だったが、多少は気になるのか、しんみりと呟いた。

「とうとう現実と妄想の区別がつかなくなったか。その中にいたほうが幸せかもな」

「あなた、その時の彼氏を見たらわかる？」

「多分ね。——少なくとも今の写真の奴じゃないよ。似たような優男《やさおとこ》だけど、もうちょっと悪っぽくて、昔はやんちゃしてましたって感じの奴だった」

「別の写真を見てもらうことになるかもしれないわ。その時は協力してくれるかしら」

「もちろん、凰華さんのためなら喜んで」

「最後にもう一つ。あなたがどうやって渡邊さんと知り合ったのか訊いてもいい？」

「ナベっち、昔はホストだったんだよ」

あっさり言ってくれるが、意外な事実だ。

「七年くらい前かな。学生の頃、遊ぶ金が欲しくて、やってたんだよ。結構人気あったんだぜ。その時の同僚が俺。——けど、今でもやってたっぽいな」

早口で呟かれた言葉の意味を一瞬、摑みかねて、凰華は訝《いぶか》しげに言った。

「渡邊さんはエリゼの正社員だったはずよ」

「だからバイトで」

さすがに凰華も驚いた。

一部上場企業の社員がアルバイトでホストなど、とんでもない話だ。公《おおやけ》になれば処分は免れない。

凰華はさりげなく身を乗り出した。

「そのお話も詳しく聞かせてくれるかしら」

「じゃあさ、さっき言ったお金持ちの女の人たちにほんとに声掛けてくれる？」

「そうね……」

凰華は携帯を弄《もてあそ》び、じっくり相手を焦《あせ》らせた。

「特上の一人が今ちょうど日本にいるのよ。お店に遊びに行ってくれるように頼んであげてもいいけど。——どうしようかな」

「凰華さん、お願い。このとおり！」

大げさに拝んで、権田も身を乗り出した。

「ナベっち、摩柚梨に結構なプレゼントしてたんだ。ブランドのバッグとか指輪とかさ。俺は摩柚梨からプレゼントもらうほうだけど、ナベっちにとっては上司の娘だから機嫌を取らなきゃいけないじゃん。ナベっちも高級腕時計とかオーダーの靴とか、高いものばっかり身につけてたんだよ。あんなの普通の会社員の給料だけじゃ絶対無理だぜ」

その点は凰華も同感だった。

「男持ちの腕時計なんて上を見たらきりがないわ。マンションが買える値段のものだってあるのに」

「あ、さすがに詳しいね。俺らもよくもらうからさ、そういうものには眼が利くんだ。ナベっちの時計はそこまで高いやつじゃないけどね。オーデマピゲのクロノグラフだったかな？　まあ百万じゃ買えない。摩柚梨にいろいろやってる分もあるから、いったいどこから金が出てるのか訊いたら、昔の客が今でも貢いでくれるんだって笑ってたんだよ」

「渡邊さんはどこかのお店に勤めていたの？」

「ナベっちはそんなへまはしないよ。人に見られて会社に報告されたら即座に首じゃん。客の女だってそうだよ。うちの客にもいるからわかるんだけど、本当にいい家の奥さん——たとえば旦那が社長とか官僚とかの肩書きの女は遊びもこっそりやりたがる。ホスト通いなんて夫にばれたら下手すりゃ離婚だし、そんなのご近所に知られたら恥ずかしくてもう表を歩けないって考える。世間体をすごく気にするわけ。若い男には興味があるし、デートもしてみたいけど、絶対人には知られたくない。ナベっちはそんな女のニーズに応えてたんだよ」

「つまり、バイトでホストをやっていたというより、個人的に女性とおつきあいしてお小遣いをもらっていたということかしら」

「女性じゃなくて女性たちだね。それにナベっちは『これはデート代行業です』ってちゃんと説明して、納得できない女とは会わないって言ってたぜ」

「その代行業の中には枕営業も含まれるの？」

「さあ、どうかなあ」

「ここまで話しておいて隠すことはないでしょう」

権田は苦笑して首を振った。

「ナベっちが何で今までばれないで、こんなバイト続けられたと思う。めっちゃ口が堅かったからさ。俺が知ってるのはナベっちが夜のバイトをやってて複数の『財布』を持ってたこと、摩柚梨と婚約した後もそのバイトを続けてたことくらいだよ。信じてもらえないかもしれないけど」

凰華は無言で権田を見つめ、微笑した。

「いいわ。おもしろい話をありがとう。楽しかった。約束通り、特上の女性に連絡しておくわ。ただし、気に入ってもらえるかどうかはあなた次第よ」

そう言いながら伝票を取って立ち上がった凰華に、権田が探るような口調で問いかけてきた。

「ねえ、凰華さん。さっきのランキングだけどさ、凰華さんはどこに入ってるの？」

「あたしは並以下。家は賃貸だし、車も持ってない。――年収だって二千万にもならないわ」

さらりと放ったこの台詞に食いつかないホストがこの世にいたらお目に掛かりたいものだ。

「友達と一緒にまたお店に来てよ。ほんとお願い！待ってるからね」

満面に笑みを浮かべて愛想を振りまく権田を振り返りもせずに店を出ると、凰華は新宿駅に向かって歩きながら電話を掛けた。

「もしもし、銀子《ぎんこ》さん。忙しいところすみませんが、一度ホストクラブまで足を伸ばしてもらえませんか。所長の仕事絡みで裕福な女性を紹介すると約束してしまったので。はい、もちろん、適当にあしらってくださってかまいません。むしろこてんぱんに叩きのめしてやれば喜ぶと思いますよ。——そうです、よろしくお願いします。後程、店の場所とホストの顔写真を送りますので。——では」

嶽井《たけい》駅から電車に乗った雉名《きじな》は、午後の面会受付時間ぎりぎりに東京拘置所の黄瀬と接見した。

「車のトランクを最後に開けたのはいつですか？」

「何度も言ったけど、ほんとに覚えてないんですよ。普段は全然使ってないんですから」

「黄瀬さん。念のために伺いますが……」

まさかいくら何でもそんな馬鹿なことはさすがにあるまいと自分で自分に言い聞かせながらも、過去二十年に亘《わた》る百之喜《もものき》の華麗なる実績を無視できずに、渋々ながら雉名は尋ねた。

「これはあくまで仮定の話ですが、事件当日の夜、車で会社から帰る途中に、白バイに職務質問されてトランクを調べられたりしませんでしたか？」

黄瀬隆はぽかんと口を開けて、「あ！」と言った。

「ええ、確かに。止められました。スピード違反も信号無視もしてないのにサイレン鳴らされたんです。何事かと思って停まったら、近くで事件が発生して車を調べてる、後ろ開けて見せてくれって」

「……で、あなたは開けたんですね？」

「そりゃあ開けますよ。弁護士さんはそういう時、無視して逃げるんですか」

「いいえ」

まったくもって残念ながら答えは『いいえ』だ。

「どんな白バイ警官だったか覚えていますか」

「もちろん覚えてませんよ。ヘルメット被ってるし、暗かったし、いちいち顔なんか見ないでしょう」

「その警官は——具体的に何をしました？」

「具体的って別に……普通ですよ。後部座席を見て、『後ろ開けて』って言うからそのとおりにしたら、ちょっと覗いただけで、ばたんとトランクを閉めて、『はい、もう行っていいよ』って……」

どこも何もおかしくない。こんな時にごく普通に見られるやりとりだが、雉名は目眩《めまい》がしてきた。

「あなたはその時、運転席から降りましたか?」

「まさか、乗ったままですよ。そりゃあ降りろって言われたら降りますけど……」

つまり運転席の黄瀬が振り返って見ても、開いたトランクが邪魔になって警官の手元は見えないのだ。

目眩どころか激しく頭が痛み出した雉名だったが、ここでもう一つ重大な問題が生じる。

黄瀬が会社を出た時には渡邊は生きていたという黄瀬の証言が真実なら、その直後に渡邊は殺され、凶器が黄瀬の車を『追いかけて』きたことになる。

「会社からあなたの家まで、通勤時間はどのくらい掛かりますか」

「それは道路状況によって全然違いますすけど」

「深夜なら大抵は空いてるでしょう」

「ですね。だけどあの夜は時間掛かったなあ」

「……どういう意味ですか?」

「あの晩はあちこちで通行止めになってて、うちに帰るまでやたらと遠回りさせられたんです」

普段なら家まで五十分。しかし事件のあった夜は二時間近く掛かったという。

それでなくとも会社を出た時間が遅かったので、疲れ切って帰宅した黄瀬隆は風呂にも入らず、倒れ込むように眠り、翌朝、慌てて身支度を調えて家を飛び出したそうだ。もちろんトランクなど確認するはずもなく、職質されたことすら忘れていた。

話を聞けば聞くほど、雉名の機嫌は悪化の一途を辿っていき、原因不明の頭痛がますますひどくなる。

「通行止めの理由は道路工事ですか?」

「え? さあ、そうだったと思いますけど……」

「道路を掘り返している現場は見なかった?」

「どうだろう。ちょっと覚えてません。通行止めの看板とコーンを繋いだハードルみたいなやつが道をふさいでて、警備員が赤い警棒振って立ってました。いつもの道が通れなかったのは確かですよ」

その状況で道をふさいでいる警備員とハードルを突破しようと考えるドライバーはまずいない。

「翌朝は普通に通れたんですね」

「はい」

「あなたはさっき『あちこちで』と言いましたが、何カ所くらいで通行止めだったんです?」

「そうだなあ。二カ所じゃきかなかったと思います。三カ所か四カ所か……」

これを故意にやったならかなりの人手が必要だが、幸か不幸か吾藤田《ごとうだ》家は人員を動員できる環境にある。

死んだ松沼《まつぬま》家の次男と同じように犯罪とは思わず、悪戯《いたずら》のつもりで手伝わされた可能性もある。

残るは凶器の入手方法だけだ。

どんどん強くなるいやな予感と懸命に闘いながら、雉名は慎重に問いかけた。

「あなたの家に警報装置は付いていていますか」

「いいえ。何でですか?」

「——まさかと思いますが、渡邊さんの事件の前に、あなたの家に空き巣が入ったりしませんでしたか」

再び「あ!」である。

「ええ、そうです。入られました。九月の——いつだったかな、あの事件が起きるちょっと前です」

もはや原因不明の頭痛で済まされるはずもなく、雉名は怒気を顕《あら》わにして盛大に黄瀬に噛みついた。

「どうして今までそれを言わなかったんです⁉」

その剣幕に黄瀬は驚き、怯《ひる》みながら言い返した。

「どうしてって、一度も訊かれなかったからですよ。金目のものは何も取られなかったし……」

「凶器のナイフは?」

黄瀬が再びぽかんとなる。

「あなたはこう証言した。あの登山ナイフはずっと使っていなかった。持っていることも忘れていた。空き巣が侵入した後、あの登山ナイフが間違いなく家にあることを確認しましたか?」

呆気に取られながら黄瀬は首を振った。

「……覚えてないです。警察が来て、貴重品を確認してくれって言われて、通帳や判子や家の権利書は全部無事だったんで……俺、それで安心して……」

近所の人が逃げる犯人の姿を見ていた。

侵入したものの、近所の人に気づかれて、慌てて何も取らずに逃げ出したのだろうと警察は判断し、そのせいか捜査もおざなりだったそうだ。

被害者の黄瀬も正直ほっとした。

空き巣に窓を割られたのは腹立たしかったが、『大事なものは何も取られなかった』という事実のほうが彼には重要だったのだ。

登山ナイフは普通、貴重品とは言わない。

この時に取られたとしても他の貴重品が無事なら、そんな『些細《ささい》なこと』を問題だとは考えない。

身に覚えのない殺人容疑を押しつけられた後ならなおさらだ。

現に黄瀬隆は今日まで空き巣に入られたことすら忘れていたのである。

「まさか……そうなんですか？」

黄瀬隆の顔色は真っ青になっていた。

「あの時の空き巣があのナイフを盗んで……それで渡邊さんを殺したんですか？」

「今はまだ何とも言えません」

雉名も唸るしかなかった。

極めて由々《ゆゆ》しき事態だった。

この推理が（本当はそんな上等なものではない、ただの当てずっぽうだが）正しいとすれば、犯人は黄瀬隆の自宅を知っていて、事前に空き巣に入って凶器を入手し、計画的に渡邊を殺害して、黄瀬隆を犯人に仕立て上げようとしたことになる。

「黄瀬さん。誰かに恨まれている心当たりは？」

「九月十七日までなら渡邊さんって答えましたけど……他には、わかりません。見当もつきません」

黄瀬隆は言って、頭を抱えてしまった。

「嘘だろ……。なんで……なんでこんな……」

雉名もまったく同感だった。

接見を終えて、拘置所内の長い廊下を歩きながら、雉名は忌々《いまいま》しげに舌打ちしていた。

犬も歩けば棒に当たる。

百之喜歩けば手がかりに当たる。

お世辞にも有能とは言えないのに、むしろ肝心の臭いは何一つ嗅ぎ分けられない駄犬だというのに、どうしてこうも余計な事実にばかりぶち当たるのか。

百之喜太朗《たろう》、恐るべし。


拘置所から出た後、雉名が携帯の電源を入れると、鬼怒川憲子《きぬがわのりこ》から返信が来ていた。

小菅《こすげ》まで電車で移動する途中で、雉名はメールを出しておいたのである。嶽井の実家を拝見したので、近いうちにお会いしたいという内容だ。

その返事として、明日にも時間が取れるという。

ありがたいことだが、ここでまた謎めいた助言が付け加えられていた。

『姪の夏子《なつこ》の話も聞いたほうがいいと思いますよ』

吾藤田夏子の連絡先まで記してある。

雉名は眉を顰《ひそ》めて携帯を見つめたが、少し考えて、憲子に電話を掛けて訊いてみた。

「姪御さんにお会いする件ですが、それはわたしでなくてもかまわないでしょうか」

「ええ、そのほうが時間の節約になると思います。姪にはお友達に会ってもらってはいかがでしょう。話は通しておきますから」

「わかりました」

その後、雉名は百之喜や凰華と互いの持っている情報を交換して、明日の予定を打ち合わせた。

吾藤田夏子には凰華がメールを出した。

憲子から紹介があったという挨拶の後、なるべく早くお会いしたいと申し送ると、すぐに返事が来て、彼女も明日の夕方、会ってくれるという。

そこで雉名が鬼怒川憲子と会い、百之喜と凰華が吾藤田夏子に会いにいくことにした。

ところが、翌朝になって江利《えり》からメールが届いた。

今日の昼に会いたいので時間を取ってもらえない

だろうかとある。

憲子と会うのは夕方だから昼なら時間が取れる。こちらにとっては都合がいいが、就業時間後まで待てないほど緊急の用件とは何なのかと雉名は思い、江利の会社近くのレストランで会うことを約束した。

晴れていても風は冷たく、厚いコートを着る人の姿が目立つようになっている。

時間に余裕があったので先に飲み物だけを頼んで待っていると、江利が早足でやってきた。

「雉名さん。お忙しいところすみません」

「いえ」

雉名が取った席は一階の窓際で、硝子《ガラス》張りの外の景色がすっかり見える。

雉名は和風茸《きのこ》スパゲティと珈琲《コーヒー》、江利はランチセットを注文した。ウェイトレスが離れて行くと、江利は妙に真剣な顔で切り出してきた。

「実は昨日、恭次《きょうじ》から連絡があったんです」

「昨日のいつ頃です？」

「会社を出た後です。大事な話があるから、すぐに会いたいと……。恭次の声は本当に嬉しそうでした。それで一緒に夕食を摂ったんですが……」

江利は複雑な顔だった。どうにも歯切れが悪いが、唐突に本題に入った。

「ご家族が結婚を認めてくれたと言うんです」

「何ですって？」

耳を疑った雉名だった。

江利も喜びよりも困惑を隠せないでいる。

「嬉しかったのは確かですけど、それは無罪判決が出てからだと思ってましたから、びっくりしました。何があったのかと訊いたら、昨日、実家に弁護士が来たと——あなたのことですよね」

「ええ」

「食事の後、恭次の携帯でご両親とも話しました。

——お父さんが言うには、つらつら考えてみるに、身内の不始末はあなたには何の関係もないことだ、事件が事件だけに過剰に反応してしまい、感情的になってしまって申し訳なかった、ついては恭次との結婚をもう一度考えてもらいたいと——。その後に電話を替わったお母さんも……変な言い方ですけど、とても腰が低い話し方で、本当に申し訳なさそうに謝ってくれました。恭次があんなにあなたのことを思っているとは知らずに別れろなんて簡単に言ってしまったことを許してほしいって」

「忠孝《ただたか》さんと紘子《ひろこ》さんがそう言ったんですか？」

「はい。自分の耳ではっきり聞きました。その上でお父さんは、弟くんのことも悪いようにはしないと。ただし、今日うちに来た弁護士は無罪を主張すると言ったが、それはあまり賢いやり方ではないと思う。裁判が長期化するのは眼に見えている。それよりは不可抗力か心神耗弱《こうじゃく》で闘ったほうが早く決着する、そのほうが弟のためにもなるだろうと言うんです。話をまとめると、うちでいい弁護士を手配するから、雉名さんを解雇しなさいと勧められたんです」

雉名は愕然《がくぜん》とした。まさに青天の霹靂《へきれき》だったが、同時に身が引き締まる思いがした。

江利の表情も不安の色が濃くなっている。

「ご両親と話したのはお兄さんの結婚式以来ですが、恭次の口からご家族は決して許さないようなことを聞かされていましたから、わたしも訊いてみました。かなりあからさまに。殺人犯の姉を身内に迎えてもかまわないんですかって。そうしたら、お父さんはその点は確かに問題だと思っている、しかし、話を聞いてみると弟くんにも同情できる部分が多々ある。罪を償《つぐな》った後のことは心配ない、仕事先もこちらで世話をするから万事任せてくれと言うんです」

雉名は眉間《みけん》に皺《しわ》を寄せて尋ねた。

「あなたはその言い分を信じるんですか？」

江利は救いを求めるような眼で雉名を見た。

「ですから雉名さんからお話を聞きたかったんです。昨日あちらのご家族と何があったんです？」

雉名は昨日の自分の行動をかいつまんで説明し、中傷にならないように気をつけながら、吾藤田家の人々の江利に対する態度を打ち明けた。

「隆くんが無罪判決を得たら、あなたと恭次さんの結婚を認めるのかと質問したわたしに、忠孝さんも紘子さんもそれはあり得ないと断言しました」

江利は深く嘆息した。

「やっぱり……」

「しかし、ある意味、非常にありがたい。二人とも極めてはっきりと思惑を告げてくれたのですから」

「え？」

「あちらは——吾藤田家と言ってもいいでしょうが、こう言ってきたわけです。隆くんが無罪になるのは困ると。渡邊三成殺人犯として服役して欲しいと」

「でも、なぜです。なぜそんなことを？」

雉名は少し迷った。

どこまで江利に話すべきか躊躇《ためら》ったが、いずれはわかることである。

「昨日、嶽井町で人が死にました」

江利が驚いて言う。

「殺人ですか？」

「事件か事故かはまだ不明ですが、亡くなったのは松沼毅《たけし》という若者です」

彼の自宅の納屋から偽造白バイが発見されたこと、昨日の黄瀬隆とのやりとりを話すと、江利は表情をこわばらせて身を乗り出した。

「では、その松沼という人が渡邊さんを……」

「いいえ、その可能性は低いと思います。それでは吾藤田家が態度を翻した理由になりません」

「どういう意味ですか」

「松沼毅が渡邊三成殺しの真犯人なら今後の捜査でその事実が判明し、被疑者死亡のまま書類送検され、隆くんは晴れて無罪放免です。わたしの出番も必要なくなりますが、恐らくそうはならない。吾藤田家はそれを知っているんです」

江利は本当にわけがわからなくなった様子だが、折良くそこに料理が運ばれてきた。

二人ともしばらく腹を満たすことに専念し、後はデザートと珈琲を待つのみという状態になってから、雉名はもう一度言ったのである。

「吾藤田家の人々は知っているんですよ。隆くんが渡邊三成を殺害した犯人に仕立て上げられる過程で、亡くなった松沼毅がどんな役割を演じたのかを――そして恐らくは誰が渡邊三成を殺したのかもです」

重苦しい雉名の表情と口調、そして何を言おうとしているかを察して江利の顔が段々と青ざめていく。

「吾藤田家はその人物をかばっている。その結果が昨夜の恭次さんの行動となって現れたんです」

「そんな……違います！　恭次じゃありません！」

「恭次さんとは言っていません。吾藤田家の人々がかばう人間は他にもいます」

思い当たって、江利は呆気に取られたらしい。

「お兄さん？　まさか、あり得ません。お兄さんは日本にいないんですから」

「今はね」

「いいえ、夏からいないんです。恭次に聞きました。お兄さんは今年の八月に出国したって」

「少し違いますね。出国の意思を家族に伝えたのは確かに八月ですが、実際に出国したのはずっと後の九月末ですよ」

事件が起きた日はわざわざ言うまでもない。

指摘しなくても江利はその日を忘れない。

大きく喘ぎながら言った。

「九月十七日にはお兄さんは日本にいたんですか」

「そうです」

「…………」

「何より妙なのはこじつけとしか思えない理由で、わたしを外すようにあなたに言ってきたことです。つまり、吾藤田家にとって隆くんが無罪になるのは好ましくない。渡邊三成殺人犯でいてもらいたい。――極論を言えばそういうことです」

「…………」

「椿《つばき》さん。あなたは頭のいい人です。この言い分が何を意味するかわからないはずがない」

身代わりの犯人として弟を差し出せば、息子との結婚を認めてやってもいい。そういうことだ。

江利は蒼白な顔でうつむき、沈黙した。

長い沈黙だったが、思いきったように顔を上げて、正面から雉名を見据えて言った。

「雉名さん。ありがとうございました。今日までの相談料をお支払いしますから請求してください」

「椿さん！」

「わたしが弁護士さんをお願いしようと思ったのは恭次との結婚が駄目になるかもしれなかったから。息子を殺人犯の姉とは結婚させられないとご両親に言われたからです。ご両親が結婚を認めてくれて、弟のために弁護士さんをつけてくれると言うなら、わたしにはいやとは言えません」

雉名は顔色を変えて身を乗り出した。

「あなたは恭次さんと結婚できれば隆くんが無実の罪で有罪になってもいいと言うんですか」

「そうは言ってません。——ただ、あちらの好意を無下《むげ》にはできないと言っているんです」

「同じことでしょう。吾藤田家が何のためにこんな申し出をしたのかわかっていて言いなりになるなら、あなたも犯罪に荷担するのと変わらないんですよ」

法廷に立っている時のような厳しい態度の雉名に、江利も硬い顔で言い返した。

「正義を無視するのか？　真実に眼を背《そむ》けるのか？もしそういうことを言いたいのなら黙ってください。犯罪者だとわかっているのに無罪にするのが仕事の弁護士さんに言われたくありません。——もちろん、無罪とわかっているのに犯人に仕立てる検事にも」

こんな切り返しを食らったのは初めてだ。

それとこれとは話が違う！——と言おうとして、雉名は懸命に自分を抑え、冷静になろうと努めた。

「確かにわたしには言う資格がないのかもしれない。ですが、隆くんの一生が懸かっています」

「わたしの人生もです」

「…………」

「弟の一生と自分の人生、どちらかを選ぶとしたら、薄情と言われようと答えは決まってます」

「……………」

「そもそも弟の事件で無罪を立証するのは非現実的なんでしょう。あちらに言われるまでもありません。何人もの弁護士に言われました。それよりは同情を買う作戦に出て減刑を狙うべきだと。あちらも同じ考えなんです。そのために最適な弁護士さんを手配してくれると言う。断る理由がありますか？」

雉名は珍しくも途方に暮れた様子で尋ねた。

「椿さん……。あなたにとって恭次さんはそこまで大切な人なんですか」

「もちろんです」

「しかし、恭次さんは少なくとも一つあなたに嘘を吐《つ》いている。ご両親からあなたと別れるように言われたのは隆くんの事件が起きるずっと前なんですよ。将弘《まさひろ》さんが日本を離れる可能性が濃厚になったのが八月です。途端、吾藤田家は恭次さんに、あなたと別れて家を継ぐようにと命令したんです」

「知っています。昨日、恭次から聞きました」

「……………」

「夜中まで話し合いました。ファミレスで。恭次は──兄貴がいなくなって自分が跡取りになったから別れてくれなんて江利には言えなかった。理解してもらえるとも思えなかった。でも親は早く別れろとせっついてくる。どうしたらと焦っているうちに、あの事件が起きたのだと」

吾藤田恭次は悲壮な顔で訴えたと言う。

隆くんの逮捕を聞いた時は本当に驚いた。江利がかわいそうだと思った。

同時にこれを口実にすれば別れられるとも思った。自分は卑怯《ひきょう》だった。ごめん、本当にごめん。今さら遅いかもしれないけど、江利さえ許してくれるなら今度こそ二人でやり直したい──。

雉名はため息をついた。

「そういう時の女性の常套句《じょうとうく》は親と自分とどっち

を取るの？――というものだと思いましたが」

「わたしもまさにそれを言いましたが、どちらかを選ぶことはどうしてもできないと言うんです」

しかし、それは女性にとって情けない男を見放す決定打となる言動なのではないだろうか。

雉名は吾藤田恭次に会ったことはないが、とんだ軟弱者だと苦々しく思ったところで、凰華の依頼を思い出した。

吾藤田将弘ではなく、吾藤田兄弟の写真をという凰華の真意は明白だった。恭次のアリバイは江利が証言しているだけなのだ。さりげなく尋ねた。

「恭次さんの写真があったら見せてくれませんか」

江利は携帯に保存した写真を見せてくれた。

江利と並んで、はにかんだように微笑んでいる。

予想通り色白で細面の、よく言えば優しそうな、悪く言えば覇気《はき》のなさそうな印象だが、なかなかの美青年なのは間違いない。

「彼はかなり背が高そうですね」

「ええ。百八十センチあります」

「この写真、譲ってもらえますか」

「かまいませんけど、何に使うんです？」

「照会のためです。百之喜と凰華くんが恭次さんに会う必要が生じるかもしれませんから」

江利は快く雉名の携帯に写真を転送してくれた。

その操作を終えた後も恭次の写真を見つめながら、江利は独り言のように呟いた。

「隆が殺人犯として逮捕された時、恭次はわたしを励ましてくれたんです。その時にはもう、わたしと別れるようにご両親からしつこく言われていたのに、すっかり忘れていたらしくて、わたし以上に驚いて、その場で別れを切り出せばいいのに、そんなことはわたし以上にショックを受けて、一生懸命力づけてくれました。本当に弟がやったのだとしても、弟がどんな人間だろうと、自分の気持ちは変わらないと恭次が言ってくれた時……涙が出るほど嬉しかった。わたしも同じ気持ちです。恭次が犯罪者の弟でも、彼には何の罪もないんですから。そんな理由で彼を諦めたくありません」

江利の足掻きは所詮は惚れた弱みに過ぎない。

面と向かって指摘するほど雉名は薄情ではないが、呆れたのは確かだ。その時の恭次の態度がどうあれ、結局は親の言い分を受け入れて江利と別れる選択をした男をそこまで信用するのかと言おうとした時、江利は自らに言い聞かせるような口調で言った。

「ただ、あの事件がご両親に決定的な口実を与えたのは間違いないでしょうね」

それから江利は真剣な顔で雉名を見つめてきた。

「雉名さんには本当にお世話になりました。それであの、別のご相談があるんですけど……」

「何です？」

「厚かましいとは思いますが、弟のところへ行って、あらためて弟の依頼を受けてやってくれませんか」

雉名は少し表情を緩めた。

「あなたはそれでいいんですか？」

「もちろんです。何かいけないことがありますか。わたしは言われたとおりにあなたを解雇したんです。その後、弟がどうしようと、それは弟の勝手ですし、弟の行動をご両親に報告する義務もないはずです。——引き受けていただけますか？」

今度こそ雉名は微笑を浮かべた。

「わたしも今そうしようと思っていたところです」

誰に弁護を依頼するかは被告本人の意思が最優先される。

黄瀬隆本人が雉名に弁護を依頼すると決めれば、吾藤田家の差し向ける弁護士に出番はない
吾藤田家の言い分には雉名も思うところがある。ここで手を引くことなどできるわけがない。

「百之喜への依頼はどうします？」

「もちろん取り下げません。そんなことをしろとは一言も言われていませんから。百之喜さんには引き続き調べてもらいます」

ますます雉名の笑みが深くなる。

唐突な解雇に最初こそ驚いたが、見た目と裏腹に江利はずいぶんたくましい女性のようだ。

「あなたなら吾藤田本家の跡取りの妻という立場を賢くこなせるかもしれませんね」

江利はちょっと冷ややかに笑った。

「わたしはそんなものになる気はありません」

「吾藤田家の人々はそうは考えていないでしょう。本家の跡取りの嫁になったからには家のしきたりを重んじて、夫の両親を大事にするのが嫁の務めだと主張してくると思いますよ」

今度は、江利の顔に浮かんだのはどこか挑戦的な『嫌悪』と『嘲笑』と言ってもいいものだった。

「ええ、昔のお嫁さんならそうだったんでしょうね。結婚が家と家との結びつきだった時代なら夫の親がもれなくついてくるのが当然、それがどんな親でも愛する夫を生み育ててくれた人たちなんだから――。そんな馬鹿げた理由で夫の親に仕えたんでしょうが、あちらがわたしをどうでもいいもの扱いするのなら、わたしがあちらを大事にしなくてはいけない理由はどこにもないはずです」

依頼人と話している時の雉名には珍しいことに、声を立てて笑いそうになったのを何とか噛み殺した。

江利は吾藤田家の思惑を承知の上で、敢えて今は逆らわないという戦法を取るつもりらしい。

最初は恋に眼が眩んで、見たくない真実は見ないのかと疑ったが、どうやら薄目を開けて様子を窺う理性と分別は残している。さらに言うなら狡猾《こうかつ》さも持ち合わせているようなので、少し安心する。

「そうなると、恭次さんの態度が問題ですね」

「ええ、本当に。わたしには理解できないんですが、恭次は親の言うことに逆らってはならないと頭から思いこんでいるようなんです。言葉は悪いんですが、自分から奴隷《どれい》になろうとしているとしか思えません。恭次は完全に自由なのに、どこへでも行って何でも好きなことをできるはずなのに、ご両親は見えない鎖で恭次を繋いでいるみたいです。どうして家から逃げられないと思うのか、あそこまで行くと一種の洗脳なんじゃないかとさえ疑います」

　心配そうに言って、江利は表情を引き締めた。

「わたしは吾藤田の家に嫁入りする気はありません。本家だの跡取りだの、さっぱり理解できませんし、そんなものに縛られるのは馬鹿げてると思います。第一わたしは本家の跡取りなんかじゃなく、恭次と結婚するんです。結婚してしまえば恭次はわたしの夫ですから、妻のわたしを最優先してもらいます」

「恭次さんを教育し直そうというおつもりですか？　かなり難航すると思いますよ」

「確かに賭です。ただし、チャレンジする値打ちはある賭だと思っています」

　吾藤田家の面々を知っている雉名にとっては敗色濃厚に見える無謀な賭だったが、江利には退《ひ》く気がないらしい。

　その勇気に今は敬意を表しておくことにした。

8

凰華《おうか》と百之喜《もものき》は丸の内にある高層ビルに来ていた。

地下から地上五階までは服飾雑貨の店や飲食店が入り、上階は事務所《オフィス》になっているテナントビルだ。

夏子《なつこ》が指定したのは三階のカフェチェーン店だ。

この店舗のすぐ外はエスカレーターを含む大きな吹き抜けになっていて、上階から垂れ下がる巨大なシャンデリアが目映《まばゆ》く輝いている。

「所長、きょろきょろしないでください」

「え～、だってすごいよ。きれいだねえ」

華やかな雰囲気がもの珍しいのか、百之喜は席に着いた後も楽しげに辺りに見入っている。

時間は午後四時を過ぎたところだった。

凰華はエスプレッソ、百之喜はクリームを載せたキャラメル味の珈琲《コーヒー》を頼んだ。

凰華も百之喜も吾藤田《ごとうだ》夏子の顔を知らなかったが、店内に入って来た女性を一目見てわかった。

小柄《こがら》で可愛らしい顔立ちの女性で、紺のスーツを着ている。見た目はふんわりしているが、足取りや身のこなしはきびきびと快活で実にさわやかだ。

この人に違いないと思って凰華が立ち上がると、女性も気づいた。まっすぐやってきて笑いかけた。

「吾藤田夏子です。花祥院《かしょういん》さんですか?」

「どうぞ凰華と呼んでください。お忙しいところをありがとうございます。これは所長の百之喜です」

「初めまして、百之喜さん。わたしも夏子と呼んでください。中途半端な時間と場所ですみません。夜も予定が入っているものですから」

にっこり笑った顔は愛らしく魅力的だったので、百之喜は素直に感心して言ったものだ。

「お若いですねえ。全然三十歳過ぎに見えませんよ。今でも余裕で振袖を着られそうです」

褒《ほ》め言葉のつもりなのはわかっているが、凰華は無言で百之喜の脇腹をつねった。

百之喜は「ひゃっ！」と悲鳴を上げて飛び上がり、その様子は無視して凰華は夏子に謝った。

「申し訳ありません。いい年をした男なのに女性に対する礼儀も口のきき方も知らないんです」

夏子は腹を立てた様子もなく笑っている。

「弟の結婚式の時のこと？　それなら一つ、些細《ささい》な訂正をさせてください。わたしは今、二十九です」

「え？」

痛みに顔をしかめていた百之喜が本気で驚いた。

「あれ、じゃあ二年前は二十七歳ですよね。なんで三十《さんじゅう》振袖なんて……」

「同じだからですよ。あの辺では二十五を過ぎたら四捨五入して三十なんです。もう若くないんだから、何歳だろうと一緒ってことでしょうね」

百之喜は眼を丸くした。

「すごい暴挙ですねえ！　それ、女の人たちは誰も怒らないんですか」

夏子は苦笑するだけで答えず、ちらっと腕時計に眼をやった。

「何かご予定でも？」

夏子は慌てて首を振った。

「ああ、ごめんなさい。あと二時間は大丈夫です。朝一で連絡が入る予定があって……、外資系なので、どうしても時間が不規則になるものですから」

夏子がコートを持っていなかったことに気づいて凰華は訊いてみた。

「もしかして、この上にお勤めですか？」

「はい。今日は遅番で夜中まで仕事なんです」

百之喜がまた眼を輝かせた。

「こんな丸の内のビルにお勤めなんて、夏子さんは優秀なんですねえ」

「いいえ、そんなことはないです。一応アメリカの大学院を出て資格を持っているから働けるだけで、もっと優秀な人は大勢いますから」

鼻持ちならない自慢に聞こえそうなことを本当に申し訳なさそうに言う人である。

夏子は時間を無駄にはしなかった。注文した飲み物が運ばれてくると、さっそく用件に入った。

「叔母から話は聞いています。椿《つばき》さんの弟さん――隆《たかし》くんの事件を調べているそうですね」

「はい」

「百之喜さんのお噂《うわさ》も伺っています。とても優秀な探偵さんで、身に覚えのない罪を着せられた人間にとっては最後の駆け込み寺だとか」

何をどう間違ってそんなとんでもない噂が夏子の耳に入ったのか、百之喜が椅子の上で気まずそうに身じろぎし、凰華も焦《あせ》って否定した。

「そこまで大層なものではありませんが……」

その言葉が夏子の耳に入ったとは思えなかった。

真剣な顔で、ひたと百之喜を見つめて言った。

「答えられる範囲で結構ですので聞かせてください。百之喜さんのお見立てでは感触はいかがですか」

その百之喜は情けなさそうな顔で凰華を見つめ、凰華が代わって答えた。

「調査中の段階ではっきりしたことは言えませんが、黄瀬《きせ》隆さんは恐らく無実だと思います」

夏子は明らかにほっとしたらしい。顔を輝かせて頷いたので、凰華は訊いてみた。

「黄瀬隆さんとは面識がおありですか？」

「いいえ。椿さんとも一度会ったきりですが、弟と結婚する人の弟さんですから、心配していました」

その口ぶりに何か引っかかるものを感じたので、凰華はわざと頷いてみせた。

「そうですね。隆さんのことだけが問題でしたので、これでお二人も幸せな結婚ができるはずです」

すると夏子は難しい顔で首を振った。

「いいえ。そう簡単にはいかないと思います。上の弟がいなくなった今、下の弟は吾藤田本家の跡取りですから。うちの親が椿さんとの結婚を認めるとはとても思えません」

間違いない。夏子は昨夜の一件を——吾藤田家が江利《えり》に提示した結婚の条件を知らないのだ。

「え？　でも……」

百之喜が不審そうにそれを言いかけたが、凰華はテーブルの下で素早く百之喜の足を踏んで黙らせ、当初の予定通りの質問をした。

「夏子さん。初対面の方に大変不躾《ぶしつけ》な質問ですが、ご実家の吾藤田家とはどういうお宅なんでしょう。叔母さまにお話を伺おうとしたところ、叔母さまは夏子さんからも話を聞いたほうがいいとおっしゃいましたので、こうして伺ったのです」

「どんな家かと面と向かって訊かれると困りますね。昔はわたしもあれを普通だと思っていましたから」

「たとえば、どのような？」

「そうですね……」

夏子が小首を傾げて思い出そうとしている。

足の痛みに顔を引きつらせながら百之喜が合いの手を入れた。

「この間、塀は見ましたけど、大きな家ですよねえ。お家は何をしてるんですか？」

「昔は大名主《おおなぬし》と言ったようですね。要するにただの百姓ですけど、戦後に都心に土地を買い足したので、今でもかなりの額の地代と家賃収入があります」

「え〜、じゃあ地代だけで全然働いてないんですか。いいなあ！」

こういうことを本気で言うから始末が悪い。

うらやましそうに言う百之喜自身、地主の子だが、いくら入ってくるかで地主の『身分』が決まるのだ。

百之喜家の祖先は百之喜一人が食べていく分には困らない程度のものは残してくれたが、あんな結婚式ができる財力には程遠い。

「一応、働いてはいますよ。お金になるかどうかはともかく、祖父は地元議員や町長の後援会長や民生委員をしていますし、父も地元関連企業の相談役を引き受けています。他にも得体の知れない肩書きがたくさんついてるはずです」

いわゆる名誉職というやつだ。

「吾藤田家は町中に親戚が大勢いて、最低でも月に一度は何か理由をつけて親戚がうちに集まるんです。地元の行事や集まりも頻繁《ひんぱん》で、うちはしょっちゅうお客さんの来る家でした。そのせいか家族旅行には一度も行ったことがないし、誕生日もクリスマスも滅多にした覚えがありません。親がそうでしたから、子どものほうも親の誕生日を祝いませんでしたね。母の日も父の日も特に何かした記憶がありません。小学校の高学年になると両親に冗談でねだられたりしましたけど……。でも、その頃にはこっちももう『今さら……』って感じでしたから。そもそもそういう家族での特別なお祝い事をやるという雰囲気の家じゃなかったんです」

これには百之喜のみならず凰華も驚いた。

百之喜が眼を丸くして言う。

「だって母の日ですよ。小学校でカーネーションを贈るようにって習いませんでしたか？」

「習いました。ですから最初は贈ろうとしたんです。母親の顔を描いた絵と一緒に。ただ、そういう時に限って、法事や葬儀や結婚式や何かの会合があって、母親は出かけていたか目が回るほどの忙しさでした。母の日おめでとうと言って花を渡しても『はいはい、ありがとう』で終わりでした」

「…………」

「後は、そうですね。物心ついた時から親の決めた婚約者がいて、小学校二年の時にその子に持参金を要求されて、婚期が遅れるという理由で家族全員に大学進学を反対されたことくらいでしょうか」

今度こそ百之喜の眼が点になった。

「……それ、普通って言うんですか？」

凰華も全面的に百之喜に同感だった。

幸か不幸か百之喜の言い分に賛同する時は、世の常識と己の感覚を疑いたくなるようなとんでもない事例の時に限られる。

「ですから子どもの頃は不思議でしたね。夏休みや冬休みが終わると、学校の友達は田舎へ行ったとか、家族で海へ行った、スキーに行ったとか楽しそうに話すでしょう。どうしてそんなものに行けるのか？　理解できませんでした。夏休みにはお盆、冬休みはお正月があるんです。普段は来られない遠くからのお客さんが入れ替わり立ち替わりやって来るのに、どうして家を留守にしたりできるんだろうって」

　知らないとは恐ろしいことである。

　よせばいいのに、ここで百之喜が口を挟んだ。

「春休みが残ってますよ」

「親戚中の子どもたちの卒業式・卒園式・入学式・入園式・卒業祝い・入学祝いの集まりでつぶれます。入社祝いの集まりと退社の慰労会もあります」

　百之喜は深々と頭を下げた。

「……失礼致しました」

「将弘《まさひろ》が家を出たことはご存じですか？」

「はい。日本に戻る予定はないそうですね。それで恭次《きょうじ》さんが跡取りになったと聞きました」

「そうです。そのことからもおわかりでしょうが、吾藤田の家で大事にされるのは長男だけなんです。長男がいなくなったら次男が跡取り、そして今度はその跡取りがすべてなんです。女の子はいつか家を出るものだから、いてもいなくても同じものという扱いでしたね」

　百之喜が恐る恐る言う。

「なんかすごく悲しい話なんですけど、同じ兄弟でそんなに差別されてたんですか？」

　凰華も言葉を選びながら慎重に問いかけた。

「これも大変失礼な質問ですが、もしかしてそれは──一種の虐待では？」

「いいえ、わたしは虐待されたことはありません。育児放棄《ネグレクト》もありませんでした。少なくともあの家はちゃんと食事を食べさせて、布団で寝かせてくれて、新しい服を着せてくれましたから」

　言い換えれば、それだけしかやらなかったということになる。無視も放置も立派な虐待だと判断して、凰華はさらに食い下がった。

「以前に本で読んだんですが、機能不全家族と表現される歪んだ家庭がありますす。その一つに子どもに役割を振り分ける親がいるそうです。子どものうち一人を王子さま王女さまに見立てて、欲しいものは玩具《おもちゃ》でもお菓子でも何でも与えてちやほや甘やかし、可愛がる反面、他の子ども、あるいは子どものうち一人を標的にして無視したり放置したり、おまえは役立たずだと罵ったりするそうです。女の子は特に、その子だけを家政婦代わりにしてさんざん働かせて、女の子なのだからそれが当然と思い込ませるとか」

「まあ、よくご存じね。わたしも機能不全家族なら知っています。実は自分の家もそうなのかと疑ったこともあるんですが、あれとはやっぱり違いますね。家にはお手伝いがいましたから家事はやったことがありませんし、やれと強制されたこともありません。罵られたり貶《けな》されたりしたこともありません」

断言して、夏子は付け加えた。

「その代わりに褒められた覚えもありません。いいい成績を取っても何をしても、認めてもらった記憶がないんです。うちの場合はなんて言うか……」

言葉を探して夏子はしばし考え込んだ。

「長男以外の子どもに興味がないんです。実の親に虐待された人たちに比べたら、わたしの不満なんか取るに足らないものでしょうが――。放置と言えば放置だったのかもしれません」

「それはあの……怪我をしても心配しないとか?」

「いいえ、まさか。吾藤田本家の娘がみっともない姿を晒《さら》すなんてとんでもないことでしたから。顔や身体に傷が付かないようにと、そういう時は大いに心配していました。七五三の着物や雛《ひな》人形なんかもとても豪華でしたよ。成人式の着物もです」

「弟さんの結婚式で江利さんが着た着物ですね」

「そうです。あの着物、四百万くらいしますよ」

「えっ⁉ 凰華くん、着物ってそんなに高いの!」

「……高いものもありますが、成人式用の着物ならだいたい数十万というのが相場ですよ」

夏子は頷いて、

「本当に無駄遣いだと思いますが、わたしのためのものじゃないんですよ。『吾藤田本家の娘』という看板をそれらしく飾り立てるための小道具なんです。だから外の人に見せる分にはお金は惜しまなかった。ですけど、実際は……」

淡々と語った夏子は皮肉な顔でくすっと笑った。

「要するに、わたしは両親にとってはいらない子で、下の弟はおまけの子だったんです」

百之喜がぎょっとした顔になる。

凰華もひやりとした。

にこにこと愛らしい夏子の笑顔が逆に恐い。

「親は笑い話のつもりで言ったのかもしれませんが、子どもの頃は何度も聞かされました。——あなたが生まれた時は女の子で本当にがっかりした、将弘が生まれるまで気が気じゃなかったって」

間違っても血を分けた子どもに言う台詞ではない。

だが、親戚が集まった席でも忠孝《ただたか》と紘子《ひろこ》は笑ってそれを言い、親戚も笑って賛同していたという。

「親がそんな話をしたのには理由があって、将弘が結婚する時小姑《こじゅうとめ》がいたらお嫁さんが気を使うし、結婚の条件が不利になる、だから夏子は弟のために早く結婚しなくてはいけないと。わたしも俗に言う『いい子』だったもので、今思うとあの頃の自分に吐き気がしますが、仕方がありません。子どもには親の言うことに従う以外の選択肢はないんですから。『まーくんの邪魔にならないように早く結婚して、家を出るね』って答えていました」

百之喜が複雑な顔で尋ねる。

「……あの、本当にそれを普通だと？」

「ええ。気づかせてくれたのは皮肉にも親の決めたその婚約者でした。親戚の子なんですよ。わたしが二年生、向こうは一年生で、やっぱり何かの会合で親戚が家に集まっていた時、その子が言ったんです。『なっちゃんは大きくなったらぼくのおよめさんになるんだよね』って。わたしはいい子でしたから、当然のように『そうよ』と答えました。そうしたら、その子はわたしを見下すようにしてこう言いました。『じゃあ、じさんきんにラジコンカーもってきてよ。でないとけっこんしてあげないよ』」

「わずか六歳にしてずいぶんと厚かましいガキ――失礼、お子さんですね」

わざと言い間違えた凰華に、夏子も苦笑した。

「その子は純粋に玩具が欲しかっただけですから、罪はないと思います。親も親戚もみんな吹き出して大笑いしてましたけど、わたしは笑えませんでした。これは後で知ったんですが、その子の親が日常的に口にしていたことらしいんですね。本家の娘を嫁にもらってやるんだから、それ相応の持参金をつけてもらうのが当然だって」

「変ですね。本家のお嬢さんをいただけるのだから大切にしなくては――というのが普通なのでは?」

凰華の質問には百之喜が夏子に代わって答えた。

「凰華くん。本家が普通じゃないんだから、親戚も普通じゃなかったんだよ」

たまにはいいことを言う。凰華は素直に感心し、夏子も同様に感じたようで笑って頷いた。

「その時、初めて何か変だと思いました。わたしも小さかったから言葉ではうまく言えないんですけど、激しい不快感がありました。自分は売り買いされる品物じゃない――そんなふうに感じたんです」

凰華と百之喜は揃って頷いた。

「当然です」

「そうですよ」

夏子は嬉しそうに微笑んで話を続けた。

「中学はコーラス部に入っていたんです。本格的で、毎年、都の合唱コンクールに出場して、二年の時は優勝したこともあります。夕食の時、両親にそれを話すと、例によって『ああそう』『ふーん』としか言われなくて――それは別にいいんです。わたしが何を言ってもそういう反応だったので慣れてました。

ただ、その時に何気なく、『テレビ局が来てたから優勝校のうちはニュースに映ったかもしれない』と言ったら、その途端、父親が顔色を変えて『なんでもっと早く言わない！』と叱ってきました。母親も『先に言ってくれれば手分けして録画したのに！』と言うので、正直、びっくりしましたよ。『えっ？この人たち、あたしに関心があったの？』と意外に思ったんですけど、違いました。吾藤田本家の娘がそんな晴れがましい栄誉に与ったのは、すなわち自分たちの誉《ほま》れですから。――その晴れがましさを味わう権利を奪ったわたしを、両親は怒ったんです。一事が万事、そんな調子でしたね」

だからそういうことを笑いながら言わないでくれ。『吾藤田劇場』はぞくぞくするおもしろさなのだが、それだけに恐くもあって百之喜は冷や冷やしていた。

凰華も同様だった。珍しくも顔が引きつっている。

夏子は二人の感情に気づいているのかいないのか、少女時代を思い出しながら話し続けている。

「その頃、『九死に一生を得た人々』という番組をテレビで見たんです。再現ドラマによると、山腹と山腹をつなぐロープウェイに異常が発生、移動中に停まってしまった。原因はケーブルの劣化で、古いケーブルは徐々にちぎれていき、落ちる寸前という状況でした。下の谷底まで数百メートルですから、落ちたら絶対助かりません。十数人の乗客は最初はゴンドラの中でパニックになって大騒ぎでしたが、その間にもケーブルが少しずつちぎれ、ゴンドラががくんと下に下がる。見ているだけでも恐いですよ。とうとう全員が死を覚悟して、何人かは泣き始め、他の人はいっせいに携帯を使い始めました」

「……ああ。家族に掛けたんですね」

話に怯えながらも百之喜が言うと、なぜか夏子は驚いたようにまじまじと百之喜を見つめて微笑した。

「百之喜さんにはそれがわかるんですね」

「え？」

「おっしゃるとおり、ほとんどの人が『パパ、ママ、ごめんなさい』とメールを打ったり、直接話したり、相手が留守録の場合は伝言を残したりし始めました。家族ではなく恋人に宛てた人もいましたが、内容は同じで真っ先に『ごめんなさい』と謝ってるんです。――わたしには意味がわかりませんでした。自分が死のうとしているのに、この人たちはいったい何を他人に謝ったりするんだろうって、本当に不思議で不思議で仕方がなかったんです」

百之喜と凰華は何とも言えない顔を見合わせた。

「……失礼ですが、中学生ですよね？」

「はい、そうです。なのにわからなかったんです。その再現ドラマは外国の事件でしたから、その時は日本人とは感覚が違うんだろうなと納得しました」

「…………」

「そうしたら数年後、今度は日本が舞台の『九死に一生を得た人々』のドキュメンタリーを見たんです。やっぱり死を覚悟した人たちがいて、携帯で家族に『ごめんなさい』と泣きながら謝っている。わけがわからなくて、この人には借金でもあるんだろうか、自分がいなくなるとローンが返せないからなのかと、さんざん頭を捻《ひね》りましたよ。この問題はわたしには非常に大きな謎でして、その後何年もの間、ずっと疑問のままだったんですが、二十歳を過ぎた頃です。ふっと、もしかして『あなたはわたしを愛しているのに、そのわたしが死ぬことであなたを悲しませてしまうのを許して』なの⁉　と気づいた時にはもう――本当に愕然《がくぜん》としました。目から鱗《うろこ》が落ちると言いますけど、あの時は大量の鱗がぼたぼたーっと一気に落ちた感じで、びっくりしましたよ」

こっちがびっくりだ。

息を呑《の》む百之喜と凰華を尻目に、夏子は腕を組み、何やら頷いている。

「ですけど、気づいた後もやっぱり不思議でしたね。自分は家族に愛されている、自分を失ったら家族は悲しむに決まっている。どうしてそこまで確信して、傲慢に思い込むことができるのか？　謎でしたし、不快でもありました」

凰華が吐息とともに言った。

「……夏子さんは謝れないんですね」

「ええ、そんなおこがましいことは親に言えません。わたしが急に死んだとしても、親は驚きはするかもしれませんが、悲しんだりはしませんから。なのに『悲しませてごめんなさい』なんて見当違いですし、ずうずうしいでしょう？」

同意を求められてこんなに困る質問もない。

「夏子さん。わたしはやっぱり夏子さんの家は機能不全家族だったと思います。少なくとも家族として機能していないのは疑いようがありません」

「ぼくもそう思います。――あの、ご両親のこと、恨んではいないんですか？」

百之喜の問いに夏子は困ったように苦笑した。

「それが、自分はあの親の子どもだなあとつくづく思うんですけど、興味がないんです」

「ご両親に？」

「はい。ですから会いたいとも思いません。ただ、わたしが親を恨んでいないのは確かですよ。むしろ感謝してます」

見事に百之喜と凰華の声が揃った。

「感謝？」

「うちはお金だけは充分持ってますから。仕送りを強請《ねだ》ることも将来は介護をしろと迫ってくることもありません。みんな好きなようにするでしょうし、後は行きたければお葬式にだけ出ればいいんだから楽ですよ。本当にありがたいと思ってます」

夏子の笑顔の背景に寒風吹きすさぶ不毛の荒野が見えるのは決して気のせいではないはずだ。

「高校に入る頃には何とか進学したくて必死でした。勉強も頑張って全国模試でも上位に入ったんですよ。先生も進学を強く勧めてくれたんですが、それでも話にならなくて『お母さんだって短大を出てるじゃない！』って言ってみたんですけど、駄目でしたね。両親はまだましだったんですが、祖父母はもう大反対でした。当時はその上に元気な曾《そう》祖父と曾祖母がいたのでなおさらでした」

完全に怯えている百之喜が空《から》元気を発揮して言う。

「すごい大家族ですよねえ。にぎやかそうだなあ」

「だから大変だったんですよ。六対一じゃ勝ち目がありません。特に手強かったのが祖父母とその上の曾祖父母で、女が大学なんか行ったらろくなことにならないと頭から信じていましたから。両親はその意見に阿《おもね》ったのかもしれません」

さらに勇敢にも百之喜は遠慮がちに手を挙げた。

「あのう、素朴な疑問なんですが、女の人はなんで大学に行っちゃいけないんでしょう」

「学歴が高いと扱いにくい女だと思われ、男に敬遠される。夫の学歴が妻より低かったら夫に気まずい思いをさせてしまう。つまりは夫婦不仲の原因になるからだそうです。――わかります？」

「全然わかりません」

百之喜が断言し、凰華も呆れたように嘆息した。

「たびたび失礼ですが、時代錯誤にも程があります。女に学問は必要ないって、明治時代ですか？」

「わたしも心からそう思いますが、恐ろしいことに地元ではこの意見に頷く人間が大勢いるんです」

百之喜が世にも情けない悲鳴を上げた。

「嘘《うそ》でしょう？　今は二十一世紀ですよ。それに、嶽井《たけい》って東京ですよね」

「所長。きっと嶽井では時間が止まってるんですよ。今時どうかしています。わたしの知人にはご主人が高卒、奥さまが大卒でも友人から冷やかされるほど仲のいいご夫婦なんて数え切れないくらいいますが。――夏子さんが無事に進学できて本当によかった」

「その時、助けてくれたのが叔母なんです」

「鬼怒川《きぬがわ》さんが？」

「ええ。滅多に実家には姿を見せない人だったので、意外だったんですけど、全面的に味方をしてくれて、両親と祖父母に話をつけてくれました。家の実権を握っていた曾祖父と曾祖母にもです。わたしは当事者でありながら叔母の横で応援するだけの情けない役でしたが、叔母はさすがでしたね」

　吾藤田本家ともあろうものが今時高卒の学歴しか持たない娘をよそさまにくれてやるつもり？――と、さも馬鹿にした調子で言ったのが功を奏したらしい。

　もちろん高卒が悪いわけではないし、学歴で人の値打ちが変わるものでないのもわかっている。ただ、うちの連中にはああいう言い方が効果的だからと、憲子《のりこ》は後でこっそり夏子に告げたそうだ。

　しかし、まだまだ問題があった。

「志望大学が家から通うには遠すぎたので、大学の近くで独り暮らしを始めたいと言ったら、祖父母と曾祖父母がまたもや大反対でした。女の子を都会に出したら悪い虫が付くに決まっている、ふしだらになる、卒業したら結婚から逃げるに決まっていると言って――当たってましたけどね。その頃にはもう親の決めた親戚の子と結婚するつもりなんか欠片もありませんでしたから。その子ともちゃんと二人で話したんですよ。向こうも『今時、ないよな』って、しみじみ言ってました」

　凰華が尋ねた。

「つまり本人たちに結婚する意思がないのに両方の親だけが盛り上がっていたわけですか？」

「そうなんです。その子の親は特に――。持参金にラジコンカーを欲しがった男の子は高校生の頃にはとてもしっかりしてましたよ。『うちの親は変だ』『浅ましい』と嘆いてました。小学生の頃から女の子と仲良くするだけで『夏子ちゃんがいるのに』と叱られ、高校生になってガールフレンドができると、『おまえは本家の娘をもらうんだからな。遊ぶのはかまわんが妊娠させないようにしろ』とお父さんに言われ、お母さんには『趣味が悪いわねえ、どうせ遊ぶならもっと可愛い子にしなさいよ』と笑われ、その子はもう両親に対する不信感の塊みたいでした。高校を卒業したら絶対に家を出ると密かに宣言して、その通りに実行したんです」

心の底から「お疲れさまです」と言いたくなる。

「一方わたしは家を出るのに難航して、そうしたら叔母が『それなら夏子に誓約書を書かせなさい』と言い出したんです。大学を卒業したら実家に戻って婚約者と結婚するという内容の誓約書です。法的に効力のあるものだからこの書類に署名したら夏子は絶対に逃げられないって。びっくりして、そんなの嫌だって抵抗したんですが、大学に行けるんだからそのくらい譲りなさいと叔母に押し切られました」

凰華は首を捻った。

「未成年のそんな誓約書に効力がありますか？」

「もちろんありません」

「お家の人はそれに気づかなかったんですね」

「そうです。弁護士の叔母が自信満々に法的効力があると言い切ったので安心したようです。わたしが泣いて嫌がったことも効果的だったみたいですね。わたしもその時は大学進学と引き替えに、卒業後は結婚しなきゃいけないって思いこんでましたから。叔母と二人になった時に猛然と抗議したんですが、そうしたら叔母は、今のあなたは未成年で一人では何もできない身分だ、何かあればすぐ親が保護者として出てきてしまう、だからまずはこの家を離れて成人することを考えろ、成人してしまえば兄たちにあなたを保護する権利はなくなるのだから、二年は我慢して大人しくしていなさいと。そんなことより、せっかく大学を卒業してもあんな誓約書を書いたら結婚しなきゃいけないじゃないかって文句を言うと、叔母は笑って『あんなものに本当に拘束力があると思ってるの？』と。わたしが言うのもなんですけど、にやっと笑った叔母の顔はすごい迫力でしたよ」

憲子は最初から、自分の兄や両親、祖父母を騙すつもりだったのだ。また吾藤田家の人々はまんまと騙されたわけだ。

百之喜が、話の怖さに怯えながらもわくわくした顔つきで言う。

「それじゃあ夏子さんが大学を卒業した時は大騒ぎ

「そうです。それどころか、叔母の体験したことはわたしなんかよりもっとずっとひどいものでした」

夏子の表情が初めて厳しく引き締まった。

「親の決めた婚約者がいたのはわたしと一緒ですが、叔母は高校生の時、その相手に襲われたそうです」

だったでしょう」

「実際の騒ぎはわたしは知らないんです。卒業する前にアメリカに留学しましたから。その時になって叔母の言葉の意味が痛いほどわかりました。今ではどうだか知りませんが、その頃のわたしの大学では二十歳未満の学生が留学する時は保護者の同意書が必要不可欠だったんです」

「うわあ……書くわけないですよね」

「ないです」

夏子はきまじめに頷いた。

「本当に、叔母にはいくら感謝してもしきれません。在学中もずいぶん面倒を見てもらいました。何度もお礼を言ったんですが、叔母は気にしなくていい、半分はあたしにも原因があることだからと」

百之喜が初めて気づいたように手を叩いた。

「そうか。弁護士の叔母さんも当然大学を出ているわけだから、叔母さんも昔は大学進学に反対されていたってことですね」

9

鬼怒川憲子《きぬがわのりこ》は予想以上に美人だった。

すらりと背が高く、髪はショートとセミロングの中間くらい。背筋はまっすぐ伸びて、女性ながらもきりっとした凜々《りり》しさを漂わせている。

いかにも『できる』女性の風情《ふぜい》である。

場所は銀座の高級ホテルのティーサロンだった。

同じ弁護士でも雉名《きじな》のような若者には敷居の高い場所だが、憲子は馴染んでいるようで、給仕係とも顔なじみらしく、親しげに言葉を交わしている。

「初めまして。鬼怒川先生。今日はお忙しいところありがとうございます」

「こちらこそ、雉名先生には甥の結婚相手の肉親がお世話を掛けます」

丁寧に挨拶して、二人は腰を下ろした。

憲子も真面目そうな雉名に好感を持ったらしい。

「その弟さんの件ですけど、お友達の調査のほうはいかがですか」

雉名の眉がぴくりと動いた。

百之喜《もものき》のことを話した覚えはないからだ。

「……それは、祖父からお聞きに？」

「いいえ。他からもちらほらと噂《うわさ》は聞いています。若いほうの雉名弁護士には優秀なブレーンがいて、そのおかげで刑事では負け知らずの連勝中だと」

憲子の前なので思いきり顔をしかめるのを何とか堪えた雉名だった。

あれは間違っても『ブレーン』などという上等なものではない。ただの駄犬だ。

「ご希望でしたら友人の名刺を差し上げます」

「あら？　いただいてもよろしいのかしら」

「どういう意味でしょう」

「その人があなたの秘密兵器なら、他の弁護士には貸したくないのかと思っていましたから」

　今度こそ顔をしかめた雉名だった。

「鬼怒川先生。あれに優秀さを求めるのは無駄です。もう一つご忠告しますが、ご自分の名利《みょうり》のためにあれを利用しようとしてもまず無理です」

「はっきりおっしゃるんですね」

「自分でもさんざん試しましたから。――こちらの都合のいいようには絶対に動いてくれません」

　むしろできれば避けたい厄介《やっかい》な事例ばかりに反応するのは身をもって経験済みだ。

　憲子は若い雉名の顔をじっくり見つめて微笑した。

「雉名先生とお呼びするとどうしてもお祖父さまを連想してしまいますね。――今は私的な場ですから、俊介《しゅんすけ》くんと呼んでもかまいませんか」

　嫌とは言えない雰囲気なので雉名は頷いた。

「では、わたしも今だけ憲子さんとお呼びします」

「結構です。もともと弁護士としてではなく、元は吾藤田《ごとうだ》家で生まれ育った人間としてお会いしようと思っていましたから」

「では、憲子さん。さっそく伺います。ご実家とはあまり良好な関係ではないようですね」

　憲子の顔に広がった静かな微笑は何とも言えない凄《すご》みを伴ったものだった。

「あたしはもうずっと昔に、あの人たちを家族だと思うことをやめました。あちらも同じで、あたしを吾藤田の人間だとは思っていないはずです」

「原因をお尋ねしてもよろしいですか」

「その前に、あなたはあの家をどう思いました」

　雉名は少し考えて答えた。

「大変な資産家だと……地元では恐らく大きな力を持っていらっしゃるのだろうと思いました」

「甥の将弘《まさひろ》のことはお聞きになった？」

「はい。海外に行かれたとか」

　雉名も弁護士である。吾藤田家の条件つきの結婚許可を憲子が知っているのかどうか、今はまだ口にするつもりはなかった。注意深く話を続けた。

「ご両親とお兄さまご夫妻にお目に掛かりましたが、正直なところ少々驚きました。あのような旧家では珍しくないことなのかもしれませんが、ずいぶんと古い考えをお持ちのようですね」

憲子は皮肉に笑った。

「ええ、本当に古いばかりの家です。明治の頃からちっとも変わっていないんでしょうね。未だに女の子は親の決めた相手と結婚するのが普通なんですよ。――あたしにも生まれた時から婚約者がいました」

雉名は百之喜や凰華《おうか》と同じように現代人の感覚を持っているので驚いた。

「生まれた時から……？」

「正確には生まれる前から決まっていたことですが、あたしが生まれた時、相手も数ヶ月の赤ん坊ですよ。学年は一年上になりますけど。親戚の子なんですが、本家に女の子が生まれたらその子の嫁にやるという約束が双方の親の間で交わされていたんです」

「しかし、憲子さんご自身はどうなんです。本気でその方との結婚を考えていらしたんですか？」

「まさか」

憲子は笑い飛ばした。

「あなたが生まれる前の話ですが、それこそ時代が違います。あたしの学生時代は昭和も終わりに近い頃ですよ。見合い結婚は減少し、恋愛結婚が主流になって久しく、結婚するなら相手への愛情と相手の収入のどちらを優先するべきかと女子高生が夢中でおしゃべりしていた頃です。我が家は頻繁《ひんぱん》に親戚の集まる家だったので、その子のことも小学校に入る前から知っていました。名前は文仁《ふみひと》と言いますが、親戚とは言え、あまり好きになれないタイプでして、その子を今さら異性に格上げはできません。まして結婚なんてとても考えられませんでした」

両親も祖父母も、その当時まだ矍鑠《かくしゃく》としていた曾《そう》祖母も（曾祖父は憲子が幼い頃亡くなっている）憲子は高校を卒業したら文仁と結婚するのだから、そのつもりでいるようにと口癖《くちぐせ》のように言っていた。

しかし、憲子は本気にしなかった。現代教育を受けた憲子にしてみれば、あまりにも非現実的な言い分だったからだ。

　時には『やだなあ今時何言ってるの』と言い返し、時には『はいはいわかりました、文仁と結婚すればいいんでしょ』と適当に返事をしてあしらっていた。

「これはただの親の妄言だと思って、気にも留めていませんでしたが、高校二年の時です。——うちへ行かれた時はどの建物に通されました？」

「大きな洋館でした」

「あたしが昔住んでいたのはその横の日本家屋で、家のものは母屋と呼んでいます。あんな家ですから夏は玄関にも鍵を掛けませんし、窓も網戸だけです。昔からうちに出入りしている文仁はそのことをよく知っていました。それをいいことに文仁はあたしに夜這《よば》いを掛けたんです」

「は？」

　思わず問い返した雉名だった。


　何ともはや耳慣れない単語である。今となっては時代劇か映画くらいでしか聞くことのない言葉だが、意味を理解して愕然《がくぜん》とした。

　憲子は極めて淡々と話している。

「幸い未遂に終わりました。あたしが悲鳴を上げて枕元の目覚まし時計で文仁の顔を殴りつけたので、文仁は額を切る怪我をして大騒ぎになりました」

「…………」

「あの男の捨て台詞、今もはっきり覚えています。『何しやがる！　おまえ俺の女だろ！』だそうです。もう一度殴ってやろうとした時、両親が駆けつけて、血まみれの文仁を見て慌てて救急車を呼んだんです。その間も文仁はさんざん喚《わめ》いてました。どうせ結婚するんだからいいじゃないか、自分の許嫁《いいなずけ》に手を出して何が悪いんだというのが文仁の言い分です。田舎というのは恐いもので、通報もしていないのに、吾藤田本家に救急車が乗り付けたのを早々に知った警察が出動してきまして、事情を聞かれました」

「では、被害届を出されたんですか？」

「いいえ」

憲子の無表情が逆に恐ろしい。

「家に来た警官は『なんだ、侵入者は東吾藤《ひがしごとう》さんとこの文仁でしたか。泥棒かと思って驚きましたよ。それじゃあ許嫁同士の痴話喧嘩ってことで……』で終わりです。父も『うちの娘が無粋に騒いだせいで、こんな夜分に申し訳ない』と詫びる始末で、警官は『照れくさいのはわかるけど、女の子もあまり気が強すぎると男に嫌われるから気をつけないとね』と、あたしに忠告までして、にこにこ笑いながら帰っていきました。——その時はまだ現実とは思えなくて、それでも自分の部屋で休む気には到底なれなくて、その晩は洋館で寝たんです」

「一人でですか？」

「もちろん。——どうしてです？」

雉名は躊躇《ためら》いながら言葉をつくった。

「自分は独身ですが、もし既婚で娘がいたとして、娘がそんな目に遭ったとしたら、男親の自分が側にいるのは娘もいやがるかもしれないと思ったので。だったら母親が側にいるべきではないかと……」

憲子は意外そうに雉名を見つめて微笑した。

「俊介くんはいい人ね。将来あなたと結婚する人はきっと幸せだわ」

「……ありがとうございます」

「うちの人間はそんなふうには考えませんでした。一夜明けて、いつもと同じように母屋で家族揃って朝食を摂ったんですが、両親も祖父母も曾祖母も、あたしのことはそっちのけで、文仁の怪我ばかりを心配していました。文仁は大事を取って今日は入院している、もしかしたら額に傷が残るかもしれない、どうしよう——と朝から深刻な話し合いで、まるでお通夜のような雰囲気なんです。祖父は本家の娘がこんな不始末をしでかすなんて世も末だとぼやき、挙げ句の果てに、憲子が文仁を傷物にしたんだから責任を取らなくてはならない。憲子を離れに移してそこに文仁を通わせて、いっそのこと今から憲子と事実上の結婚生活を送らせようと言い出す始末です。父もそれに同意しました」

雉名は弁護士という職業柄《がら》、世間一般常識の通用しないとんでもない人間を数多く見てきたが、その彼にして絶句した。気は確かですかと問おうとして、その恐怖をもっとも強烈に味わったのは憲子なのだと察して、無言で話の続きを促した。

「あたしはもう……心底ぞっとしました。文仁との結婚はもともと親の戯言《ざれごと》だと思ってまともに相手にしていなかったんですが、本気だったんだと初めて理解しました」

憲子は朝食の席で半狂乱になって訴えた。

文仁がこんなことをしでかしたのにまだあたしをあいつと結婚させようとするのか！　信じられない、あんたたちはいったい何を考えているんだ！

すると家族全員、ぽかんとした顔で憲子を見つめ、それからは耳を疑う発言が相次いだ。

父・国重《くにしげ》。

「今さら何言ってるんだ。おまえは生まれた時から文仁と結婚するって決まってるんだぞ。何度もそう言っただろう。今まで何を聞いていたんだ」

母・菊枝《きくえ》。

「目覚まし時計で殴るなんて。怪我がたいしたことなかったからよかったけど、憲子はやりすぎよ」

祖父・顕恒《あきつね》。

「だいたい夜這いなんて昔は珍しくもなかったんだ。忍んでくるなんて文仁も根性あるじゃないか」

祖母・多津《たづ》。

「そうだよ。どうせいつか経験することなんだから、許してやったってよかったのに」

長兄・忠孝《ただたか》。

「紘子《ひろこ》との結婚の準備で大忙しなんだぞ。いちいち騒がないでくれよ。みっともない」

姉・秋夜《あきよ》。

「何もなかったんでしょ。だったらいいじゃない」

次兄・宗孝《むねたか》。

「……実害があったわけじゃなし」

最後に曾祖母のイネが深いため息をついた。

「男の顔に傷をつけるなんて……考えても恐ろしい。よそさまの息子さんでなくてよかったよ」

国重が憤然と言い返した。

「ばあちゃん。文仁だからいいって問題じゃないぞ。後で義恒《よしつね》さんに謝っておかんと……」

義恒は文仁の父親で国重の叔父に当たり、祖父の弟でもある。

つまり曾祖母から見れば文仁は孫だ。孫の文仁が曾孫の憲子に乱暴しようとしたのに、イネの関心も心配も怪我をした文仁にだけ注がれているのだ。

「あたしはもう本当に愕然として……次になぜだか大声で笑いそうになりました。娘が暴行されそうになった翌日の、これが家族の朝食の会話かと……」

「……お察し致します」

呻《うめ》くように雉名は言って軽く頭を下げた。


こんなことしか言えない自分が情けなかったが、憲子は首を振った。

「お気遣いありがとう。優しい人ね。でも、それを言うのはもう少し待ってください。――ここからが本番なんです」

これ以上何が出てくるのかと戦々恐々としながら雉名は憲子の話に耳を傾けたが、次第にその顔から血の気が引いていき、最後には顔面蒼白となった。

朝食の後、憲子は『正気なの⁉』と祖母の多津に詰め寄ったそうだ。

母に訴えても無駄だと憲子は本能的に悟っていた。母の菊枝は『吾藤田本家のよくできた嫁』であることに全力を注いでおり、祖父や祖母の言いなりで、当てにはできない。それよりはまだ祖父や曾祖母の次に実権を握っている祖母に訴えるのが効果的だと判断してのことだった。

「孫が乱暴されそうになったのに平気なの⁉」

ものすごい剣幕で問いつめる憲子を多津は困惑の

面持ちで不思議そうに見つめていたらしい。憲子が何を言わんとしているのか明らかに理解していない顔だったが、孫がかんかんに怒っていることだけは察したようで、憲子を懐柔しようとした。

「文仁のどこがそんなに気に入らないのかねえ」

「全部よ！　全部！　顔も見たくない！」

「でもねえ、あんたたちは生まれる前から赤い糸で結ばれていたんだよ」

「はあ？　何言ってるの」

「文仁が生まれた知らせを聞いた日に、菊枝さんの妊娠がわかったんだよ。それがあんただったのさ。これは運命に違いない、お腹の子が女の子だったら文仁と結婚させようって大《おお》じいちゃんが言い出して、おじいちゃんもそれはいい考えだって賛成したんだ。大じいちゃんはおまえが七歳の時に亡くなったけど、文仁と憲子を一緒にさせてやれっていうのが最後の言葉だったからねえ。大じいちゃんの遺言だもの。そりゃあその通りにしてやらなきゃなるまいよ」

初めて聞く話だった。怒りのあまり憲子は自分がまっすぐ立っているかどうかも自信がなかった。

怒髪天を衝くとはこのことだ。

自分の知らないところでなぜ他人が（自分以外の誰かが）自分の人生を勝手に決めるのか——。

多津は憲子の様子にも気づかず、自分の言い分を得々と話し続けた。

「それに、あんたは本家の娘だからね。滅多な人のところにやったりできるもんかね。その点、文仁はもっとも本家に近い人間だからねえ。——いいかい、何をすねてるのか知らないが、おじいちゃんだって、国重だって、大《おお》ばあちゃんだって、みんなあんたが可愛いんだ。幸せになって欲しいと思っているから文仁のところへお嫁にやるんじゃないか」

憲子は無表情で『なぜ？』と訊いた。

文仁は祖父の弟の義恒の子で、義恒は七人兄弟の末っ子だ。

祖父の兄弟も、その息子たちも他に何人もいる。

その中でなぜ文仁だけを『本家に近い人間だ』と表現するのか。

多津は少し躊躇ったようだが、思いきったように切り出した。

「おまえが結婚する時に話そうと思っていたんだが、ちょうどいい機会かもしれないから言っておこうか。——文仁はおじいちゃんの子なんだよ」

その時、憲子は『耳鼻科に行かなきゃ』と真剣に考えたそうだ。こんな幻聴が聞こえるなんて自分は病気に決まっているからだ。それなのになぜか顔は余裕の笑いを浮かべて言っていた。

「大丈夫？　おばあちゃん。文仁は義恒小父さんと由恵《よしえ》小母さんの子どもじゃない」

「義恒さんはねえ、末っ子で大ばあちゃんに甘やかされたのが悪かったんだよ。三十を過ぎても家から出て行こうとせずにごろごろしてさ。あたしだって殴られたり蹴られたりしたもんだ。おじいちゃんも大じいちゃんも義恒さんには本当に手を焼いてたよ。本家の末っ子だっていうのに嫁の来手もない有様で、嫁を持たせなきゃ家から出すこともできないからね。——由恵はその頃、うちのお手伝いだったんだよ。それでまあ、おじいちゃんが由恵に手をつけてね、由恵のお腹が大きくなっちまったのさ」

その子は本家の長男の子だが、このまま生まれてしまったら妾の子として日陰者になる。

そのくらいならいっそ——と家族みんなで相談し、一家のもてあましものだった義恒に身重の由恵を『押しつける』ことにしたというのだ。

世界がぐるぐる回って見えた。

祖母の話が本当なら文仁は戸籍の上でこそ憲子の父のいとこだが、実際は『叔父』ではないか。

これは幻聴に違いない。こんなことが現実であるはずがないと思いながら憲子はまだ冷静だった。

「……義恒小父さんはそれで納得したの？」

「納得も何も三十四にもなって自分の半分の年齢の若い娘がもらえるんだよ。大喜びだったさ。それに名前がいいじゃないか。義恒と由恵なんて。由恵と一家を構えてから義恒さんも見違えるようになって親戚の集まりにも進んで顔を出すようになったし、いいことずくめだったよ。義恒さんと由恵がうまくいったんだ。あんただってきっと幸せになれる」

理屈になっていないが、自分の『善行』を信じて疑わない多津は、表情をなくしている憲子に懇々《こんこん》と言い聞かせたという。

「文仁との縁談は、みんなあんたのためを思ってのことなんだよ。本家の血を引く子ども同士が一緒になるんだ。いったい何が不満なんだい。これ以上はない良縁じゃないか」

「……おばあちゃんは、おじいちゃんの不倫の子とあたしが結婚してもいいんだ」

「いやだねえ。あんなものは不倫なんて言わないよ。若いお手伝いなんてそのために雇ってるんだから。──ほら、ちょっと前までうちで働いていた栄《さかえ》ね。あの子は国重が可愛がってたんだよ。まあ、国重は孕《はら》ませるようなへまはやらなかったけどね」

耳を塞ぎたくなるような話を聞かなかったふりでやり過ごし、憲子はもっとも肝心なことを尋ねた。

「……お父さんとお母さんも知ってるの？　文仁が本当はあたしの叔父さんに当たるって」

「もちろん知ってるとも。両親抜きで娘の嫁入りを決めるわけにはいかないからねえ」

心中《しんちゅう》に灼熱のマグマを煮え立たせながら憲子は顔だけは笑って「わかった」と言ったらしい。

らしいというのは自分でも何を言ったのか覚えていないからだ。

とても信じられなかった。

文仁は父の国重にとっては二十五歳も年の離れた異母弟《おとうと》だ。異母弟と知っていて、父はその異母弟のところに娘の憲子を嫁がせようというのだ。

憲子はこの後、両親にも直談判したが、二人ともあっさり認めた。

母は『ちょっと血が近いのは確かだけど、死んだ大じいちゃんが決めたことなんだから、それが一番いいんじゃないの』と平然と言い、父は『結婚して義恒叔父さんも立ち直った。由恵さんもいい人だ。本家の娘のおまえにもきっとよくしてくれる』と、清々しいくらい娘の結婚に前向きだった。

「血の気が引くとはああいうことを言うんでしょう。身体中の血がすーっと冷えて指先が硬くこわばって、顔だけは平静でしたが、頭の中は大混乱でしたよ。いったい何が起きた、ここにいるのは本当に自分の家族なのか、異星人《エイリアン》に乗っ取られたんじゃないのか。今思うと馬鹿みたいですけど、真剣にそんなことを疑ってました。ここにいるのは洋館に泊まった間に入れ替わった家族の偽物で、本物のあたしの家族はきっとどこか他の場所に無事でいるに違いないって。――でもね、それはあたしの間違いでした。みんな急に異星人《エイリアン》になったわけじゃない。異星人《エイリアン》が人間の皮を被って人間のふりをしていただけだったんです。そのことをあたしだけが知らなかった」

雉名は声を失っていた。

世界がぐるぐる回っていたという憲子の気持ちが痛いほどよくわかる。とても平成に近かったという現代日本の話ではない。

「何よりショックだったのは名目上は遠い親戚でも、祖父の浮気で生まれた実の叔父と結婚させることを、両親も祖父母も――口にするのもおぞましいですが、あたしへの一種のご褒美《ほうび》だと思っていたことです」

「……ごほうび？」

「ええ。実の叔父との結婚なんて何の嫌がらせか、あたしはそんなに家の厄介者と思われていたのかと母親にひとしきり喚いたんですが、そうではなくて、母曰く『文仁との結婚は、憲子が大切で可愛いから、家族が憲子のために特別に用意してあげたすてきな贈り物』だったらしいんです」

曲がりなりにも弁護士たるもの、あんぐりと口を開けた姿を人目に晒《さら》すのはあまり感心しないのだが、仕方がない。開いた口がどうしてもふさがらない。

菊枝は憲子の反発に苛立って言ったそうだ。

「おまえは本家の娘なのよ。だからおじいちゃんもおばあちゃんも、他より条件のいいところへお嫁にやろうと考えてくれたんじゃないの。あたしだってお父さんだって末っ子のおまえが可愛いから苦労はさせたくなくて文仁を選んであげたのに、おまえは何をぶうぶう言ってるの。大人になりなさい――」

雉名はギブアップ寸前だった。

実際、片手を上げて茫然と訴えた。

「すみません。わたしには到底理解できません」

「当然です。あなたは人間なんですから、異星人《エイリアン》の思考を理解しようとしても無駄ですよ。実を言うと、祖父と祖母はいとこ同士の間柄なんです。血族間の婚姻に馴染みがあったから、叔父と姪でもたいして違わない、戸籍上では遠い親戚なんだから結婚させても問題ないと思ったんでしょうね」

「待ってください。親族間で婚姻が認められるのは四親等以上ですよ。三親等で結婚はできません」

雉名の抗議を憲子はばっさりと斬って捨てた。

「それは日本語を話す日本人になら通用する説明で、電波語を話す異星人《エイリアン》には通じません」

まさしく返す言葉もない。

十七歳の憲子は絶望の淵に突き落とされながらも賢かった。早々に説得の無駄を悟った。

それどころか、電波語を話す相手には電波語しか理解できないと見極め、懸命に自分の身を守った。

事実婚をさせようという祖父に対しては、

「ふーん。それじゃあ、吾藤田本家の娘が結婚前に妊娠なんてみっともないことになってもいいんだ。正式に結婚してないのに男が通ってくるのって『足入れ』って言うんでしょう。今時ふしだらだよねー。本家の娘がそんな尻軽じゃあ紘子さんも紘子さんのご両親もきっと呆れるよねー。文仁と結婚するのはあたしだって別にかまわないのに、わざわざ焦《あせ》って本家の娘が世間の笑いものになるんだ。へー」

と言って、今さらながらに『正式に結婚するまで

憲子には純潔を守らせなくては』と思わせるように異星人《エイリアン》を誘導し、

「文仁のあの様子じゃあ、また夜這いしてくるかもしれないよねー。ちゃんと順番を守ってくれてたら、あたしだってあんな乱暴しなかったのにさー、また夜這いされたら、今度こそ目覚まし時計か貯金箱で文仁の頭を割っちゃうかもねー」

と言って、文仁がまたよからぬ振る舞いに及んだ時の用心に、まんまと自分の部屋に鍵をつけさせた(この処置が憲子を守るためではなく文仁の安全のためというのが情けなさすぎる)。

さらに父親が、それなら憲子に高校をやめさせて、正式に婚姻届を出してしまおうと言い出した時には心の中で呪詛《じゅそ》の文句を唱えながらも、顔はへらへら笑って言ってのけた。

「そっかー。じゃあ、あたし中卒になるんだ。残念。恥ずかしくってどこのパーティにも出られないねー。だっていいところのお嬢さんってみんな短大くらい出てるし、紘子さんも短大卒だしね。文仁はそんな低学歴の嫁でもいいって言うんだ。優しいねー」

この電波語も見事に異星人《エイリアン》の家族の心を打った。

紘子を引き合いに出したのは来年に迫った長男の結婚が当時の吾藤田家には一大イベントだったから。

一方、学歴を持ち出したのは、憲子は当時、二十三区内にある偏差値の高い女子高に通っていたので、中退させるのは惜しいと思い直させるためだ。

「話の通じない異星人《エイリアン》を動かすためには、こちらも開き直って異星人《エイリアン》になりきらなくては駄目なのだと、あの経験でつくづく思いました」

十七歳の少女がそんな孤独で壮絶な戦いに神経をすり減らしていたのかと雉名は戦慄《せんりつ》すら覚えた。

「その女子高への進学は憲子さんの希望ですか?」

「いいえ、親が決めたんです。そこは進学率の高い中高一貫校なんですが、小学校六年の時に、中学はそこに通うようにと親に言われて何も疑問に思わず、高校もそのままそこに進みました」

「ですが、矛盾《むじゅん》していませんか。卒業後はすぐに結婚しろと言いながら進学校へ行かせるとは」

「ええ。実は昔からそうなんですが、あの人たちはその場その場で言うことがころころ変わるんです。女に学問は必要ないと言った傍《そば》から、本家の娘には教養が必要だと言う。だからあたしもあの人たちの言葉をまともに聞かなかったんです。要は女が変に知恵をつけて生意気になるのは困るが、まったくの馬鹿もさすがにまずいということなんでしょう」

進学校に入れた理由がもう一つある。吾藤田家は都心にも土地や建物を所有している関係で、大きなパーティにもよく招かれる。そういう場はほとんど夫人同伴だ。一流企業の社長や重役、区議会議員と言葉を交わす機会も多い。そんな晴れやかな場所で妻が田舎育ち丸出しのもの知らずでは恥を掻くから、ある程度は都会の感覚を身につけさせておくべきということらしい。

実際は憲子が通っていた学校は都心からは程遠い住宅地にあったのだが、『娘が都会の学校に通っている』のは吾藤田家の人々の自慢だったし、当時の憲子の眼にも嶽井《たけい》に比べれば立派な都会に見えた。

必死の努力が功を奏して、夏休みが終わる頃には、文仁との結婚は当初の予定通り、憲子が高校を卒業してからということに落ち着いたが、問題は何一つ解決してはいなかった。

このままでは高校を卒業したら、本当にあの男と結婚させられてしまう。

「あたしが婚姻届にサインしなくても両親が勝手に書いて出すでしょう。嶽井の役場は吾藤田本家から提出された書類なら無条件で受け付けます。今ならいくらでも対処できますが、十七歳のあたしは婚姻届不受理申請の存在も知りませんでしたから」

何より辛かったのは一人も味方がいないことだ。兄弟も親戚も頼れない。友人に相談したところで何の解決にもならない。

「現代教育を受けた女子高生がこんな馬鹿げた話を

本気にするはずがありません。あたし自身、他人が言ったら「なんの冗談？」と笑い飛ばしたでしょう。——自分がつくづくいい子なんだと思い知ったのは、そんな状態になっても家出を考えなかったことです。正確に言えば家出しても無駄だと思っていました。吾藤田本家の力は強大だから、どこへ逃げても必ず連れ戻されると思いこんでいたんです」

誰にも相談できず、異星人《エイリアン》がいつ気を変えるかとびくびくしながら異星人《エイリアン》の動向を必死に探り、その機嫌を窺いながら日々を過ごす。

そんな暮らしに気の休まる時があるはずもなく、憲子はどんどん追いつめられていった。

二学期に入ってから成績はがた落ち、二ヶ月半で十二キロも痩せたという。

学校の友達もさすがに気がついて、どうしたのと尋ねてきたが「ダイエット成功～」と戯《おど》けて言うと、彼女たちもそれ以上突っ込んでは訊いてこない。

唯一、放っておかなかったのが担任教師だった。

四十歳くらいの現国の女性教師で、秋も深まったある日、下校しようとしたところを呼び止められ、恐ろしく真剣な顔でこう言われた。

「吾藤田さん、この頃すごく顔色が悪いよ。どこか具合が悪いんなら、今から一緒に病院に行こう」

「別にどこも悪くありません」

本当に病気ではないのでこう言うしかない。

しかし、担任も引き下がらなかった。

「自分で気づかないの？　死にそうな顔してるよ」

彼女は面倒見もよく、気さくな人柄で生徒からも慕われていたが、担任教師に今の悩みを相談したら、親に筒抜けになってしまうと憲子は警戒した。

頑《かたく》なに「何でもありません」と言い続けていると、女教師は急に頷いた。

「わかった。それじゃあ一緒においで」

訝《いぶか》しみながら昇降口まで行くと、担任は眼の前の公衆電話で電話をかけ始めた。

雉名は意外そうに尋ねた。

「なぜわざわざ公衆電話で？」

何か理由があってやったのかと思ったが、憲子は雉名の若さに楽しげな微笑を浮かべた。

「携帯はない時代ですよ。他の学校は知りませんが、うちの校舎は昇降口に公衆電話があったんです」

そして担任は受話器に向かってこう言った。

「あ、もしもし、吾藤田さんのお宅ですか。わたし、憲子さんの担任の鬼怒川岬《みさき》と申します」

憲子の全身が凍りついた。

何を言うつもりかと激しい焦燥《しょうそう》に襲われ、今すぐ受話器を取り上げなくてはと思ったが、悲しいかな、ぴくりとも身体が動いてくれない。硬直していると、担任は予想外の言葉を続けたのである。

「そちらもご存じでしょうが、憲子さん、最近急に成績が落ちているんですよ。ですから今日は補習を受けさせます。はい、帰りが少し遅くなりますが、ご心配なく。――それでは失礼します」

受話器を置いて、鬼怒川は憲子を振り返った。

「これで遅くなっても親御さんには怒られないよ。――親御さんには言いにくいことなんでしょ」

黙っている憲子を促して一緒に駅へ行き、担任は憲子の帰り道とは反対方向の電車に乗った。

もちろん憲子も一緒にである。

二駅で降りて五分程歩き、着いた先は三階建てのマンションだった。三階まで階段を上ると、担任が鍵を取り出したので、さすがに憲子も面食らった。

「先生、ここは？」

「制服の女子高生連れて喫茶店には入れないからね。あたしの家。散らかってるけど入って」

突然、担任の自宅に連れてこられるとは予想外で、憲子はすっかり困惑していた。

2LDKのマンションはものが多く、廊下も狭く、雑然としていたが、散らかっている感じはしない。

勧められるままリビングの椅子に座ると、担任がお茶を出してくれた。自分は憲子の向かいに座って、「それで？」と促してくる。

鬼怒川岬は小柄で小太りで、元気のいい下町の小母さんと言った雰囲気の女性だ。

しかし、眼光だけはあくまで鋭く、じっと憲子を見つめている。

この人は話を聞くまで引き下がる気はないのだと憲子にもわかった。もうどうにでもなれと思って、洗いざらいを打ち明けた。

憲子にとって救いだったのは彼女がずっと黙って最後まで話を聞いてくれたこと、話が終わった後も憲子の話を嘘《うそ》だと決めつけたりしなかったことだ。

それだけでありがたかったが、聞き終えた担任は硬い顔つきと低い声で言った。

「あなたがそんなにやつれても、お家《うち》の人は本当に何も言わないの？」

「具合が悪いなら病院に行ったらと言われました」

「それだけ？」

「うちは今、兄の結婚の準備で大忙しですから」

「理由にならないでしょうが、そんなの！」

初めて声を荒らげて、担任は言った。

「吾藤田さん。ご両親から逃げるためにどのくらい必死になれる？」

「えっ？」

唐突な問いに驚いて訊き返すと、担任は鬼気迫る顔つきでさらに尋ねてきた。

「違うの？　逃げたいとは思ってないの？」

憲子は無我夢中で首を振った。

あの親と縁を切れるなら、あの家から逃げられるなら自分は何でもやる。

しかし、それは現実には不可能だと訴えた憲子に、担任はこともなげに頷いたのだ。

「よし。それじゃあ、あなたが高校を卒業したら、あたしと養子縁組しよう」

「は？」

「未成年は親の許可なく結婚はできない。あたしが吾藤田さんの親になれば、ご両親もあなたを無理に結婚させたりできなくなるよ」

憲子は絶句した。

この人はいったい何を言い出すのかと茫然として、恐る恐る訴えた。

「……あの、先生。そんなことをしても無駄です。うちの親はきっと無断で婚姻届を出します」

「高校を卒業したらだよね。それまでは待とうってことになったんだよね」

「そうですけど……いつ気を変えるか……」

「うん。そこのところはちょっと不安だけど、一応それまでは大丈夫と仮定して、今はその先のことを考えよう。うちには吾藤田さんと同い年の娘がいて、高校を卒業したら家を出る予定になってる。つまり娘が今使っている部屋が来年には空くんだ。そこにあなたが入る。親御さんにはあたしが話をつける。

——それでどう？」

あまりのことに憲子は何も言えなかった。

鬼怒川が夫と死別しているのも子どもが二人いるのもクラスのみんなが知っている。穴の開くほど担任の顔を見つめてようやく言った。

「先生……本気ですか？」

「本気だよ。吾藤田さんはどうなの。本気で親から逃げたいと思ってるの。それともやっぱり我慢して、夜這いを掛けてきた叔父さんと結婚するの？」

「……いやです」

蒼白になりながら、初めてはっきりと憲子はその言葉を口にした。

「あたしは……絶対いやです。あれはもうあたしの家族じゃありません」

「うん。あたしもそう思う」

担任も真顔で頷き、しみじみと温かい声で言った。

「吾藤田さん……頑張ったね。本当によく頑張った。たった一人で今まで……辛かったね」

憲子の眼からどっと涙が溢れた。

親に褒められた覚えのない憲子は子どものようにわんわん泣いた。

担任も気の済むまで泣かせてくれた。

泣き疲れてやっと冷静さを取り戻した後、憲子は本当にいいんですかと鬼怒川に訊いてみた。

教師にとって生徒はすべて平等なのに、そのうち一人だけをこんな特別扱いして大丈夫なのかと。

「そうだね。生徒の一人を贔屓《ひいき》するのはまずいけど、あたしの生徒を死なせるのはもっといやだよ」

そのくらい憲子の様子は尋常ではなかったのだ。

赤の他人の鬼怒川でさえ気づいて、教師と生徒という枠を踏み越えて手を差し延べる決意をしたのに、家族は未だに憲子の異変に気づいてもいない。

鬼怒川岬はそのことに怒っていた。

「吾藤田さん、進学する気はある？」

「いいえ。そんな贅沢《ぜいたく》はできませんから。あの家を出られるなら、高校を卒業したらすぐ働きます」

「早まらないほうがいいよ。高卒と大卒では選べる仕事の範囲に格段に差があるんだ。あなたは成績もいいんだから、目標を見つけて進学を考えなさい。――そのほうが親の説得もしやすくなる」

それから一年数ヶ月、憲子は黙々と勉強した。

味方ができたということがこれほど精神に安定をもたらすとは思わなかった。心に余裕ができたので異星人《エイリアン》の親のあしらいにも慣れてきたし、しっかり食べて体重も元に戻った。

鬼怒川は、もし両親が結婚を急がせようとしたら、その時は養子縁組の予定を早めると言ってくれた。

白状すると、憲子は鬼怒川が本当にそこまでしてくれるのか半信半疑だったが、鬼怒川は紛《まぎ》れもなく本気だった。子どもたちにも話しておいたからねとあっさり言われ、さらに法律事務所に勤める知人に憲子の状況を相談し、その人から婚姻届不受理申請の存在を知って、憲子に教えてくれたのである。

これさえ出しておけば勝手に婚姻届を出されても受理されないのだと聞いて、憲子は胸を躍らせた。

「そんなものがあるんですか？」

「あったんだよ。驚いたね。あたしも吾藤田さんの話を聞いた時はなんてひどいと思ったけど、勝手に婚姻届を出されたっていうのは結構あることらしい。ただし、親御さんにじゃない。実際にあった話では、近所でも評判のきれいなお嬢さんに横恋慕した男が無断で婚姻届を書いて出したんだって」

「でも、お嬢さんの分のサインは？　自筆でないといけないんじゃないんですか」

「建前はね。だけど、記入した婚姻届を男が一人で持ってきて『妻に出してきてくれと頼まれました』とか何とか言ったら、『おめでとうございます』で、受理しちゃうんじゃないのかな」

「……そのお嬢さん、どうなったんでしょう」

「それが裁判までいったんだって。男は、彼女とは合意の上で婚姻届に記入しました。今の彼女は他に好きな男ができて自分と別れたくなったから、この婚姻届は無効だと主張していますが、それは嘘です。婚姻届はぼく一人で書きましたが、彼女に書いてと頼まれたからなんです。自分たちはあくまで正式な夫婦ですって堂々と裁判で言ったらしい」

「だってお嬢さんはその男を知らないんでしょう」

「近所だからねえ、面識くらいはあったらしいよ。だから余計に厄介で、男が勝手に婚姻届を出したと証明することが、お嬢さん側にはできなかったんだ。最後にはお嬢さんの親がその男に慰謝料を払って、離婚届を出す形でやっと他人になれたらしい」

それならよかったと高校生の憲子は思ったのだが、鬼怒川は何とも言えない顔で首を振った。

「やりきれないよね。そのお嬢さんは何もしてない。評判の美人だったっていうだけで、身に覚えのない結婚をさせられて離婚して戸籍に傷がついたんだよ。親御さんも気の毒だよ。そんな目に遭わせるために可愛い娘を育てたわけじゃないだろうに」

憲子は黙っていた。

娘のために裁判を起こして意に染まない慰謝料を払う親もいるというのに、自分の親は——と思うと、それこそやりきれない。

鬼怒川もそれに気づいて、敢えて明るく言った。

「吾藤田さんの場合、嶽井町の役場に不受理申請を出してもまず受理してくれない。あなたがこっちに引っ越したら即行で出そう」

この時の話が憲子の将来を決めたと言ってもいい。

それから時々、憲子は鬼怒川の自宅にお邪魔した。親には補習と言って（何しろ担任教師が協力してくれるのだからこんなに力強いことはない）夕食をご馳走になり、鬼怒川の長男の陽一《よういち》と長女の光《ひかり》とも会って話した。彼らにしてみれば、書類上とは言え、突然兄弟が増えるのだから、快く思うはずがないと憲子は思っていたし、意地悪されても仕方がないと覚悟を決めていたが、二人とも鬼怒川によく似て、とことん常識にこだわらない人間だった。

憲子と同い年の光は、

「今時、親の決めた結婚ってだけでもあり得ないのに、相手の男が最悪すぎだよね。そんな馬鹿親さっさと捨てちゃったほうがすっきりするよ。何なら今すぐ引っ越してあたしの部屋で一緒に暮らさない？」

と大真面目に言い、二つ上の陽一は、

「あんな散らかった部屋に呼んだら気の毒だろう。憲子さんが入る準備に今から少しずつ片づけろよ」

と妹を諭していた。

二人にとって憲子がこの家に下宿することは既に決定事項のようだった。ありがたいと思いながらも他人の自分をあっさり受け入れる二人が不思議で、恐る恐る理由を尋ねてみると、二人とも『母さんが決めたことだから』と、やっぱりあっさり答えた。

そして憲子が高校を卒業した三月下旬、鬼怒川は嶽井の吾藤田家に乗り込んできたのである。

きちんとスーツを着た鬼怒川は顕恒と国重の前で深々と頭を下げると、先制攻撃を仕掛けた。

「本日わざわざお邪魔したのは他でもありません。憲子さんのことです。ご家族には黙っていましたが、実は憲子さんは東京大学を受験して、先日、見事な成績で合格されました」

何より誉《ほま》れを重んじる吾藤田の当主とその息子は

びっくり仰天した。

　まさに腰を抜かさんばかりに驚いた。

「の、憲子⁉　おまえ！」

　卒業した高校の担任が自宅を訪ねてきたとあって、憲子も呼ばれてそこにいた。父と祖父に詰問されて、正座したまま小さくなって言い訳した。

「先生が力試しに受けてみろって……」

「憲子さんの実力なら確実だと思って勧めたんです。必ずやってくれると信じていましたが、その成績がすばらしいんですよ。上位二十人内に入っています。我が校も何人か東大合格者を輩出しておりますが、文句なしの最高成績です」

　立ち直る隙を与えずに鬼怒川は畳み掛ける。

「言うまでもありませんが、憲子さんの快挙は我が校にとっても最高の栄誉です。さっそく、職員室の前と校長室の壁に憲子さんの名前を貼りだしました。──ところが、ところがですよ。それほどの栄誉を憲子さんは放棄すると、よりにもよって東京大学の入学を辞退すると言うんですよ！」

　鬼怒川はこの世の終わりのような悲鳴を発した。

「何ということでしょう。我が校はもう大騒ぎです。校長も教頭も卒倒寸前でして、今日も一緒に来ると言ったのですが、まず担任のあたくしが参りました。これはもう我が校だけの問題ではすまされません。区の教育委員会にも報告する義務が生じますので、なぜ入学を辞退するのかと憲子さんを問いつめたら、いえもう信じられませんでした。耳を疑いましたよ。結婚するから進学はできない？　何の冗談ですか！　昭和初期の女学校でもあるまいに、しかも我が校にお嬢さんを入学させるほどの教育熱心なご家庭で！　そんな馬鹿なことがあるはずがないと存じまして、はばかりながら本当の理由をお聞かせいただきたく、こうして参上致しました」

　顕恒も国重もまだ立ち直れずに茫然としている。

　ここで一転、鬼怒川は声を低めた。

「吾藤田さん、不躾《ぶしつけ》な質問をお許しくださいませ。

大変失礼なことを申しますが……、お宅はそれほど生活にお困りなのでしょうか?」

嶽井一の資産家に向かってこれほど無礼な台詞を言い放った者はこの数百年存在しなかったはずだ。

顕恒と国重の顔が怒りと恥辱に真っ赤に染まり、鬼怒川はそんな二人に優しい哀れみの眼を向けて、やんわりと言ってのけたのである。

「いいんですのよ。どこのお宅にも、やむを得ない事情があるものですから。そういうことならお金のかかる大学は贅沢だと思われるのはもっともですが、費用の心配はなさらなくても大丈夫です。奨学金の手続きも済ませましたので、憲子さんが進学してもお宅の家計に負担を掛けることはありません。住むところも確保してあります。とても安い下宿なので家賃は憲子さんのアルバイトで充分まかなえますよ。東大生なら家庭教師の口には困りませんから」

国重は歯ぎしりしながら呻いた。

「お言葉ですが……鬼怒川先生。当家は内証《ないしょう》にはかなりの余裕があります」

顕恒は苦虫を噛み潰したような顔だった。

「学校の先生に厳しいことは言いたくありませんが、それが人の家にやってきておっしゃる言葉ですか」

「はい、わかっております。ですけど、お嬢さんの学費も払えないなんてよほどお困りなのかと……」

「金の問題ではありません!」

かろうじて敬語を保った顕恒は憤然と言ってのけ、それからは延々と家柄自慢が続いた。

憲子にとっては耳にたこができるほど聞かされた、我が吾藤田家は明治維新以前から苗字御免の家柄で、いかに由緒と歴史と資産があるか云々《うんぬん》——である。

鬼怒川はさも驚いたように眼を丸くして見せた。

「まあ、それは失礼致しました。そうですわよね。このお宅は重要文化財に指定されてもおかしくない造りですもの。このお部屋も趣《おもむき》があって、床柱も見事な無垢《むく》の四寸檜《ひのき》、それにお軸《じく》は魯山人《ろさんじん》ですか。この格子天井もすばらしいものですしねえ。見れば見るほど家格に圧倒されます。感服致しました」

顕恒と国重が『然《さ》もありなん』とばかり頷くまで褒めちぎり、鬼怒川も大いに満足した笑顔で言った。

「よかった。肩の荷が下りました。お家が豊かなら憲子さんの進学には何の問題もありませんね」

途端、顕恒も国重も渋い顔になる。

「先生。憲子はもう結婚が決まっているんです」

「ええ、本当におめでとうございます。これだけのお宅のお嬢さまを嫁がせるのですから、相手の方もさぞかし由緒あるお家柄のご子息で、きっと一流の企業にお勤めなのでしょう。ですけど、たった四年ですもの。その方も快く待ってくださいますよ」

「いや、相手はまだ大学生です」

文仁は去年から地元の大学に通っている。

本家の血を継ぐ『男』が今時高卒なんてとんでもないからだが、一口に大学と言っても千差万別で、文仁が通っているのははっきり言って金さえ出せば誰でも入れる三流大学だ。憲子から既に聞いていたことだが、鬼怒川はさも今初めて知ったかのように「まあ!」と驚いて身を乗り出した。

「学生さんでしたか。でしたらなおさら憲子さんを進学させなくては。吾藤田本家にも匹敵する名家の跡取りが——しかもご本人も大卒の学歴を得るのに花嫁の憲子さんが高卒では釣り合いが取れません。お二人からも憲子さんに言って差し上げてください。憲子さんはきっと何か思い違いをしているんです。両親も祖父母も結婚を強く勧めているからと進学を拒んでいるんですが、相手の方がまだ学生さんなら憲子さんも進学するのが当然ですのにねえ。ああ、安心致しました! 校長もきっと喜びます」

「いや、先生……」

「憲子は本家の娘ですので……」

わたしたちの言うことを聞いていればいいんです——と続けようとした顕恒を笑顔の鬼怒川が遮《さえぎ》った。

「実は先日、区議会議員の加藤先生と小田原先生にお目に掛かりましてね。言うまでもないことですが、先生方は女性の教育に大変熱心でいらっしゃいます。お話ししているうちにわかったんですが、お二方はこちらのお宅ともお親しいとか。憲子さんの快挙を話したらそれは驚かれて、そんな優秀なお嬢さんをお持ちとは知らなかった、さすがは吾藤田さんだと感心しきりでいらっしゃいました」

顕恒も国重も棒を呑《の》み込んだような顔になった。

憲子が指摘した異星人《エイリアン》の特徴なのだが、二人とも家の内と外では言うことがまったく違う。

特に嶽井の外の人間と話す時はもっともらしく、

「これからの女性はやはり高い教養を身につけて、どんどん社会に出て行きませんと……」

などと語っている。

決して口から出任せではない。

二人とも掛け値なしの本気で言っている。ただ、その『女性』の中に『うちの娘』が入っているとは露ほども思っていないだけだ。

二人には至極当然の使い分けだが、この言い分が教育委員会に理解してもらえるとは思えない。

それがわからないほど二人とも馬鹿ではない。

二人とも打って変わって愛想よくなり、鬼怒川に手玉に取られる形で憲子の入学を許したのである。

しかも、鬼怒川に貧しい家と思われたのがよほど悔しかったのか、四年分の学費と生活費を入金した憲子名義の通帳を投げるようにくれて寄越した。

大金である。憲子は吾藤田の金で大学に行くのはいやだったが、鬼怒川が説得して受け取らせた。

「あなたが奨学金を辞退すれば本当にお金に困って学費もままならない学生が一人助かるんだよ。今は我慢して受け取りな。どうしても気持ち悪かったら大学を出て将来稼げるようになったら利子をつけて返せばいい。ただし、バイトはしたほうがいいよ。働いてお金を得る経験は勉強以上に貴重だからね」

「じゃあ、下宿の家賃はバイト料から出します」

「うん。それがいい。期待してるよ」

笑って頷いた鬼怒川は、ふと真顔になった。

「何となくあなたの家の人たちの性格がわかったよ。何も考えてないみたいだね」

「……否定できません」

「それに見栄っ張りだ」

「……もっと否定できません」

「あなたを可愛いと思ってるのは本当だろうけど、基本的に興味がないんだね。だからあなたがどこに下宿するのか確かめようともしない。たまげたよ」

「先生、興味のないものを可愛がれますか？」

　鬼怒川はちょっと考えた。

「すごく悪いたとえになるけど、通りすがりに野良猫をかまうのが近い感じだね。うわあ、可愛いって思うけど、責任は取れないから連れては帰れないし、名残惜しくてもその猫と会ったことはすぐに忘れる。もっと楽しいことが他にあるからね」

　鬼怒川の指摘は正しすぎるくらい正しかった。

　家族が憲子に注いでいると主張する愛情は『通りすがりの猫』に向けるのと同程度のものでしかない。

「あの、先生。あたしたち親子になるわけですけど、言いにくいんで、今まで通り先生でいいですか」

「いいよ。その養子縁組も二年経ったら、いつでも解消していいからね。二十歳になれば一人前だ」

　雉名は感心して言った。

「剛毅《ごうき》な方だったんですね」

「ええ。七十になりますけど、今でも剛毅ですよ。光は三人の子どもに恵まれて、来年は一番上の子に子どもが生まれるので、曾《ひい》おばあちゃんになるのを楽しみにしています」

　義理の母を語る憲子の顔は実の家族を語る時とは打って変わって優しい。

「あたしの人生は義母《はは》にもらったようなものです。――命もです。義母があの時助けてくれなかったら、あたしは今頃この世にいません」

「わかります。だからずっと、先生との養子縁組を解消されなかったんですね」

　憲子はくすぐったそうに微笑して首を振った。

「俊介くん。あたしの夫は鬼怒川陽一と言うんです。彼と結婚したいと言った時、義母は『本当にこれでいいの?』と陽一を指して大真面目に言いましてね。『これ呼ばわりはひどい』と陽一のほうがぼやいていました。——夫と結婚してもう二十年になります。子どもに恵まれなかったのは残念ですが、あの頃を思うと今は本当に幸せです」

雉名は驚いた。同時に微笑した。

「それではご家族と文仁さんは怒ったでしょう」

「いいえ。結婚したのは文仁のほうが先なんです。文仁は在学中に女学生を妊娠させて、その女学生と結婚しました。相手の親御さんが絶対に中絶は許さないと言ったそうです。その時生まれた明良《あきら》がもう二十六になりますから早いものですね」

憲子は在学中に司法試験に合格し、弁護士になり、卒業後は嶽井の家にも時々顔を出すように努めた。

異星人《エイリアン》の家族のことはとっくに切り捨てていたが、幼い姪の夏子が気掛かりだったのだ。

あの家で女の子がどんな扱いを受けるか、憲子はよく知っている。夏子が自分と同じ思いをした時は力になってやらなくてはと決意してのことだ。

雉名は、るり香の言葉を思い出して言ってみた。

「失礼ですが……お子さんがいないのにあの実家へ行かれるのはお辛くありませんか?」

憲子はむしろ楽しげに笑って言った。

「ええ、もう、嶽井ではあたしは立派な負け犬です。文仁ともたまに会いますが『おまえみたいな石女《うまずめ》をもらわなくて俺はラッキーだった』と顔を合わせるたびに言いますよ。それ以上一言でも言ったら名誉毀損《きそん》で訴えると言うと黙りますが、懲りない男で、言わずにいられないようですね」

「元のご家族のことは、今はどうお考えですか」

再び憲子の顔に静かな微笑が広がった。

百之喜は夏子の笑顔の裏に不毛の荒野を見たが、こちらはブリザードの吹き荒れる凍土帯《ツンドラ》である。

「好きの反対は無関心——最近よく聞く言葉ですが、

言い得て妙です。嫌いとか憎いとか許せないとか、そんな言葉が出るうちはまだその相手に情が残っているんでしょうね。——あたしは何も感じません。鬼怒川の義母《はは》だけがあたしの母です」

「よくわかりました」

この人が吾藤田家の側につくことは決してないと確信した雉名は、吾藤田家が江利《えり》に示した条件つき結婚許可の話をしてみた。

憲子は驚いたらしい。真顔で身を乗り出した。

「あの人たちがそんなことを？」

「はい。それも椿《つばき》さんとの結婚は認めないと言った舌の根も乾かぬうちにです。——わたしには、その理由は一つしかないと思うのです」

「ええ、その通り。——一つだけです」

憲子の表情は厳しく引き締まっていたが、同時に困惑しているようでもあった。

「解《げ》せません。なぜそんなことを……」

「本当におわかりになりませんか？」

含みを持たせて雉名が言うと、憲子は問いかけの眼で雉名を見つめ、すぐに笑って首を振った。

「将弘のことを言っているの？　でしたら違います。将弘は関係ありません」

「憲子さん……」

「叔母の欲目で言うのではありませんよ、雉名先生。事件の起きた九月十七日に吾藤田将弘が渡邊三成《わたなべみつなり》を殺害することは不可能なんです。——それは夏子のほうが詳しく知っているはずですよ」

10

百之喜《もものき》と凰華《おうか》は夏子《なつこ》の口から語られる憲子《のりこ》の話に絶句していた。声もないとはまさにこのことだ。

「……壮絶ですね」

凰華が吐息のような声を洩らし、百之喜も頷いて、『吾藤田《ごとうだ》劇場第二幕』の感想を遠慮がちに述べた。

「お家の人たちって、あんまり頭よくないですよね。それで憲子さんに逃げられたのに、似たような手で夏子さんにも逃げられるなんて……」

夏子は真顔で頷いた。

「本当にそうです。それもこれも基本的には……」

「わかります。——夏子さんに興味がなかったからなんですよね」

しかし、こんな事情があるなら夏子が吾藤田家の味方をすることはないと凰華は判断した。

吾藤田家の出した条件つき結婚許可の話をすると、夏子は顔色を変えて首を捻《ひね》った。

「変だわ。どうしてそんなことを……？」

それでも上の弟のことは念頭にないらしいので、凰華はなるべく衝撃を与えないように言ってみた。

「お家の方がかばうのは一番大切な人だと思います。恭次《きょうじ》さんは当夜、江利《えり》さんと一緒にいたアリバイがあります。そうなると残るのは……」

「将弘《まさひろ》？　いいえ、将弘は違います」

妙に清々しく言った夏子は店の入口に眼をやり、誰かに笑いかけながら片手を挙げた。

やってきたのは二十歳過ぎくらいの女性だった。

ウェーブの掛かった真っ黒な長い髪が特徴的で、肌は浅黒く黒い眼はきらきらと輝き、百之喜たちににこっと笑いかけると真っ白な歯が覗く。健康的でさわやかな印象の女性だ。

夏子が百之喜と凰華を紹介すると、女性は笑って会釈した。

「初めまして。茨木愛衣《いばらきめい》です」

その名前にすかさず百之喜が反応した。

「もしかしてお葬式に留袖で参列したお嫁さん？」

再び凰華が百之喜の太股をつねり、「痛っ！」と、百之喜が悲鳴を上げる。

夏子が言った。

「凰華さん、将弘の写真が欲しいと言ったでしょう。わたしの手元には一枚もないので彼女に持ってきてもらったんです」

愛衣は百之喜の発言を気にする様子もなく、腰を下ろしながら夏子を見て楽しげに言ったものだ。

「あの時はすごい大騒ぎになりましたよねえ。あれ、わざとやったんですよ」

後半は二人に眼を移しての言葉である。

百之喜は痛みに顔をしかめながら「へ？」と尋ね、凰華も思わず耳をそばだてた。

「離婚できる決定的な理由がなかったものですから、何とか追い出されようと思って。大成功でした」

そりゃあ成功するだろうと、呆気に取られながら凰華は尋ねた。

「……つまり、愛衣さんは離婚したかったけれど、将弘さんは離婚したくなかったということですか」

「いいえ、あたしも離婚したくなかったんです」

今度は百之喜が「は？」と突拍子もない声を出す。

「あの、それじゃあ何で……？」

留袖で葬儀に参列という必殺技まで繰り出して、吾藤田家から追い出されるように仕向けたのか。

愛衣は夏子をちらっと見て無言で何か問いかけ、夏子も無言で頷いた。

察するに『話してもいいの？』『大丈夫』というやりとりが二人の間で交わされたと思われる。

愛衣は百之喜と凰華に向き直り、真顔で言った。

「あたし、ヒロのことは好きです。大好きですけど、あの家の人たちは駄目。とても一緒にいられません。ママが言ってました。吾藤田家は百年前から時間が止まっているって。将弘くんが現在の時間を生きているなら問題はないけど、もし彼も百年前の時間を生きているなら愛衣との結婚は難しいって」

「賢明なお母さまですね」

「ええ、ママは本当に頭がよくて冷静なんですよ。うちではパパが外交担当でママが軍師なんです」

外国育ちのせいか堂々と家族自慢をする。

そもそも将弘との結婚が決まって、両家揃っての顔合わせをした時から違和感があったそうだ。

「日本では結納というのをするんでしょう。パパもママも面倒くさいからあれはやめようって話してて、ヒロに相談すると、うちも結納はしないと言うので安心してました。ところが、忠孝《ただたか》さんと紘子《ひろこ》さんが、突然、『これで嫁入り道具を調えてください』って、パパに小切手と嫁入り道具のリストを渡したんです。パパは額面を見て笑い出して、『こんなものは受け取れませんよ。贈与税がかかる』って返しましたが、忠孝さんは『支度金に税金はかかりませんよ』って、また渡そうとしたんです。パパは『ものには限度があるでしょう』って言って受け取りませんでした。後で聞いたら九桁の小切手だったんですって」

百之喜が指を折って数える。

「一、十、百、千、万、十万……ええええっ⁉」

絶叫したくなるのもわかる。

凰華も呆れて言った。

「確かに、ものには限度がありますね」

忠孝も紘子も最初はあからさまに茨木家を格下と見ていたようだ。どうかお気になさらずに、これはあくまでうちの厚意で差し上げるのですから——と『弱者に施しをする』視線だったらしい。

「ママも笑って、お宅が資産家でいらっしゃるのはよくわかりましたが、うちは普通の家です。そんな無駄な贅沢品《ぜいたくひん》は娘に持たせられませんって反論して、それから話がちょっとおかしくなりました」

忠孝も紘子も『うち（吾藤田本家）は昔からこうしてきたんだ』という態度を崩そうとしなかったが、

愛衣の母親のほうが上手だったらしい。

「要するにその支度金は名前が違うだけの結納金ということですね。でしたらなおさら受け取れません。これを受け取ってしまったら当家は結納返しを用意しなくてはならないはずです」

もちろん半額の持参金を持ってきてもらいますと、忠孝と紘子は平然と主張したので、愛衣の母は同席していた将弘に眼をやった。

「将弘さんもご両親と同じ意見ですか？」

彼が何か言おうとするのを忠孝が遮《さえぎ》った。

「奥さん。息子の意見は関係ないでしょう。これは当家とそちらのお宅の問題なんですから」

「あらそうなんですか。わかりました。では、愛衣。あなた、正式に結婚するのはおよしなさい。うちは余裕がないから、今のまま将弘くんのマンションで同棲でいいんじゃない？　まだ当分子どもをつくる予定はないんでしょ」

外国では事実婚は珍しくない。愛衣は学生なので、学業を優先するつもりでもあった。素直に頷いた。

「はい、ママ。——将弘もそれでいいよね」

ちっともよくなかったのが忠孝と紘子である。

二人とも血相を変えて同棲なんて絶対許さないと訴えたが、愛衣の母は途方に暮れた様子で言った。

「許すも許さないも、それは二人の問題で当家にもお宅にも関係のない話のはずですよ。——そもそも何なんですか、このリストは。なぜここまで贅沢な嫁入り道具が必要なんです？」

吾藤田夫妻が嶽井《たけい》で行う嫁入り行列の話をすると、愛衣の母はもったいぶって頷いた。

「なるほど。その嫁入り行列はそちらさまの都合でどうしてもなさりたいと。そのために娘に協力して欲しいとおっしゃる。あらまあ、それなら最初からそう言ってくだされればお返事のしようもあったのに。ではこうしましょう。この支度金は受け取りません。当家も持参金は持たせません。ですから、そちらがこのお金で必要な道具を勝手に揃えてくださいな」

そんなことは一度も前例がないと、忠孝と紘子はさらに盛大に文句を言ったが、茨木家の軍師はこの抗議を一笑に付した。

「何の問題がありますか？　ご近所に披露するための嫁入り道具なら、ご自分たちで品物を決めたほうがお好みのものを揃えられてよろしいかと思いますよ。どんな嫁入り道具でもうちの娘はかまいませんので。ああ、でも着物の採寸と仕立てには娘を行かせます。母の影響で娘も着物が好きですから」

吾藤田夫妻は憤然として、今度は脅しに掛かった。このお話をなかったことにしてもいいんですよと圧力を掛けたが、愛衣の母親はびくともしなかった。

「そうですわねえ。それもいいかもしれませんわね。破談というのは当家とお宅の間の話で若い二人には関係のないことですから、こちらも勝手に致します。それでいいわね、愛衣」

愛衣には母の言葉の真意がよくわかった。

親は干渉しないから、将弘くんとのことは自分で何とかしなさいという意味だと正確に受け止めて、やっぱり素直に頷いた。

「はい、ママ」

だが、これが男性側にはどう映るか。

男性側の出した結婚の条件を女性側の親が拒否し、女性本人も破談に同意したと見えるのである。

凰華が小さく吹き出した。

茨木家の主婦はなるほど優秀な軍師らしい。

「将弘さんはその間、ずっと黙ってたんですか？」

「いいえ、とてもはらはらしてました。あたしにも何度も眼で『ごめん』って謝ってました」

愛衣の母の態度に吾藤田夫妻もさすがに慌てたが、最初は破談で上等、うちはちっとも困らないという傲慢な態度だったらしい。

そこに茨木家の外交担当が揺さぶりを掛けた。

「個人的には残念ですね。娘の結婚式にはお世話になった方々をお招きしようと思っていたんですが」

満面の笑みで並べ始めたその顔ぶれがすごい。

元イギリス大使の何々さんに、ハーバード大学教授の誰それさん、外務省の高級官僚、財務省の以下同文、警視監の誰々に宮内庁の何々さん。とどめに皇族の何々の宮様の名前まで飛び出したという。

愛衣は父親がいきなり何を言い出すのかと思って呆気に取られた。交際があるのは事実でも、自分の友人にこんな人がいますよなんて、良識ある大人が得意そうに吹聴することではない。現に父は今まで一度もそんな真似をしたことがなかったからだ。

本職も外交官である愛衣の父親は、吾藤田家が世間体と外聞を非常に重んじる見栄っ張りである上、権威に弱いと素早く見抜いたのである。

その狙いは的確で忠孝と紘子はおもしろいくらい動揺していた。二人の頭の中が茨木家と縁を切ってしまうのは損だと軌道修正されたところで、愛衣の母親がたたみ掛けるつもりだったが、最後は将弘が決めてくれた。

愛衣の両親に向かって、『自分はお嬢さんと結婚したいと思っています。支度金は受け取らなくて結構です。どうか結婚を許してください』とはっきり言って頭を下げた。

当然、忠孝と紘子は息子を叱りつけたが、将弘は、『今時あんな花嫁行列をやるのがおかしいんだから、協力してもらうのはうちのほうだ。持参金も普通のお宅に出せる額じゃないというお母さんの言い分はもっともだ。うちが譲るべきだと思う』と主張した。

夏子が笑いながら当時のことを語った。

「母はぶつぶつ文句を言ってましたよ。昔は本家に嫁ぐと決まったら家を一軒売り払ってでも持参金を用意するのが当たり前だったのにって」

凰華が言った。

「それでは紘子さんが結婚する時は支度金の半額の持参金を用意されたんですね」

「ええ。母の実家は裕福ですから家を売らなくてもよかったようです。この『本家の嫁に選ばれる』というのが母にとっては最高の名誉だったんですよ。

だから愛衣さんのお母さまのように『そんなの関係ないわ』という人の気持ちがさっぱりわからない。母は自分で嫁入り道具を選んだのが自慢で、結婚の準備に二年かかったそうですよ」

「その点、あたしは楽でしたね。みんな紘子さんがやってくれたから。あの花嫁行列は楽しかったです。特に外国からわざわざ来てくれた出席者の皆さんが『日本の結婚式《ジャパニーズウェディング》!』と感動してたのが嬉しかった。あくまでこれは特殊な例なんだと説明するのが大変でしたけど」

楽しげに話していた愛衣の顔がここで曇った。

「披露宴にはパパやママがお世話になった人の他にあたしの友達も招待してたんです。そうしたら少し日本語のわかる子が妙な顔して『ケトーってどんな意味なの?』って英語で聞いてきたんです」

「ケトー?」

「座敷でお酒を飲んでいた男の人たちが大きな声で言ってたらしいんです。『本家の結婚式にこんなに毛唐がうろついてるなんて世も末だ』って」

「………」

「その子は『ケトーとヨモスエがわからないけど、ニュアンスからすると、あまりいい意味じゃないのかもしれない』って心配してました。差別用語だとしたら『そんな言葉をこんなお祝いの席で口にする人たちがメイの夫の親戚なの?』っていう心配です。あたしもその言葉を知らなくて、後でパパに意味を聞いたらパパはもっと変な顔をしてました。ママは愛衣がいつ離婚してもいいように、心の準備だけはしておこうってパパと相談していたらしいです」

「夫の将弘さんは愛衣さんの味方だったんでしょう。――それでも何か嫁いびりとかされたんですか?」

「いいえ、紘子さんも菊枝《きくえ》さんも優しかったですよ。少なくとも最初のうちは――」

百之喜が眼をきらきらさせている。

『吾藤田劇場第三幕』への期待感からだ。

「結婚した後、あたしは紘子さんのことは紘子さん、忠孝さんのことは忠孝さんって呼んでたんですけど、紘子さんが、それはおかしい、あなたはもううちの娘なんだからお義父《とう》さんお義母《かあ》さんって呼んでって言うんです。――あたし本当に意味がわからなくて。だって、あたしの両親はパパとママだけですから。『じゃあ紘子ママ、忠孝パパって呼びますね』って言ったんです。それでずっとそう呼んでました」

ここでまた百之喜がどうでもいいような、しかし、ある意味非常に鋭い質問をした。

「あの、忠孝パパって言いにくくないですか？」

「そうなんです。もう早口言葉ですよ。忠孝パパ、忠孝パカ、タダタカタカ……駄目です。舌咬みます。だから忠《ただ》パパで妥協することにしました」

夏子はくすくす笑っている。

「わたしは愛衣さんのような人と一緒に暮らしたら、毎日がとても楽しいと思いますけど、母にとっては難儀だったでしょうね」

「毎日はいませんよ。嶽井から毎日大学に通うのは大変ですから。平日はヒロのマンションで過ごして、週末だけ二人で嶽井の新しい家に行ってました」

百之喜が言った。

「ああ、江利さんが見た、イングリッシュガーデン付きのモデルハウスですね」

再び凰華が百之喜の股を軽くつねる。

この力加減によって本当に悲鳴を上げさせるか、『黙れ』と指示するだけなのかを使い分けている。

今回は後者のほうだ。

「新居っていうより別荘みたいでしたね。さんざん散らかして帰っても、ベッドルームの掃除もお布団干すのも全部お手伝いさんがやってくれましたから、すごく楽でしたよ」

神経質な新妻なら赤の他人が夫婦の寝室に入って布団を干すなんて！　と拒否反応を示すところだが、愛衣は寝室や寝具を他人に任せても平気らしい。

奔放な新妻を吾藤田家がどう思ったかはともかく、愛衣にとって結婚生活は順調そのものだったようだ。

少なくとも最初のうちは――。

「最初に『え？』って思ったのは紘子さんにラップトップを捨てられたことです」

百之喜が眼を丸くする。

「ラップトップ？　ノートパソコンのことですよね。そんなものをどう間違って捨てるんです？」

「ええもう、ほんとにそうなんです。研究データが入っていて、すごく大事なものだったって言ったら、紘子さんはびっくりして謝ってくれました。将弘はよく古い機械を捨てておいてくれと言っていたから、あれも捨てるものだと思った、自分には古い機械と新しい機械の見分けも付かなくてごめんなさいって。あたしもそれならしょうがないなって思ったんです。データは研究室にバックアップがありましたから。

――そうしたらそれから半月後に、今度は研究室で小火《ぼや》が起きたんです。幸い、外壁が焦《こ》げただけで、たいした被害はなかったんですけど、放火でした。大学は犯人捜しで大騒ぎになりました」

「それで、犯人は捕まったんですか？」

「いいえ。ただ、IDを持っていなかったようで、外部の人間の仕業《しわざ》だろうと警察の人が話してました。あたしも研究室のみんなも、データが無事で本当によかったってことしか思わなかったんですけど……。ヒロは真っ青になってました」

凰華と百之喜が何とも言えない眼で夏子を見る。

夏子は冷ややかな笑みを浮かべていた。

「いかにも母の考えそうなことです。指示したのは祖母かもしれませんが――。嫁には勉強なんか辞めさせて子どもをつくらせればいいんだ。その研究やらがあるから愛衣さんは子づくりに熱心ではない。だったら研究室さえなくなってしまえば、せっせと子づくりに励む気になるだろう。単純明快です」

百之喜が恐る恐る指摘する。

「あの……粘土で人形をつくるんじゃないんですよ。第一、放火は犯罪です」

「百之喜さん。相手は異星人《エイリアン》ですよ。日本の法律を理解しているとは思えません」

　愛衣も複雑怪奇な顔だった。

「しばらく子どもをつくる予定がないことは話してあったんですけど……。『一日も早く孫を抱きたい、曾孫《ひまご》の顔を見たい』、みんなそれしか言わないんで。卒業後は院に進む予定だし留学もしたい、子どもはその後になりますって、ちゃんと説明したんですよ。菊枝さんも紘子さんもそれなら気にしなくていいのよって笑って言ってたのに……」

　凰華が尋ねる。

「紘子さんが犯人だと、いつ気づいたんですか？」

「いえ、気づいたわけじゃないです。結局、小火の犯人は捕まってないし、証拠は何もないんですから。ラップトップはともかく小火はあの家の人がやったはずはありません。その時は紘子さんも菊枝さんも嶽井にいたことがはっきりしてるんですから。ただ、あたしがもう絶対これは駄目だと思ったのは……」

　言葉を切って愛衣は沈黙した。

　凰華は勘の鋭い女性なので、さりげなく言った。

「百之喜の前で言いにくいことならどかしますよ」

「凰華くん。仮にも所長に向かってどかすって……ぼくは荷物じゃないんだから」

「所長は一応男でしょう、女性には男子禁制の話というものがあるんです」

　愛衣が首を振った。

「いいえ、いいんです。あんまり漫画みたいなんで、信じてもらえないかもしれないと思って……」

　決定的だったのは紘子が夫婦の寝室にいたことだ。

　それ自体は問題ではない。留守中の掃除は紘子がすることも多いのは既に聞かされていた。

　可愛い息子の新居を母親が掃除するのは当然よという理由からである。愛衣は義母の行動に不快感を持たない嫁だったからそれまで問題はなかったが、新婚夫婦の――しかも計画妊娠を考えている夫婦の寝室には当然、避妊具がしまってある。

　開いた扉の隙間から偶然、愛衣が見た光景とは、

「紘子さん、避妊具を取り出して……魔女みたいな恐い顔をして、針で穴を開けてたんです」

その光景を想像してしまった百之喜は再び何とも言えない顔になり、凰華は思わず嘆息した。

「本当に漫画ですね……」

「あたしもうぞっとして……、あんなに震えたのは初めてです。この人の頭にはそれしかないのかって、ものすごい嫌悪感に襲われました。顔ではにこにこ笑いながら、子どもはいつでもいいのよなんて嘘《うそ》を吐《つ》いて、陰でこんな下品な真似を平気でするなんて。――その時わかったんです。この人あたしのことを子どもを産む道具としか思ってないんだなって」

紘子の実の娘が言った。

「母はきっと『それ意外に嫁に何の値打ちが?』と思ってますよ。自分もそんな扱いだったことなんか、きれいに忘れてね」

行動的な愛衣はさっそく夫にすべてを打ち明けて、この家から出ようと真剣に訴えた。

ここにいたら自分は人間扱いされない。

そして恐らく、夫も人として扱われない。

将弘は蒼白になったが、どうしても頷かなかった。

うちの親や祖父母がおかしいのはわかっている。

研究室の小火も恐らく親の指図だと思う。

それでも長男で本家の跡取りという自分の立場を考えると、どうしてもこの家を離れられないのだと、両親も納得してくれるわけがないと切々と訴えた。

夫にこう言われた時の新妻の反応は、『一、夫に幻滅して別れる。二、我慢して夫と共倒れになる。三、努力して夫を教育し直し、夫と一緒に逃げる』。

どれかだと思われるが、愛衣は違った。

「大好きだよ、ヒロ。だけどあたしこれ以上ここにいたら絶対おかしくなると思う。――だから逃げる。先に逃げてヒロが来るのを待ってる」

将弘は呆気に取られて愛衣を見つめていたという。

恐らく愛衣がその言葉を口にするまで彼の頭には『逃げる』という選択肢が存在しなかったのだ。

愛衣はさっそく憲子と夏子に連絡して、家を出る手段を相談し、二人とも全面的に愛衣に協力した。

そしてあの留袖事件となったのである。

「憲子さんも夏子さんも、あなたも大恥を掻くけどその覚悟はあるかとあたしに気を使ってくれました。両親には恥を掻かせてしまって申し訳ないですけど、あたしは思いきってやってよかったと思ってます。あの家の人たちの本性を見ることができましたから。

——本当に醜かった」

特に紘子は「人を馬鹿にして！」と絶叫した。

こんな嫁は最初から気に入らなかったとか、親の前で夫を呼び捨てにする嫁がどこにいるとか、特に紘子ママという呼び方が気に入らなかったらしく、

「夫の親を水商売の女と決めつける最低の嫁！」と、ここぞとばかりに罵倒しまくった。

「わけがわかりませんでしたね。そんなにいやなら『水商売の人みたいだからやめて』って一言言えばすぐにやめたのに。顔はにこにこ笑いながら本心は『人を馬鹿にして！』ってあたしに怒ってたんです。超能力者じゃないんだから、人の心は読めませんよ。ましてあんなに嬉しそうな笑顔で「紘子ママなんてしゃれてるわね」って言われたら、この人は喜んでいるんだなと判断します。言ってくれなきゃわかりませんって抗議したら『言うまでわからないなんて、どこまで気の利かない！』って激怒するんですから。いったいあたしにどうしろと？　って感じです」

夏子が苦笑して頷いた。

「母の言いそうなことです。自分からああしてくれ、こうしてくれと訴えるのは『はしたない』と思っているんですよ。自分がこんなに不愉快な思いをしているのに、こんなに我慢しているのに、気がついてくれないなんて『あなたはひどい人だ！　あたしに意地悪をしている！』って爆発して喚《わめ》くんです」

百之喜はしみじみと首を振った。

「異星人《エイリアン》って恐いですねえ……」

その後は集団でのつるし上げになった。

紘子の両親と兄弟、忠孝の弟の宗孝《むねたか》と妹の秋夜《あきよ》、その配偶者、菊枝と国重《くにしげ》の親類まで押しかけてきて、総勢、三十人はくだらない親戚がよってたかって、愛衣を罵り、非難し、人格を否定する暴言を吐き、最後には「こんな女を本家の嫁にしておけるか」と、将弘の意思などまったく無視して離婚が決まった。

将弘は最後の最後まで愛衣の味方をして、必死に愛衣をかばったが、多勢に無勢だ。勝ち目はない。

「離婚届を出した後、ヒロに『待ってるから』って言いました。だけど、あんまり長くは待てないって。もし他に好きな人ができてヒロを待てなくなったらその時は知らせるねとも言いました」

百之喜が感心して言った。

「至れり尽くせりの離婚ですね」

「ヒロがすごく迷ってるのはわかってましたから。それでもあたしと一緒に家を出られなかったのは、家を捨てることが絶対的な禁忌《タブー》だからです。そんなことをしてもいいのか、本家の跡取りという自分の立場でそんな自由が許されるのか、そもそも愛衣を選びたいと考えることが間違っているんじゃないか。そんなふうに自分を追いつめて……ヒロは無宗教のはずなんですが、そんなことをしたら神罰が下ると怯えているようにさえ見えました」

凰華が言う。

「虐げられてきた人特有の心理ですね。逃げるしかないのは理解しているのにどうしても動けない」

夏子が頷いて、言った。

「後で聞いたんですが、うちの親は将弘が離婚した三日後には新しい縁談を持ってきたそうです」

「三日後⁉」

またも凰華と百之喜の声が揃った。

「ちょっとそれはいくら何でも非常識な……」

「……要するに、嫁なら誰でもいいんですね」

「そうです。若くて健康で丈夫な子どもを——男の子を産んでくれる人なら誰でもね。その時の将弘は愛衣さんとの別れに傷ついていたし、未練もあったわけですから、少しそっとしておいてくれないかと抗議したようですが、そんな『日本語』があの家の連中に通用するはずがありません」

「あー、そうか。電波語で言わないと……」

「この場合、なんと言えば正解なのか、憲子さんに訊いてみたいところですね」

「訊きましたよ、わたし。叔母が言うには、両親の持ってくる縁談を断りたいだけならば『今、大学の女の子に片っ端から種付けしてるから』と言うのが一番適切だそうです。早く再婚して孫を抱かせろという催促自体を断ちたいなら『俺だって必死なんだ、そんなにうるさく言うなら死んでやるからな！』とヒステリックに喚くのがもっとも効果的だとか」

愛衣が感嘆の顔つきで頷いた。

「さすがです。憲子さん。――ヒロにヒステリーは無理だと思いますけど、的確です」

「わたしも笑ってしまいましたけど、弟にとっては笑い事じゃありませんね。融通の利かない子なので、電波語を駆使することもできなかったようで、結局、離婚してから半年の間に二十件ものお見合いに駆り出されたそうです」

百之喜が「うへえ……」と首をすくめる。

本当に手当たり次第だ。

「その頃から、将弘は時々、わたしに連絡してくるようになりました。わたしは実家とはほとんど縁を切っている状態ですから、参考にしたかったのかもしれませんね。ずいぶん長く姉弟をやってますけど、あんなに真面目に弟と話をしたのは初めてでした」

俺はどうしたらいい、姉さん――。

将弘は頭を抱えてひたすら唸り、夏子は苦悩する弟を励まして、愛衣さんを追いかけろと助言した。

それでも、将弘はどうしても親を捨てて家を出る決意ができずに一年以上が過ぎたと言う。

ところが、今年の夏になって状況が変わった。

愛衣と将弘は離婚後も同じ研究室という関係で、よく顔を合わせていたそうだ。愛衣は将弘の決心を促すために、あくまでただの研究仲間という姿勢を取っていたが、将弘にしてみれば、眼の届く範囲に愛衣がいることで安心感があったのは間違いない。

　そんな時、愛衣のイギリス留学が決まり、今年の秋から最低でも二年は滞在することになった。

「――あれ、じゃあ愛衣さんはもう留学中ですか？　何でここにいるんです？」

「一時帰国です。兄が結婚するのでお祝いに。もう帰ってきちゃったのって友達には笑われましたけど、出発する時は本当に二年は戻らないつもりでした」

　その話を聞いて焦《あせ》ったのは将弘だった。

　完全に取り乱して夏子に見当違いの訴えをした。

「俺も姉さんみたいに期待されない子どもだったらよかったんだ。そうしたら自由だったのに」

　吾藤田家の長女は冷たく言い返したという。

「あんた、無意識に人を馬鹿にしてるね。あたしは自分が親に期待されてない子どもだったのは自分で知ってる。だけどあんたまであたしのことを、親に見捨てられててよかったねって言うわけ？」

「違う。俺はそこまで期待されたくないんだよ！」

「それなら期待されない立場になってみれば？」

　そして夏子は将弘にあることをするよう唆《そそのか》した。

　もともとは愛衣が将弘に話したことで、その話を将弘が夏子に何気なく語り、夏子はその話を参考に、「あんたもやってみたら？」と勧めたのだ。

　百之喜が不思議そうに訊く。

「あることって何ですか？」

　すると、愛衣がとんちんかんなことを言った。

「ママのグランマはあたしの何でしたか？」

「曾《ひい》お祖母《ばあ》さんです」

「ありがとう。曾おばあちゃんは再婚だったんです。最初の結婚では三年経っても子どもが生まれなくて、追い出されるようにして離婚したそうです」

　出戻りの曾祖母《そうそぼ》に曾祖父が恋をして求婚した時、曾祖母は自分の不妊を理由に一度は断ったらしい。

　しかし、曾祖父は子どもが生まれなくても二人で幸せになりましょうと熱心に曾祖母を説得し、その熱意に曾祖母も心を動かされて結婚した。

するとすぐに愛衣の祖母の兄に当たる男の子が誕生したのだ。できないものと諦めていただけに、二人の喜びは非常なものだった。

「そうしたら、曾おばあちゃんの最初の結婚相手が離婚して戻って来いって言ってきたんですって」

「はあ⁉」

別れた夫も後添《のちぞ》えをもらっていたが、この妻にもなかなか子どもができない。その点愛衣の曾祖母は男子を産むという立派な『実績』を示したのだから元の鞘に収まってもらいたい。もともとは家《うち》の嫁で、（愛衣の曾祖母のことは）家に権利がある。今度はきっと子どもが生まれるに違いないというのである。

「そんなむちゃくちゃな！」

百之喜は叫んだ。

「だって最初の奥さんにも次の奥さんにも子どもが生まれないのに、別れた奥さんにはすぐに子どもができたってことは、どう考えたって原因は……」

「そうなんですよねえ。昔の人だから男性が原因の不妊なんて知らなかったんでしょうか」

「そんなはずはないですよ。時代劇なんかを見ても子種がないって表現は結構出てきます」

「曾お祖母さんの元のご主人は、自分が原因だとはどうしても認めたくなかったんでしょうね」

愛衣の曾祖母は冗談ではないと元の婚家を拒絶、生まれたばかりの赤ん坊を抱えて曾祖父と逃げた。

「離婚する前、この話をヒロにして、あなたの家は曾おばあちゃんに再婚を迫った家にそっくりだって言ったんです。ヒロは『うちはそんな非常識な家とは違うよ』って家族をかばってましたけど」

この話を将弘から聞いた夏子は、本当に違うのかどうか試してみろと勧めたのだ。将弘もやってみる価値はあると決断し、親に宛てて手紙を書いた。

とても面と向かっては言えないからと前置きした、その手紙の内容を要約すると――。

「病院で検査を受けた。自分は無精子症で子どものできない身体だとわかった。こんな自分ではとても吾藤田の家を継ぐことはできない。ちょうど海外の研究所から移籍の誘いを受けているので今の住居を引き払って外国へ行き、二度と戻らないつもりだ。申し訳ない。親不孝な自分を許してほしい」

当然のことながら、翌日、忠孝から悲鳴のような電話が掛かってきた。

「本当なのか⁉ 検査ミスじゃないのか！」

大学病院で調べた結果だ、間違いはない、自分に子どもが生まれる可能性はないと医師に宣告された――予定通り将弘がそう答えると、忠孝は低い声で、「そうか……」と洩らしたそうだ。

それがあまりにも絶望的な声だったので、将弘は早々に嘘だとばらしてしまいそうになったのだが、忠孝のほうが早かった。

「金は出してやる。二度と姿を見せるんじゃないぞ。まあ、海外へ行くならちょうどよかった」

茫然としていると、今度は電話を替わった祖父が吐き捨てるように言った。

「この本家の恥さらしが。種なしだなんて、そんな半端者《はんぱもの》はうちにはいらん！」

さらに電話を替わった祖母は、

「おまえは外国に行ったと親戚にも話しておくから、絶対に帰ってくるんじゃないよ、いいね！」

最後に母が、

「仕方がないわよね。子どもができないんじゃあね。――あ、そうそう、身体に気をつけてね」

大声で罵られたほうがまだましだった。

それほどに心の籠《こ》もっていない言葉だった。

耳を疑っていると、受話器から遠ざかる母の声がかすかにその耳に届いたのである。

恭次を生んでおいて本当によかったわ――。

これだけでも将弘の頭は真っ白になっていたが、夜には泡を食った様子の弟が連絡してきた。

「兄貴、家を出たって本当か？ 今日じいちゃんとばあちゃんが押しかけてきて、俺、無理やり病院に連れてかれたぞ。子どもをつくれるか検査するって。兄貴は種なしだから今から俺が本家の跡取りだってじいちゃんたちは言ってる。本当なのかよ？」

弟に答える気力もこの時の将弘にはなかった。

悔し涙に泣き濡れながら将弘は姉に会いに行き、夏子は嘆息して言ったのである。

「――やっぱりね」

夏子にはこうなることがわかっていた。将弘にはこんな結末は悪夢としか言いようのないことだった。

「それで、どうするの？　愛衣さんは少なくとも、あんたの精子じゃなくてあんたを愛してくれてるよ。今だってあんたが来るのを待ってる」

「……わかってる。今度こそ本当にわかったよ俺」

幸い将弘には親に頼らなくても収入がある。研究成果で特許を取っており、高額でこそないが、その使用料が入るので食べていく分には困らない。

意を決した将弘の行動は早かった。

住居の後始末をして大学関係の手続きを終えると、愛衣を追って機上の人となったのである。

百之喜も凰華も今度こそ眼を丸くしていた。

「……すごいですねえ、異星人《エイリアン》って」

「あんなふがいない弟を一年以上待っていてくれて、愛衣さんには本当に感謝してます」

言葉だけでなく愛衣に会釈すると、夏子は凰華に向かって言った。

「ですから、あれはただの家出なんですよ。本家の長男が無精子症で子どものつくれない身体だなんて『不名誉』は間違っても公《おおやけ》にできませんから、海外に移住したという口実を設けただけなんです」

「では、将弘さんは今はイギリスに？」

凰華の質問には愛衣が頷いた。

「はい。今回も『一緒に来る？』と訊いたんですが、当分日本の土は踏みたくないそうです。都内だと、どこで知り合いに会うかわからないからって」

「愛衣さん、将弘さんが出国したのはいつですか？

九月十七日には将弘さんはどこにいました？」

「将弘は九月からずっとイギリスですよ。そうだ、これ、頼まれていた写真です」

愛衣は鞄の中から写真立てを取り出した。

色白で面長の甘い容貌《マスク》の青年と愛衣が写っている。さすがは兄弟で恭次とよく似た雰囲気だが、恭次のほうがもっと繊細《デリケート》な感じだ。

「九月十七日にイギリスにいたのは確かですか？」

念を押すと、愛衣は携帯を操作して写真を出してくれた。

「十七日はないけど、これは九月十八日の写真です。スコットランドに旅行した時ですね」

愛衣と将弘が並んで微笑む背景に写っているのは紛《まぎ》れもなくエディンバラ城だ。

「出入国記録を調べればヒロが九月の何日に日本を出たか、もっとはっきりすると思いますけど。その日に何かあったんですか？」

事情を知らない愛衣は不思議そうに尋ねてきたが、凰華は言葉を濁した。

将弘に鉄壁のアリバイがあるとなると、やはり、恭次と一緒にいたという江利の証言が嘘なのか……。

夏子が言った。

「わたしは下の弟でもないと思いますよ」

「はい。わたしもそう思います」

恭次が犯人なら恭次のアリバイを証言した江利が嘘を吐いていることになる。

しかし、ならば江利があれほど必死に隆《たかし》の無実を証明しようとするのはおかしい。

真実が明らかになったら隆は解放されても恭次が逮捕されてしまう。それでは江利には意味がない。

「ただ、そうなると、ますますご実家の動きが理解できなくなるんです」

凰華は首を捻り、夏子はちょっと眉を顰《ひそ》めた。

「そうなんです。わたしもそれは疑問なんですが、うちの親が椿《つばき》さんと恭次の結婚を素直に認めるとはとても思えません。弟さんに有罪判決が出たら必ず破談にする心づもりでいるはずです。殺人罪で服役する犯罪者の姉を本家の跡取りの嫁に据えるなんて、あの人たちに耐えられるわけがありません」

　きょとんとしている愛衣に夏子が事情を話すと、愛衣は絶句した。

「……そんなことになっていたんですか⁉」

「将弘には黙っていてください。あの子が知っても何もできないことだから」

「うーん。内緒にするのは難しいですねえ。ヒロは結構勘がいいんですよ……」

　愛衣は真剣に唸ってしまっている。

　凰華は吾藤田家の真の意図を量りかねていたが、百之喜は別のことが気になっていたようだ。

「あのう、恭次さんは未だに知らないんですよね。将弘さんの無精子症が嘘だって……」

「はい」

「あの、思ったんですけど、そのこと、恭次さんに教えてみたらどうでしょう」

　いったい何を言い出すのかと凰華は面食らったが、百之喜は何か考え込みながら真顔で話している。

「自分の親がどんなにひどいことをしたか知ったら、恭次さんだって逃げ出したくなると思うんですよね。恭次さんが吾藤田家の跡取りでなくなれば椿さんと結婚しても全然問題はないわけですから。全部丸く収まると思うんですけど……」

　夏子は百之喜を見つめて、楽しげに微笑した。

「百之喜さん。脱走するのに必要なものって何だかわかります？」

　唐突な質問だったが、百之喜は一生懸命考えた。

「えっ？　え～と鍵を開ける道具とか。あ、そうだ、こっそり協力してくれる内部の人とかですか？」

「それも大事ですけど、一番必要なのは逃げようとする本人の意思です。それ以上に大事なのは自分が囚人であると自覚することです」

「お言葉ですが……」

　夏子が何を言いたいか察して、凰華は慎重に口を挟んだ。

「自分が囚われの身であることを知らずに暮らしていられるのなら、それはそれで幸せなのでは？」

「おっしゃるとおりです」

夏子は真顔で頷いた。

「ですけど、遅かれ早かれいつかは気づいてしまうものなんです。その時期はできれば早いほうがいい。遅すぎると衝撃《ショック》から立ち直れない可能性もあります。わたしは十年以上前に、将弘は今年の夏に、やっと自分を閉じこめていた見えない檻《おり》から脱出しました。でも、恭次だけはまだ囚われたままなんです」

11

翌日、雉名《きじな》はまた東京拘置所を訪ねていた。

受付で黄瀬隆《きせたかし》への面会申請をしていると、背後に人の気配を感じた。その誰かが声を掛けてくる。

「ひょっとして雉名先生ですかな？」

そこにいたのは五十歳くらいの恰幅のいい男性で、襟には弁護士バッジが光っていた。

「どうも。吾藤田《ごとうだ》家から依頼されまして、あなたの後任となります太刀原《たちはら》と言います」

「お言葉ですが、太刀原先生。自分は黄瀬隆さんの弁護を続けるつもりでおります」

「しかし、あなたは解雇されたはずでは？」

「お姉さんの椿江利《つばきえり》さんには解雇されましたが、これから黄瀬隆さんと契約します」

太刀原は半ば困惑しながらも、笑い飛ばすような顔つきで言った。

「雉名先生。それでは道理が通りません。あなたはこの件から手を引いていただくはずですぞ」

「黄瀬さんとは今まで何度も接見して、彼の希望もよくわかっているつもりです。この案件に関しては、わたしのほうが適任だと思いますよ」

太刀原はまだ顔に笑みを残していた。

「雉名先生……。わがままを言われては困りますな。わたしはあなたのお祖父さんとも懇意《こんい》にしている」

「それはどうも、祖父からは太刀原先生のお名前を聞いたことがなかったので、失礼しました」

「なあに。先生はまだお若い。無罪を主張して闘う方針だそうですが、この案件でそれは無謀でしょう。依頼人のためにもなりません。ご自分の経歴に傷をつけたくなければ、ここは降りたほうが賢明ですよ。それともお祖父さんから言ってもらったほうが話が早いでしょうかな」

「おっしゃる意味を測りかねます。祖父はわたしの仕事には口を挟みません。――何より、太刀原先生。これがもっとも肝心なことですが、黄瀬さんは無実なんです。無罪を主張するのは当然です」

太刀原の表情は苦みが強くなってきた。

「困った方だ。はっきり言わねばなりませんかな。これはわたしの仕事です。手を引いていただこう」

「申し訳ありませんが、それはできかねます」

二人が静かに火花を散らしていると、第三の声が割り込んだ。

「本人に選んでもらったらどうですか」

はっとするほどきれいな女性だった。まっすぐな黒い髪が色白の肌を引き立て、怜悧《れいり》な眼差しは大の男の雉名や太刀原を圧倒するほど鋭く光り、顔には笑みがないので近寄り難い印象すらある。

「失礼。お話が聞こえたので。呉亜紀子《くれあきこ》と言います。隆本人に決めてもらえばいいんじゃないですか」

雉名は亜紀子の名を聞いて納得したが、太刀原は訝《いぶか》しげに問いかけた。

「失礼だが、呉さんは黄瀬隆さんとはどういうご関係ですかな?」

雉名は呉亜紀子の名前を知っているが、太刀原は知らない。その点も亜紀子には印象的だったらしい。

「面会って確か、一度に三人まで会えるんですよね。ちょうどいいから一緒に隆に会いに行きませんか」

雉名には異存はなかった。亜紀子と黄瀬の関係を説明すると、太刀原も納得した。異例ではあるが、三人で黄瀬隆に面会に行くと、黄瀬は亜紀子の顔を見て喜びに顔を輝かせた。

「亜紀子! 来てくれたのか!」

この様子からすると、亜紀子は一度も面会に来ていなかったらしい。恋人としては少々薄情なのでは――と雉名は訝しんだが、この後の亜紀子の態度はもっと恋人らしくなかった。

「隆。こちらは太刀原さんとおっしゃる弁護士さん。あなたの弁護を引き受けたいそうよ。ただし、この人はあなたが渡邊《わたなべ》さんを殺したと確信してる。その前提で裁判では減刑を狙って闘う方針なんですって。一方、雉名さんはあなたは渡邊さんを殺してないと信じている。そのつもりで裁判では無実を証明する決意で闘うそうよ。あなたはどっちがいい？」

　恐ろしくはっきりとものを言う女性である。

　黄瀬隆は顔色を変えて亜紀子を問いつめた。

「亜紀子はどうなんだ？　俺が渡邊さんを殺したと思ってるのか」

「それはあたしが訊きたい。殺したの？」

「違う！」

　雉名には一度も見せたことのない必死な顔つきで、腰を浮かせて黄瀬隆は訴えた。

「俺は絶対やってない！」

「わかった。信じる」

　あまりにもあっさり肯定されて、黄瀬隆は呆気に取られた。ぽかんと亜紀子を見つめ返した。

「……ほ、ほんとに、信じてくれるの？」

「あんたが自分で言ったんでしょ。やってないって。——あんた嘘《うそ》つく時、眼が泳ぐから」

　亜紀子は笑って、優しく話しかけた。

「今の隆は嘘をついてない。だから信じるよ。早く出てきなよね、こんなとこ。うちの親にもあんたを紹介したいんだからさ」

　黄瀬隆はどさっと椅子に座り込み、肩を震わせて激しくすすり泣いた。

　思えば、この若者は今初めて面と向かって誰かに、『あなたを信じる』と言われたのかもしれない。

　雉名は少し反省した。

　孤立無援の被告にはそういう言葉が必要な時もあるのだと、弁護士の自分が心得ていなければいけないことだった。

「俺、雉名さんに弁護をお願いしたいです……」

　赤くなった眼をこすりながら黄瀬隆ははっきりと言い、亜紀子も雉名を見て頷いた。

「あたしからもお願いします。費用のことでしたら祖父に当たる人が持ってくれますから。いくらでも請求してください」

黄瀬隆が驚いた顔になる。

「亜紀子……俺のこと、あの人に言ったのか？」

「言ったよ。隆と結婚するつもりだって」

「まずいよ。だって俺……容疑者なんだぜ……」

呉亜紀子の眼がきらりと光って黄瀬を射抜いた。

「やってないって言ったのは嘘なの？」

「ち、違うよ！　俺は渡邊さんを殺してない！」

「だったら堂々としてな！　あっちは何かしたくてしょうがないんだ。金持ちの祖父なんてこんな時に使わなくていつ使うのさ！」

雉名は初めて黄瀬隆という人間を尊敬した。

この（美人だが、とても恐い）女性と恋愛関係を結ぶのは自分には逆立ちしても無理だ。

断られた太刀原は忌々《いまいま》しそうに引き上げていき、面会を終えた雉名は亜紀子と一緒に拘置所を出ると、駅まで並んで歩きながら少し話をした。

「あなたは長谷川伸幸《はせがわのぶゆき》さんの孫娘だそうですね」

「ええ。そのことで渡邊がすっかりおかしくなって、本当にいい迷惑だと思ってましたけど、そのせいで隆がこんなことに巻き込まれたとしたら、あたしのせいでもあります」

呉亜紀子の表情は厳しかった。

「知らなかったんですよ、あたし。長谷川が会社に来るまで。あれがあたしの祖父だなんて」

オーナーが訪れる日、上層部は粗相のないように懸命で、亜紀子にお茶を出す役が命じられたという。

なぜ自分がと訝しんだが、要は上層部の判断で、中年の女性秘書より若くてきれいな女の子のほうが見栄えがしていいだろうと単純に考えたらしい。

長谷川伸幸は白髪交じりの髪をきれいになでつけ、三つ揃いの背広を着ていた。さすがに貫禄があって眼光は鋭く、むっつりと押し黙っている。面倒くさそうな人だなと思いながら、態度だけはしとやかにお茶を出して、亜紀子は一礼して引き下がった。

その時、長谷川が非常に驚いたような顔で自分を見つめていたのは覚えている。

翌日の夜、亜紀子が母と夕食をつくっていると、長谷川が家を訪ねてきたのだ。

亜紀子は呆気に取られた。なぜオーナーが自分のアパートの玄関にいるのかと我が眼を疑っていると、奥から母親が出てきて平然と言ったという。

「あら、今頃何しに来たの？」

長谷川伸幸はそれこそ苦虫を嚙みつぶしたような、半分泣きそうな顔で母を見つめて言ったそうだ。

「それが二十七年ぶりに会う父親に言う台詞か」

亜紀子は思わず長谷川を指して叫んでしまった。

「これがお母さんの父親⁉」

自分でも失礼な振る舞いだったと後で反省したが、その時は仰天して他に言いようがなかったのだ。

母は「そうなのよ」と言いながら玄関の外へ出て、通りを見て顔をしかめて長谷川に言ったという。

「ちょっとあんな大きな車、早くどけてちょうだい。近所迷惑でしょ」

なるほど鎮座しているのは黒塗りのリムジンで、あれは通行の邪魔になる。長谷川は素直に運転手に車を移動するよう指示したものの、自分はそのまま家に上がろうとしたので、亜紀子の母がまた言った。

「なに？　上がってく気なの。夕飯時に来られても迷惑なんだけど」

長谷川はこの短い時間にげっそりやつれていた。

「あすか。おまえな……」

「何よ？」

実の父親に向かってその態度は何だと、長谷川はぶつぶつ文句を言っていたが、母は強かった。

「文句あるなら帰って。ここはあたしの家よ」

亜紀子が苦笑しながらその時のことを語る。

「どうも長谷川の頭の中では二十数年ぶりの感動の親子の再会というか、『お父さん！』『娘よ！』と、固く抱擁《ほうよう》する予定だったようです。あの母じゃあ、そんなの無理に決まってるのに」

亜紀子は母のあすかの若い頃にそっくりだそうで、長谷川は一目でわかったと感激していた。それから時々、長谷川や向こうの親戚と会っているという。

「しかし、あなたのお母さんは自分の父親を恨んで家を出たのではないんですか？」

「いいえ。恨みから家出したんじゃないみたいです。出て行けと言われたし、長谷川は母を溺愛していたそうなので説得するのは無理だろうし——今も充分、溺愛してますけどね。父は天涯孤独の身だったので、母はそれなら自分も身軽になって、好きなところに行こうか——くらいの気持ちだったようです」

二十七年ぶりに娘からこうした事情を聞かされた長谷川は脱力して座り込んでいたらしい。

「あたしが生まれたことを黙っていたのも、迂闊《うかつ》に居場所を知らせて長谷川が強引に連れ戻しに来たら困るからくらいの考えだったようです。父は転勤族でしたから、いちいち住所を知らせるのが面倒とも思ったようですね。携帯を持つようになった後は、長谷川の奥さんとは連絡を取っていたそうです」

祖母ではなく長谷川の妻と表現する。亜紀子にはそういう感覚なのだろう。ふと苦笑を浮かべた。

「母には兄が三人いるんですが、この人たちがまた、見事なくらい妹バカで……」

二十七年ぶりに消息のわかった妹が夫を亡くして娘を抱えて苦労している——と三人とも思い込み、妹を援助するという名目で突撃してきた。

当然、若い頃の母にそっくりの亜紀子も可愛くて可愛くて仕方がないらしい。

「若い女の子が何を喜ぶかわからないから、会社の子に聞いたって言ってプレゼントしようとするのが、ダイヤモンドの腕時計やエルメスのケリーですよ。そんなの明らかに伯父と姪の枠をはみ出てるでしょ。お金持ちって感覚が違うんだなあと思いました」

こんな高価なものは受け取れないと亜紀子が拒絶したのはもちろんだが、亜紀子の母も兄たちを怒り、長谷川の妻も息子たちを厳しく叱りつけている。

「あの人はしっかりしてますね。『うちの男たちが舞い上がっていてごめんなさいね』と、あたしにも謝ってくれました。他の孫が男ばかりだから、女の子の孫ができて本当に嬉しいとも言ってくれました。奥さんも伯父たちも基本的にはとてもいい人ですし、長谷川もね。おつきあいをするのはかまいませんが、あたしの家族は今は母だけです」

「それが普通ですよ。生まれて初めて会う人たちといきなり家族にはなれないでしょう」

「ええ、親戚ができたのは純粋に嬉しいんですけど、身内とは思えません。ましてや長谷川の財産なんて、あたしに受け取る権利があるものとは思えません。血縁だとわかっていてもです。渡邊にはそのことがどうしても理解できなかったようでした」

　亜紀子ははっきりと『長谷川には妻も息子もいる。孫も他に大勢いる。遺産の話が来てもあたしも母も受け取らないよ』と言ってやったが、渡邊はてんで本気にしていなかった。長谷川が死ぬまで待つ気はないとも言った。

　何しろ亜紀子は会社のオーナーの孫娘なのである。亜紀子と結婚してしまえば、役員の椅子が空から勝手に降ってくるものと信じて疑っていなかった。

　実際には、亜紀子は長谷川に、人事にはいっさい口出しをしないでくれと言ってある。

「ちなみに、その点について黄瀬さんは何と？」

　亜紀子の顔に初めて微笑が広がった。

「隆も驚いていましたが、彼が真っ先に言ったのは『仕事大丈夫？』でした。あたしが長谷川の孫だと社中に広まってしまったので、働きにくくないかと心配してくれたんです。――その時のあたしが一番苦労していたことでしたから。それが嬉しかった」

　亜紀子は深いため息をついた。

「本当にあれだけは参りました。同僚ともしばらくぎくしゃくしましたし、今の会社は条件がいいので辞めたくはないんですが、あまりにわずらわしくて一時は辞表を書こうかとさえ思いました」

それを亜紀子は大いに母にぼやいたという。

長谷川のことを自分に言いたくなかったとしても、せめて長谷川の会社であるエリゼに入社する前には話してくれてもよかったのではないかと。

「それさえ事前にわかっていたら、あの人がうちの会社に来る時には有給取って休んだのに。でなきゃ、いっそのこと他の会社に就職してたよ」

「あら、それは仕方がないのよ。あなたの就職する会社が父の会社だなんて知らなかったんだもの」

亜紀子が脱力していると、母はさらに言った。

「それに、父が今さらあたしやあなたに会いたがるとも思えなかったから。意外だったたわ」

「何を言ってるのよ。居場所を知らせなかったのは母さんでしょうが」

「違うわよ。あたしたちを捜そうとしなかったのは父のほうよ。あの人お金があるんだから、捜そうと思えば簡単に捜せたはずだもの」

我が母ながら大物だと思いますと笑う亜紀子に、雉名は真顔で礼を言った。

「ありがとうございます、呉さん」

「は?」

「思いついたことがあります。失礼します」

急ぎ足で歩きながら、雉名はこれだけはやりたくないと思っていた最後の手段を取ることにした。

携帯で『お銀』を選択して電話を掛ける。

「銀子《ぎんこ》さん。すみませんが、手を貸してください。大至急です」


数日後、百之喜《もものき》と犬槙《いぬまき》と芳猿《よしざる》はまた連れだって、嶽井《たけい》を訪れていた。

山の近い嶽井町はもうそろそろ冬の装いである。

芳猿は例によって赤い大きな車を運転していた。

「お銀さん、すっかりこの車を俺らに貸す専用って、決めちゃったみたいだね～」

犬槙の台詞に芳猿が身震いした。

しかし、何度も運転させてもらった成果が出て、運転は格段にうまくなっている。

「嶽井に行くのはいいけど、今度は何をするの？」

犬槇が尋ねると、雉名は言った。

「わからん」

「はい〜？」

「とにかく、何でもいいから派手に嗅ぎ回ってくれ。特に死んだ松沼毅《まつぬまたけし》の周辺をだ」

大雑把《おおざっぱ》な指示だが、犬槇はバイト料がもらえると嬉しそうな芳猿を誘って繰り出してきたのである。

松沼毅の家にはこの間行ったから、今度は死んだ場所を見てみようと、行きのドライブの間に犬槇と芳猿の意見は一致した（百之喜に発言権はないし、そもそも発言する気もない）。

嶽井に入ったところで地元の人間に、溝口《みぞぐち》の沢の場所を訊くと、そんな大きな車じゃあ入れないぞと呆れながらも、親切に教えてくれた。

行けるところまで山道を車で進んだ。こういう時、この車は実にありがたい。空き地に車を止めた後は細い道を十分ほど歩いて溝口の沢に着いた。

急に開けたその場所は岩場になっていて、足下に川が流れている。ところどころに岩が覗く川だ。

ここは釣りのポイントでもあるのか、岩場の横に川岸まで下りる小道がある。

犬槇と芳猿は川岸には下らず、岩場の上から川を見下ろしてみた。

芳猿がぼそっと呟く。

「死ぬような高さじゃないけど……」

「松沼さん、頭に傷があったんだって〜。致命傷に近い深さでね〜。死因は溺死で間違いないんだけど、ほとんど泳げなくて溺れたみたいだよ〜」

「落ちた弾《はず》みで岩場で怪我した……？」

「大雨で水かさも増えてたらしいからね〜」

ちなみに松沼毅の死は事故として処理されている。

そして肝心の百之喜はこの場にはいなかった。

百之喜は高所恐怖症でもあるので、こんな岩場の端などには間違っても近寄れないのである。

暇なので少し離れたところをぶらぶらしていた。

本格的な冬が近づき、木はまだ緑を残しているが、足下の茂みはだいぶ立ち枯れている。

そんな中に、百之喜は人一人がやっと通れそうな細い小道を見つけた。曲がりくねって、枯れかけた茂みの奥に続いている。こういうものを見ると分け入って進みたくなるのが人情だ。

まして百之喜はものぐさのくせに好奇心は人一倍強いと来ている。木々の間を縫って森の中の小道を辿っていくと、小屋が建っているのが見えた。

ずいぶんと古びた汚い小屋だが、朽ちてはおらず、つくりはしっかりしている。

物置にしては大きいし、窓もあるが、窓は外からふさがれている。今は使われていないにせよ、昔は休憩にでも使われていたものかもしれない。

扉には三桁のダイヤル式の鍵が掛かっていたが、その鍵だけが新しい。鍵を手に取って見ていると、後ろから大きな声が掛かった。

「何してる⁉」

「わっ！」

百之喜は反射的にふりかえって小屋の扉に背中を張り付けた。

二十代半ばくらいの若い男が立っていた。

こんな田舎には不似合いなと言っては失礼だが、顔立ちも服装も垢抜《あかぬ》けていて都会的な感じの男だ。

しかし、態度は露骨に地元の人である。百之喜を不審者と思っているのは明らかで、お世辞にも友好的とは言いがたい雰囲気で睨《にら》みつけている。

「よそもんが、こんなところで何してる？」

「え〜っと、何って言われましても……」

仮にも元捜査一課の職員でありながら暴力沙汰もとことん苦手な男なので、既に腰が引けている。

逆に若い男には余裕と嘲《あざけ》りが生まれた。百之喜を取るに足らない相手だと判断したからだろう。

「そんなとこ見ても何もないぞ。とっとと行け」

「あ、はい……」

言われるまでもない。離れようとした百之喜だが、足を何かに引っ張られた。

「あ、あれっ？」

ズボンの裾が小屋の扉に挟まっている。百之喜は焦《あせ》ってズボンを引っ張ったが、いくら引っ張ってもどうしても離れない。

無理に力を入れたらズボンが破れてしまう。

「あのう……すみません。この小屋の人でしたら、ちょっと鍵を開けてもらえないでしょうか？」

男は一瞬躊躇《ためら》ったが、ズボンを破いてしまえとも言えなかったらしい。ダイヤルを合わせて鍵を外し、引き戸の扉を動かしてくれた。

がっちり絡みついていたズボンはすんなり外れて、百之喜は「ありがとうございます」と礼を言ったが、その際、ちらりと見えた小屋の中には驚いた。

ちゃんと床がつくられ、カーペットが敷かれて、端には布団がたたんである。どうやって電源を確保しているのか見当もつかないが、携帯用のテレビにDVD再生機、ゲーム機まである。

「うわあ、中は立派なんですねえ！　これなら充分住めそうだ」

「……もういいだろ。早く行けよ」

「すみません。あのう……ここから溝口の沢まで、どうやって戻ればいいですか」

「はあ？　おまえ、どうやってここまで来たんだよ。そこの道をまっすぐ行けばいいんだよ」

脳天気な百之喜に呆れたのか、ますます下に見て安心したのか、男は苛立ちながらも苦笑している。

「ほんと、すみません。方向感覚に自信がなくて。……この土地の人ですか？」

「ああ、東吾藤《ひがしごとう》の明良《あきら》ってんだ」

「百之喜太朗《たろう》です。――あれ？」

条件反射で名乗って百之喜は首を捻《ひね》った。

どこかで聞いたような名前だと思ったのだ。

「東吾藤の明良さんって、それじゃあ、お父さんは文仁《ふみひと》さんですか」

何気なく発した問いに、たちまち明良の顔つきが変わった。剣呑《けんのん》な目つきで詰め寄ってきた。

「何でよそ者が親父を知ってる？」

「いや、何でって言われても……困ったな」

「おい、おまえら、何が目当てなんだ。ここ最近、派手な車でこの辺をうろちょろしているだろう」

「いや、目当ってってほどじゃないんですよ。この間、松沼毅さんが亡くなったでしょう。それで……」

慌ててなだめようとしながら、百之喜は頭の中でなぜか無意識に家系図を書き、この人は夏子《なつこ》さんのお父さんのいとこに当たるんだなと考えていた。

結構遠い親戚なのに将弘《まさひろ》や恭次《きょうじ》に（写真でしか見たことがないが）何となく雰囲気が似ている気がする。色白の美男だが、明良はあの二人に比べるともうちょっと悪っぽくて、いわゆるやんちゃな――。

「あ――‼」

百之喜は唐突に明良を指さして絶叫した。

「わかった！　部長のお嬢さんのストーカーって、あなたですね！」

身に覚えがなければ意味を為さないはずの言葉に、明良はもろに反応した。一瞬で真っ青になった顔がみるみるどす黒く染まり、背後を振り返って叫んだ。

「おい！」

いつの間に呼び集めたのか、若く厳《いか》つい男たちがぞろぞろ現れた。しかも手にはゴルフクラブや木刀、金属バットなど、物騒な得物を握っている。

「こいつ、縛り上げて中に転がしとけ」

「え～⁉　ちょっ、ちょっと待ってくださいよ！」

悲鳴を上げた百之喜だが、腕《うで》っ節《ぷし》でかなうわけがない。震え上がった百之喜を男たちが難なく捕らえようとした時、犬槇と芳猿が駆けつけてきた。

「たろちゃん！　何してんの～」

「蓮《れん》くん！　梓《あずさ》くん！」

地獄に仏とはまさにこのことだ。

「てめえらも仲間か！」

男たちは問答無用で金属バットやゴルフクラブで

襲いかかったが、二人のほうが速かった。するりとすり抜けて小屋にへばりついている百之喜のもとに駆け寄り、百之喜は明良を指さして再び叫んだ。

「この人！　犯人だよ！　渡邊さんを殺したんだ！　この間の松沼さんもだよ！」

　武器を持った男たちがざわりとどよめき、明良がそんな男たちを鎮めるかのように一喝《いっかつ》した。

「俺が殺を殺しただと⁉　とんでもねえ野郎だ！　そんな証拠がどこにある！」

「それはですね」

　百之喜は『えっへん』とばかりに胸を張った。

　自慢ではないが、今まで何度もあったことなので、さすがにそれが何を意味するかは学習している。

「ぼくのズボンがこの小屋に引っかかったからです。扉を開けるまでびくともしなかった。ということは、ここが松沼さんの死に何か関係してるんです」

　この説明で納得する人間を日本国内で発見できる確率は天文学的に低いはずだが、幸か不幸か犬槙も芳猿もその条件に該当する稀少な存在だった。

　百之喜をかばいながら犬槙が言う。

「頭の傷は岩でやったんじゃなくて〜」

「本当の現場はこの小屋とか……？」

「だとしたら調べれば血液反応が出るよね〜」

　犬槙は深いため息をついた。

「いっつも思うけど〜、たろちゃんって天下無敵の墓穴掘りだよね〜」

　犬槙は上着のポケットから、甲の部分が分厚く、掌の部分はむき出しになっているオープンフィンガーグローブを取り出して両手につけた。

「あのさ〜『名探偵皆を集めてさてと言い』なんて高等技術は最初からたろちゃんに期待してないから、せめて状況判断くらいはしようよ〜！　俺ら完全にアウェーだよ〜」

「ご、ごめんね……」

　自分がまったくの役立たずなのを知っているので百之喜は青くなって小さくなっている。

芳猿がそっと犬槇に囁《ささや》いた。

「蓮ちゃん……どれか取れる？」

「やってみる～。たろちゃんは中に入ってて」

戦力にならない百之喜を小屋の中に避難させる。

一方、男たちのほうは余裕充分だった。

こっちは明良を含めて七人、相手は一人が小屋に逃げ込んだので二人だ。それもどっちも見るからになまっちろい顔つきの、やわそうな男である。

まずは木刀を持った男が襲いかかったが、これは犬槇にとっては願ってもない相手だった。

大きく振りかぶったところに自分から飛び込んで腹を打って勢いを殺し、相手がよろけた隙に木刀を奪い取り、芳猿めがけて放り投げた。

片手で受け取った芳猿は素早く両手に木刀を握り、ぴたりと正眼に構えた。

その姿勢の良さは半端ではない。

芳猿は剣道の有段者である。多勢に無勢のこんな場面では武器を使える人がいたほうが断然有利だ。

一人を沈めた犬槇が芳猿の傍《そば》に戻って囁く。

「あっちゃん、瞬殺でお願い」

「え、素人《しろうと》相手にそれはちょっとまずい……」

「ここがこの人たちの地元だって忘れちゃだめだよ。仲間を呼ばれたら逃げられない。今は全員黙らせて一刻も早く車まで戻るのが肝心」

日頃の口調が嘘のように流暢《りゅうちょう》に犬槇は言った。

逆に芳猿は泣きそうな顔をしている。

苦悩している時、彼はこういう顔になる。

それを与《くみ》しやすしと見て金属バットを握った男が殴りかかったが、芳猿は相手の手首を打って武器を叩き落とし、眼にも留まらぬ速さで返す一撃を胴に入れた。男はたまらず地面に崩れ落ちたが、倒した芳猿はますます絶望的な顔で嘆いている。

「蓮ちゃん。俺あとで絶対師範に怒られる……」

「仕方がないよ。この場合は正当防衛。俺も一緒に謝るからさ」

二人が倒されたことで、残りの五人は完全に頭に血が上っている。一人が憎々しげに吐き捨てた。

「……こいつら、女みたいな顔しやがって」

「うわあ、この年で言われると腹立つ～」

古傷を逆なでされた犬槇が言えば、芳猿も『こいつら』と複数形で言われたことに衝撃を受けていた。

「えっ？　俺も入ってるの？」

「あっちゃん、問題にするところが違う」

顔は可愛いが実は武闘派の二人に、小屋の中から百之喜が実にありがたい声援を送ってよこした。

「二人とも！　気をつけて！　怪我しないでね！」


パーティは大盛況だった。

千人は収容できる一流ホテルの大会場に華やかに着飾った男女が集っている。

もともとはある大企業の創立記念日を祝う会だが、今年は企業の会長が勲章をいただいたということで、急遽《きゅうきょ》その祝賀会をも兼ね、いっそう晴れがましさを増している。

男性はほとんどがタキシード姿、中には燕尾服《えんびふく》の人もいるくらいだ。女性もロングドレスや振袖姿が目立っている。

この格調高いパーティに吾藤田家の人々は揃って出席していた。

この企業が出店している店舗の地主という関係で招待されたのである。菊枝《きくえ》と紘子《ひろこ》は色留袖、国重《くにしげ》と忠孝《ただたか》、それに恭次は紋付き羽織に袴姿だった。

今まではこういう席に出るのは将弘の役だったが、これからは恭次が吾藤田本家の跡取りだと披露しておきたいらしい。みんな挨拶に忙しそうだったが、人の流れが切れた隙に雉名は忠孝に声を掛けた。

「こんばんは、吾藤田さん」

吾藤田一家は驚いた顔で雉名を迎えた。

「おお、弁護士さん。まさかこんなところでお目にかかれるとは思いませんでしたぞ」

「あなたもお招きを？」

「いいえ、招待されたのは知人なんです。わたしはその連れです」

「ああ、そうでしょうね」

「ちょうどいい。恭次を紹介しますよ」

太刀原弁護士のことは一言も口に出さず、忠孝は笑顔で『跡取り息子』を紹介した。

立派な祝賀会に緊張しているのか、恭次はどこかぎこちなさを感じる笑顔で挨拶してきた。

「江利の弟がお世話になってます」

「はい。そのことで一つご報告することがあります。吾藤田明良が渡邊三成《みつなり》殺害容疑で逮捕されました」

「えっ⁉」

吾藤田家の五人は一様に驚いた。

ただし、その驚き方がそれぞれ微妙に違う。

「恭次さん以外の方は皆ご存じだったのでしょう。吾藤田明良が渡邊三成を殺したことを」

「とんでもない！」

「何をおっしゃるんです！」

「その人を殺したのは椿さんの弟でしょう！」

「そうですよ！」

四人の抗議を聞き流して、雉名は続けた。

「吾藤田明良が自供しましたよ。本家の紘子小母《おば》と、菊枝婆さんが逢い引きしていた男が自分の恋敵《こいがたき》だとわかった。だから殺したと」

菊枝の顔が微妙に引きつった。

しかし、紘子の表情は変わらない。能面のように硬くこわばったままだ。

「どうやら菊枝さんはご存じなかったようですね。一方、紘子さんは知っていた。元はホストで、今は女性との秘密のデートを副業としていた渡邊三成の顧客の中に菊枝さんがいることを」

「ホストだと⁉」

「どういうことだ、紘子！」

国重と忠孝が眼を剝《む》いて自分たちの妻を見た。

そのことに雉名はわざと驚いて見せて話を続けた。

「渡邊三成と奥さま方の関係はご存じでなかった？不思議ですね。それならなぜ国重さんも忠孝さんもあれほど焦って黄瀬隆さんを、渡邊三成殺害犯人に仕立て上げようとしたんです？　これは推測ですが、お二人はそれぞれの奥さま方から、どうやら明良が渡邊という人を殺した犯人らしいと、密かに打ち明けられたのではありませんか。そして詳しい経緯も訊かず、ただ本家の血筋を引く人間を殺人犯人にはできないという理由から身代わりを立てようとした。

――違いますか？」

「馬鹿馬鹿しい！　弁護士さんに言うのも何ですが、これ以上は名誉毀損《きそん》で訴えますぞ」

「そうですとも。明良が自供しているというなら、こんなことになったのは本家として非常に残念だが、明良がその人を殺した犯人で間違いないのでしょう。そこになぜ妻や母が関わってくるんです？」

国重と忠孝の抗議は無視して、雉名はまず紘子に向かって話しかけた。

「これはあくまで推測に過ぎませんが、紘子さんは何らかの理由で菊枝さんが自分と同じく渡邊三成と会っていることに気づいた。そういう場合、普通は相手の女性のほうに矛先《ほこさき》が向くものと思うのですが、紘子さんの怒りは渡邊三成に向けられた」

「…………」

「一方、菊枝さんは菊枝さんで渡邊三成を恨めしく思うようになった。渡邊三成が尾上摩柚梨《おのえまゆり》と結婚を決めたことに腹を立てたのか、渡邊三成が資産家の孫娘に夢中になったのが許せなかったのか、それはわかりませんが、可愛さ余って憎さ百倍だったのは間違いない。こうして偶然にもお二人はほぼ同時に渡邊三成に憎しみを抱いたわけですが、さらに厄介《やっかい》だったのは、お二人が渡邊三成と会う時の運転手を務めていたのが吾藤田明良だったことです」

吾藤田家は都心にマンションをいくつも所有している。嶽井から渡邊三成の住む都心部まで通うのは一苦労だ。二人とも何かと理由をつけて都心に出て、移動する際はいつも明良に運転手をやらせていた。

渡邊の会社からお台場まで夜景を見に行くような

デートをする際には当然、車が必要になる。

「無論、吾藤田明良はお二人が同じ男と会っていることを知っていました。彼は彼で互いに気づかないあなた方を滑稽《こっけい》に思っていたようですよ」

菊枝の顔が怒りに歪み、紘子の能面のような顔はますます硬くなった。

「しかし、皮肉なことに吾藤田明良も知ってしまうわけです。渡邊三成が自分の愛する女性を——尾上摩柚梨を奪った男だということを」

「…………」

「吾藤田明良は渡邊三成に激しい殺意を抱きました。問題はそれを——吾藤田明良の恋敵が渡邊三成だということをあなた方がどうやって知ったのか、その点だけが謎なのですが——吾藤田明良は相当単純な性格のようですから、お二人の前で渡邊三成を憎悪する素振りでも見せたのかもしれませんね。本人はあなた方を利用して恋敵に復讐してやったと高笑いしているそうですが、そうではない。事実は逆です。あなたたちは吾藤田明良の殺意を知っていた。渡邊三成が殺されようとしているのを承知していながら何もしなかったんです。それどころか、むしろ吾藤田明良を唆《そその》かした」

「…………」

「あなた方にとって、憎い渡邊三成を殺してくれる吾藤田明良はありがたい存在だ。しかし、吾藤田の名を冠した者が殺人犯として逮捕されるのは困る。渡邊三成殺しの罪を被ってくれる犯人が必要です。そこで渡邊の身辺を調べさせた。お二人で別々にね。何しろ、あなた方にはお金がある。優秀な興信所はすぐさま渡邊が恨んでいる相手を探し出してくれた。ご存じの黄瀬隆くんです」

どこの興信所か知らないが、いい仕事をする。その能力の十分の一でも百之喜にあればと思う。

「黄瀬隆が椿江利さんの弟だったのはあなた方にはどうでもいいことだったのでしょう。黄瀬隆の身辺調査には半分血のつながった姉の存在も明記されていたはずですが、あなた方は気にも留めなかった」

　吾藤田明良は、黄瀬隆の家をどこで知ったのかという警察の取り調べに対して、こう供述している。

「色ボケ婆《ばばあ》たちが勝手にしゃべってくれたんだよ。会社で可愛いミッチャンを苛める悪い男がいるのよ。ちょっと調べさせたら母子家庭で今は戸建てに独り暮らしですって。いいご身分よね——だとよ」

　黄瀬隆の住所から顔写真からわざと吾藤田明良の眼の触れるところに置いて、ある時は紘子が、

「ねえ、明良、その黄瀬って男に仕返ししてやって。——いっそ空き巣に入るのはどう？」

　別の時は菊枝が、

「おまえなら捕まるようなへまはしないだろうからちょっと脅かしておやりよ。ただし、足が付いたらまずいから金品を取ったりするんじゃないよ」

　それぞれまったく同じことを言ったのだ。

　吾藤田明良はまんまと彼女らの狙い通りに動いて凶器を手に入れたのである。


　事件当夜、黄瀬隆と渡邊三成が二人きりで会社に残っていたことをどうやって知ったのかと尋ねると、

「あの時間に会いに行くって前もって言ってやったからさ。あいつ、イビリのために絶対、黄瀬の奴を最後まで残すと思ったんだ」

「言ってやった？　どういうことだ」

「どうもこうも奴の携帯に掛けて、中から非常口を開けさせたんだよ。あの会社、非常口にはカメラもついてないしな。いつもやってたんだ」

　それは菊枝ないしは紘子からのプレゼントを渡す時だったり、小遣いを渡す時だったりしたという。

　黄瀬隆が車で会社を出たのを確認した後、明良はいつもと同じように渡邊の手引きで建物の中に入り、黄瀬隆のナイフで渡邊三成を殺害したと供述したが、取調官は最初は納得しなかった。

「携帯に掛けた？　嘘を吐くな！　おまえの番号は彼の携帯の履歴には残ってない」

「そりゃそうさ。その携帯は俺が持って帰った」

渡邊三成は仕事用の携帯の他に『まともなプライベート用の携帯』と『とっても怪しいプライベート用の携帯』を持っていたのだ。吾藤田明良はそれを知っていて、渡邊三成を殺害後、『とっても怪しいプライベート用の携帯』を現場から持ち去ったのだ。

非常口を開けて出ればオートロックで鍵が掛かり、侵入した痕跡も残らない。

「渡邊三成の怪しげなプライベート用の携帯は既に警察の手にあります。客として登録されたお二人の連絡先が発見されるのも時間の問題ですよ」

国重と忠孝は愕然《がくぜん》としていた。

「菊枝、おまえ……」

「……本当なのか、紘子?」

恭次はおろおろと母親と祖母を見つめている。

能面のようだった紘子の白い顔に変化が生じて、うっすらと不気味な笑みが広がった。

「そうね。認めます。わたし、確かにその男の人と会っていました。ただ、渡邊三成なんて名前だとは知らなかっただけです。それに淫《みだ》らがましいことを想像されるのも不愉快です。ただ、若い人の感性が知りたくてお会いしていただけなんですよ」

菊枝も便乗して、馬鹿にしたように言ってきた。

「そうですよ。気晴らしに若い人とおしゃべりして何がいけないんです? わたしは何もしてません。その人を殺したのは明良なんでしょう。本人も認めているというなら何が不満なんです」

雉名は頷いた。

「確かにあなた方は何もしていません。吾藤田明良本人が強い殺意を認めている以上、殺人教唆《きょうさ》には問えないかもしれません。しかし、殺人幇助《ほうじょ》罪には充分問えると思いますよ。——それに吾藤田明良は邪魔になった松沼毅も殺しています」

「何ですって⁉」

「あれは事故ですよ！」

「現場近くの小屋の中から血痕が検出されました。吾藤田明良も松沼毅の殺害を自白《じはく》しています。彼は自分が凶器の隠蔽《いんぺい》に利用されたことを知って吾藤田明良に口止め料を要求したそうです。吾藤田明良は松沼毅を殴って負傷させ、増水した沢に投げ込んで死亡させました。れっきとした殺人です」

紘子と菊枝は今さらながらに青くなっていた。

自分たちの身内が地元の人間を殺したとなると、話が違ってくるらしい。

一方、国重と忠孝は素早く落ち着きを取り戻し、今この場で言い争うのは得策ではないと判断して、平然と言ってのけた。

「雉名さん。おもしろいお話でしたが、今のお話がわたしたちに何の関係があるんです」

「何もありません。ただ、近いうちに警察がお宅にお話を伺いに行くだろうというだけです」

「そうですか。では失礼します。これ以上あなたの戯言《ざれごと》につきあってはいられませんのでね」

「そのとおりだ。恭次、行くぞ」

ところが、彼らが憤然と立ち去ろうとしたその時、楽しげに声を掛けてきた人がいる。

「あら、皆さん。お久しぶり」

憲子《のりこ》と夏子だった。

その後ろに百之喜と凰華《おうか》もいたが、一家の目には入っていなかったに違いない。

国重がすかさず娘と孫を叱りつけた。

「何をしている？　ここはおまえたちのような者が来るところじゃないんだぞ」

そう言った傍から、胸に勲章を付けた会長本人が憲子の姿を見つけて満面に笑みを浮かべて歩み寄り、丁寧に挨拶したのである。

「これはこれは鬼怒川《きぬがわ》先生。お忙しいところ、よくいらしてくださいました」

「このたびはおめでとうございます。今回の栄誉はまさに会長の長年の功績が認められた結果ですから、本当に喜ばしく思っております」

「いやいや、堅苦しいのはよしましょう。その節は本当にお世話になりました」

親しげに会長と言葉を交わす憲子を見て、一家は憮然としていた。嶽井では負け犬のはずの憲子が、こうした晴れやかな席で自分たちより格上の扱いを受けることが彼らには納得できないのである。

会長と話を終えた憲子は元の家族に向き直った。

「ところで、将弘のことは聞いたかしら？」

「あんな奴はもう知らん」

「あらそう。でも、一応身内だから言っておくわ。あの子の無精子症は間違いだったんですって」

「ええっ⁉」

ものの見事に夫婦二組の声が揃った。弟の恭次も驚いて眼を見張っている。

「実際には何の問題もないそうよ。それで、あの子、先日愛衣《めい》さんと再婚して、苗字も愛衣さんのものにしたんですって。だからあの子はもう茨木《いばらき》将弘よ。いい名前よね」

上品さをかなぐり捨てて紘子が叫んだ。

「憲子さん！　悪ふざけはよしてちょうだい！」

「そう言うと思ったわ。だから証拠を持ってきたの。ほら、これ、婚姻届のコピー」

「寄越しなさい！」

菊枝が娘の手からその紙切れをひったくり、国重、忠孝とともに食い入るように見入った。

「本籍は！　住所はどこだ！」

「千代田区千代田一番……本籍地も一緒よ！」

「何だと。ここから目と鼻の先じゃないか！」

「こうしちゃいられん。すぐに将弘を取り戻すぞ！　婿《むこ》養子なんて冗談じゃない！」

妻の姓を名乗ることと婿養子になるのはまったく話が別なのだが、国重には同じらしい。

紘子がけたたましく叫んだ。

「そうよ！　将弘は本家の跡取りなんですからね！　ああ恭次、悪かったわね。あんたもういいわ」

招待者への挨拶もそこそこに、四人は慌ただしく走り去り、雉名は懸命に笑いを噛み殺していた。

「……千代田区千代田一番ですか」

「ええ。あの人たちはそんなことも知りません」

百之喜が恐る恐るお伺いを立てる。

「あのう……ぼくも知らないいんですけど……」

「所長、わからないことは調べるんです。わたしも実を言うと知らなかったんですが……どうぞ」

携帯で調べたばかりの検索結果を見せてやると、百之喜は眼を剝いた。

「――こ、これが本籍地ですか⁉」

憲子が笑って言う。

「ええ。ここを選ぶ人は意外と多いんです。人気の物件ですよ」

「で、でもあの、ここには住めないでしょう⁉」

「もちろん。この婚姻届はほんの悪戯《いたずら》です」

夏子が言った。

「こうしてみて、気がつくかどうか試してみようと言ったのはわたしです。思った通りでしたけど」

「長男が子どものつくれる身体だとわかった途端、他のことは頭からふっ飛ぶのね。相変わらずだわ」

その変わり身の早さは見事という他ない。

惨めだったのは取り残された吾藤田恭次である。

両親と祖父母の自分に対する思いの浅さを存分に見せつけられて、彼は気の毒なくらい震えていた。

そんな弟に夏子が容赦なく追い討ちを掛ける。

「どうする？　恭次。あんたもういいんだって」

恭次の顔はくしゃくしゃに歪んでいた。まっすぐ立っているのもおぼつかないほどだったが、そんな恭次の前に静かに立った人がいる。

「江利……」

すがりつくような顔の恭次に対し、江利の表情は厳しかった。

「これでもまだあの人たちとつきあう気なら今度はあたしがあなたを捨てるわよ」

「ごめん……。ほんとにごめん。俺が馬鹿だった」

「そんなことは訊いてない。あたしかあの人たちか、どっちを選ぶの？　はっきり答えて」

衝撃が強すぎたのか、恭次は何度もしゃくり上げ、涙を拭いながら、泣き笑いのような顔で言った。

「江利だけが俺の家族だ……」

「あたしだけじゃないわよ。あなたにはお兄さんもお姉さんもいる。あたしにも弟がいるし、父もいる。――それでいいんじゃない」

吾藤田恭次は何度も頷きながら江利を抱きしめ、自分の気持ちを訥々《とつとつ》と語った。

生まれて初めて親に頼ってもらえた――おまえが必要だと言ってもらえて本当に嬉しかった。本家の男はもう自分しかいないんだからどんなに重くても辛くても投げ出してはいけないのだと、自分が跡を継がなくてはならないと思っていた――。

「けど、そんなの、何の意味もなかった……」

江利も、やっと自分のところに戻ってきた恭次を大事そうに抱きしめて、優しい声で話しかけた。

「馬鹿じゃないの。気づくのが遅すぎよ」

「うん……」

どうやら恭次も脱出に成功したらしい。こちらは丸く収まったが、雉名は思わず呟いていた。

「吾藤田のお宅はこれからどうなるんでしょうね」

憲子が答えた。

「親戚の若者は大勢いますから。誰か一人を選んで跡を継がせることもできるでしょう。いっそのこと、あんな本家はなくなってしまったほうがいいのかもしれませんが……」

最後に夏子が言った言葉が印象的だった。

「自業自得《じごう》ですけど、あの人たちは長男しか大事にしなかったせいで子どもたち全員を失ったんです」

12

百之喜《もものき》は例によって昼間から長椅子に寝転がり、漫画をめくっていた。机の上には大好きなお菓子と凰華《おうか》が淹《い》れてくれたお茶が載っている。

「平和だなあ……」

まさに至福の一時である。

事務所の財政にかなり余裕ができたので、凰華もこの頃は百之喜の怠け癖《なまけぐせ》を見逃してやっている。

あれから釈放された黄瀬隆《きせたかし》は椿江利《つばきえり》と連れ立ち、わざわざ事務所まで礼を言いに来た。

呉亜紀子《くれあきこ》と吾藤田恭次《ごとうだきょうじ》も一緒だった。

吾藤田恭次は短い間にずいぶん顔つきが変わったように見えた。繊細《せんさい》そうなところは変わらないが、暗い翳《かげ》りが消えて明るく笑うようになった。

実家には警察の捜査が入っているが、それはもう自分とは関係のないことと割り切っている。

万事がめでたく収まったので、百之喜は当分の間、思いきりだらける意欲満々だったが、突然事務所の扉が開き、中年の男性が入って来た。

平日の日中である。もちろん事務所は営業中だが、男性は椅子に寝っ転がった百之喜を見て、ちょっと驚いた顔になり、一礼して足を引こうとした。

「申し訳ない。先に約束を取り付けるべきでした。――出直して参ります」

「いいえ、どうぞ、お入りください」

凰華が百之喜を叩き起こし、急いで机のお菓子を片づけて、客の男性を案内する。

渋い魅力を放つ、なかなかの男前である。

その男前が差し出した名刺に眼をやり、百之喜は思わず顔を引きつらせた。

「東京地検の……佐倉《さくら》検事さん、ですか」

「はい」

しかし、襟元には検察官バッジがない。

長椅子に腰を下ろすと、佐倉は百之喜を正面から見つめて唐突に話し出した。

「最近、検察の不祥事が続いていることはあなたもご存じかと思います。情けない限りですが……」

「いいえ、ああいうのはごく一部の人たちでしょう。まさか全部の人がやってるなんて思ってません」

「そう言っていただけるとありがたい」

佐倉はちょっと微笑した。

笑うとますます男ぶりが上がる人である。

「百之喜さん」

「はい……」

「無実の人間が身に覚えのない罪で有罪になる――言うまでもないが、決してあってはならんことです。だが、刑に服さなければならない重罪を犯しながら、法の裁きを免れ、大手を振って暮らす人間を見逃すこともまた断じてあってはならんのです」

強い口調で言い、佐倉は一枚の写真を取り出した。

「残念ながら、現実にはそのような事例がたびたび起きてしまう。この男もその一人です」

「え～と、何かしたんですか、この人……？」

「心証は黒《クロ》なんですよ、百之喜さん。真っ黒ですが、忌々《いまいま》しいことに、この男を刑務所に送り込むだけの証拠が何もないんです」

「はあ……」

「この男は決して尻尾を掴ませません。優秀な警察諸君のおかげで過去に一度だけ逮捕できたんですが、わたしはこの男を起訴することができませんでした。証拠が揃わなかったんです。――起訴したところで公判を維持できないのは明らかでした」

「はあ……」

「この男がまたやりました。しかも、今回は殺人の疑いが濃厚です。それも恐らくは複数の命を奪った。極刑に相当する重罪です。ところが――」

「証拠がないんですね……」

「そうです。警察はわたし以上に歯噛みしています。

それなのに手も足も出ないんです。警察がどんなに捜査しても、どうしてもこの男を逮捕できるだけの証拠を見つけられない。わたしのところまで仕事が回ってこないのが現状です」

　佐倉はじっと百之喜を見つめていた。鋭い眼だが、それはどんな細い糸でも摑もうとする必死の思いの籠《こ》もる眼差しでもあった。

「百之喜さん。わたしのような立場の人間がお願いするのは筋が違うのかもしれません。しかし、この男を野放しにしておいたら必ずまた新たな犠牲者が出ます」

　百之喜はだらだら冷や汗を搔いていた。

　何人も殺している恐れがあるなんて物騒な人には間違っても近づきたくない。

　この前も犬槙《いぬまき》と芳猿《よしざる》のおかげでことなきを得たが、恐ろしい思いをしたばかりなのだ。

　断るべきであると百之喜は判断した。

　お断りします——と言おうとして口を開いたのに、百之喜の舌はなぜか歯切れよく動いてくれない。

「あー、そのう……。え～と、佐倉さん。あの……お話はよくわかったんですけど……」

　代わりに凰華が動いた。百之喜の頭をぐいと横に押しやり、にっこり笑って答えていた。

「かしこまりました、佐倉さま。当百之喜事務所が佐倉さまのご依頼をお引き受け致します」

後書き

この話を書こうと思い立ってからずいぶん経ってしまいました。

相変わらず亀のように手が遅く、本当に自分でもいやになりますが、やっとのことで、こうして一冊の本という形にすることができました。

いやあ、感無量です。漢字の名前を考えるのは久しぶりでしたから、楽しかったです。

しかし、自分で書いておいてこんなことを言うのも何ですが、とても地味な話です。

犯人捜しがメインの話ではありませんし、間違ってもミステリーではありませんので、お間違えのないようにお願い致します。

今度こそ、ごく普通の人々の話だと作者は思っているのですが……いかがでしょう?

いつものことですが、書いている間にこの登場人物に愛着がわいてきたので、機会があればまた書いてみたいと思っています。そしてすてきなイラストを描いてくださった睦月《むつき》ムンクさんには深く感謝しております。本当にありがとうございました。

次回作はデルフィニアの番外編の予定です。

茅田砂胡

ご感想・ご意見をお寄せください。

イラストの投稿も受け付けております。

なお、投稿作品をお送りいただく際には、編集部
(tel:03-3563-3692、e-mail:mail@c-novels.com)

まで、事前に必ずご連絡ください。

〒104-8320　東京都中央区京橋2-8-7
中央公論新社　C★NOVELS編集部

C★NOVELS Fantasia

祝《しゅく》もものき事務所《じむしょ》

2010年11月25日　初版発行

著　者　茅田《かやた》砂胡《すなこ》

発行者　浅海　保

発行所　中央公論新社
〒104-8320　東京都中央区京橋2-8-7
電話　販売 03-3563-1431　編集 03-3563-3692
URL http://www.chuko.co.jp/

印　刷　三晃印刷（本文）
大熊整美堂（カバー・表紙）

製　本　小泉製本

Published by CHUOKORON-SHINSHA, INC.
Printed in Japan　ISBN978-4-12-501129-5 C0293

第8回 C★NOVELS大賞 募集中！

あなたの作品がC★NOVELSを変える！

みずみずしいキャラクター、はじけるストーリー、
夢中になれる小説をお待ちしています。

賞

大賞作品には **賞金100万円**

刊行時には別途当社規定印税をお支払いいたします。

出版

大賞及び優秀作品は当社から出版されます。

応募規定

❶プリントアウトした原稿、❷表紙＋あらすじ、❸エントリーシート、❹テキストデータを同封し、お送りください。

❶プリントアウトした原稿

「原稿」は必ずワープロ原稿で、40字×40行を1枚とし、90枚以上120枚まで。

※プリントアウトには通しナンバーを付け、縦書き、A4普通紙に印字のこと。感熱紙での印字、手書きの原稿はお断りいたします。

❷表紙＋あらすじ（各1枚）

表紙には「作品タイトル」と「ペンネーム」を記し、あらすじは800字以内でご記入ください。

❸エントリーシート

C★NOVELSドットコム[http://www.c-novels.com/]内の「C★NOVELS大賞」ページよりダウンロードし、必要事項を記入のこと。

※❶❷❸は、右肩をダブルクリップで綴じてください。

❹テキストデータ

メディアは、FDまたはCD-ROM。ラベルにペンネーム・本名・作品タイトルを明記すること。必ず「テキスト形式」で、以下のデータを揃えてください。

ⓐ原稿、あらすじ等、❶❷でプリントアウトしたものすべて　ⓑエントリーシートに記入した要素

応募資格

性別、年齢、プロ・アマを問いません。

選考及び発表

C★NOVELSファンタジア編集部で選考を行ない、大賞及び優秀作品を決定。2012年2月中旬に、C★NOVELS公式サイト、メールマガジン、折り込みチラシ等で発表する予定です（一次選考通過者には短い選評をお送りします）。

注意事項

- 複数作品での応募可。ただし、1作品ずつ別送のこと。
- 応募作品は返却しません。選考に関する問い合わせには応じられません。
- 同じ作品の他の小説賞への二重応募は認めません。
- 未発表作品に限ります。ただし、営利を目的とせず運営される個人のウェブサイトやメールマガジン、同人誌等での作品掲載は、未発表とみなし、応募を受け付けます（掲載したサイト名、同人誌名等を明記のこと）。
- 入選作の出版権、映像化権、電子出版権、および二次使用権など、発生する全ての権利は中央公論新社に帰属します。
- ご提供いただいた個人情報は、賞選考に関わる業務以外には使用いたしません。

締切

2011年9月30日（当日消印有効）

あて先

〒104-8320　東京都中央区京橋2-8-7
中央公論新社『第8回C★NOVELS大賞』係

主催・C★NOVELSファンタジア編集部

（2010年11月改訂）